银字《水浒传》

英雄谱里的历史擦痕

侯会 —— 著

中华书局

图书在版编目（CIP）数据

银字《水浒传》：英雄谱里的历史擦痕/侯会著. —北京：中华
书局,2020.9
ISBN 978-7-101-14590-8

Ⅰ.银…　Ⅱ.侯…　Ⅲ.《水浒》研究　Ⅳ.I207.412

中国版本图书馆 CIP 数据核字（2020）第 095985 号

书　　　名	银字《水浒传》——英雄谱里的历史擦痕	
著　　　者	侯　会	
责任编辑	胡正娟	
出版发行	中华书局	
	（北京市丰台区太平桥西里 38 号　100073）	
	http://www.zhbc.com.cn	
	E-mail:zhbc@zhbc.com.cn	
印　　　刷	北京瑞古冠中印刷厂	
版　　　次	2020 年 9 月北京第 1 版	
	2020 年 9 月北京第 1 次印刷	
规　　　格	开本/880×1230 毫米　1/32	
	印张 11¾　插页 4　字数 260 千字	
印　　　数	1-4000 册	
国际书号	ISBN 978-7-101-14590-8	
定　　　价	48.00 元	

敦煌壁画中的吹笙者。笙在宋代又称"银字笙",俗称银字。宋元说书艺人演说"小说"时,多用银字笙伴奏,"银字儿"也便成为"小说"的别称。

《武松打虎组画》之一(刘继卣绘,刘蔷提供)。
请注意武松的装束及所乘兜轿(也叫山轿)。

鲁提辖拳打镇关西（王叔晖绘，王维澄提供）。

周代的盛酒温酒器——角，青铜材质，无柱，有盖。

唐代铁券，现藏中国历史博物馆。

代　序

从"银字儿"说起

一

假如光阴倒转，您走在南宋临安（今浙江杭州）的街头，或许能听到这样的对话："王员外哪里去？""到北瓦子听银字儿去。"——您该知道，这位老兄要到众安桥下的北瓦听艺人说书去。

宋代东京（今河南开封）、临安等大都会中，有多处热闹的娱乐场所，称"瓦舍"，也叫"瓦肆"或"瓦子"。瓦舍中商铺连着勾栏（即剧场），各种民间伎艺，包括说话、杂剧、唱赚、诸宫调、影戏、傀儡、相扑……便都在勾栏中献演。

王员外要听的"银字儿"，即"小说"的别称，是"说话"伎艺中的一种。——"说话"犹如今天的"说评书"，是日后一切白话小说的源头。

说话又分为四种"家数"，"小说"是其中最受欢迎的一种。一来因其表演形式火爆，以口语讲述故事，遇到形容人物、描摹景致时，多以韵语歌唱，并用银字笙伴奏——那是一种吹奏乐器，笙管上用银字标出音高，俗称"银字"。日久天长，"银字（儿）"也便成了"小说"的别称。

银字儿受欢迎，还因其篇幅短小、题材丰富，所讲故事包括"烟粉、灵怪、传奇、公案,皆是朴刀杆棒、发迹变泰之事"。——《水浒传》的许多精彩人物故事,便都脱胎于银字儿。

学者孙楷第编撰《中国通俗小说书目》,将《水浒传》(以下或简称《水浒》)置于"说公案"之下。笔者初读时颇感困惑,但细想又若有所悟:《水浒》确实是由众多"公案"故事连缀而成的:鲁提辖拳打镇关西,林冲手刃陆虞候,杨志卖刀杀牛二,宋江杀惜,武松杀嫂及血溅狮子楼、鸳鸯楼,杨雄、石秀杀潘巧云,宋江题反诗,卢俊义"勾结"梁山……哪一件不是干犯法条、遭受缉拿审讯的公案故事?——这也正是银字儿演说的重要话题。

至于"烟粉""灵怪"等题材,书中也有"二潘""一阎"红杏出墙,以及妖魔出世、天降石碣等情节。说到"朴刀杆棒",那是民间豪杰游走江湖、抑强扶弱的本色故事,例子就更多。而"发迹变泰"本指"倒运汉"时来运转;对梁山好汉而言,能摆脱社会压迫,与志同道合的弟兄上山聚义,身心获得极大自由,不同样是一种精神上的"发迹变泰"吗?

二

我曾一度相信这样的说法:《水浒传》能取得巨大的文学成就,应归功于文人作家的最后加工,那几乎是重起炉灶的再创作。不过近年来,我对这一说法渐生怀疑,觉得不如把"文人作家"改为"天才作者"更为妥帖。因为这位(或这些)富于创作才能的作者,身分很可能只是说话艺人。

为什么不是"文人作家"呢?文人是受过传统文化训练的

人，这种训练包括大量阅读文言典籍，以及用文言撰写文章、赋诗填词等。他们一旦学有所成，提笔便是"之乎者也"，很难再跟白话文字"搭界"。

其实只要翻翻《水浒》的目录，你就会发现这些回目绝非"文人"所拟——结句鄙俚、词汇贫乏，单是"大闹"一词，就出现十次之多："九纹龙大闹史家村"（第2回）、"鲁智深大闹五台山"（第4回）、"花和尚大闹桃花村"（第5回）、"鲁智深大闹野猪林"（第8回）、"阎婆大闹郓城县"（第22回）、"郓哥大闹授官厅"（第25回）……

再如小说第六回回目为"九纹龙剪径赤松林 鲁智深火烧瓦罐寺"，然而古往今来何曾有什么"瓦罐寺"？这里分明说的是"瓦官寺"，那是古都南京的一座有名寺院，为佛教天台宗的祖庭，东晋画家顾恺之曾为该寺画过壁画，留下"画龙点睛"的典故。不过"瓦官"讹为"瓦罐"也不奇怪，这是口头文学师徒传授时常见的错误，也是口语录为文字时最易发生的讹误。——金圣叹的七十回本《水浒》对原书讹误一一厘正，"瓦罐寺"被改回"瓦官寺"，那正是文人干预的结果。

一个稍有修养的文人作家，也必然养就一身的"毛病"，遇到赋诗填词的机会，便手痒难耐，忍不住要越俎代庖。再不济，在董理书稿时，也要对书中诗词做一番审视删削。——但事实是，《水浒》（百回本）中至今留有不少"有诗为证"的七绝，明显都在正常水准之下。

试举二例。一是，第12回杨志发配大名府，受到梁中书赏识，于此"有诗为证"："杨志英雄伟丈夫，卖刀市上杀无徒。却教罪配幽燕地，演武场中敌手无。"二是，第15回吴用说服三阮共取生辰纲，同样"有诗为证"："壮志淹留未得伸，今逢学究启其心。大家齐入梁山泊，邀取生辰宝共金。"——此种劣诗，连"打油"的水平都够不上，与书中笔墨酣畅的散体描叙形成巨大反差，给人以美食中吃出个苍蝇的感觉！

一位出色的小说家所应具备的条件，是富于想象力和虚构能力，懂得如何运用平实的语言，叙说引人入胜的故事，让凭空虚构的人物，读起来比真人还要鲜活。——这里面不包括赋诗填词的能力，甚至跟识字多寡也无甚关联。"讲故事"单是一种才能，与赋诗、填词、撰写八股压根儿是"两股道儿上跑的车"，甚至还会此消彼长，相互抑制。

一个没读过几本书的"银字儿"艺人，若符合上述条件，完全可以成为出色的小说家。

三

艺人创作不同于文人创作。文字作品一经落墨，便再难更改；而说唱作品则可以不断完善和提升。表演者在勾栏中与"看官"面对面交流时，能亲身感受剧场气氛，根据观众的反馈随时修改作品。一些精彩的话本篇目，甚至经过师徒相传、千锤百炼，凝聚着几代艺人的心血。

读过《水浒》的朋友都有同感，小说最精彩的人物情节，基本集中在前半部书中。这四五十回的内容，是由鲁智深、林冲、杨志、晁盖、宋江、武松等人的传记连缀而成。故事环环相扣，精彩纷呈。有据可查，除了林冲，其他几位全都打着鲜明的"说话"烙印。

宋末人罗烨在他的笔记《醉翁谈录》中，罗列了几十篇宋代话本名目，其中便有《青面兽》（朴刀类）、《花和尚》、《武行者》（杆棒类），那应是杨志、鲁智深、武松的单篇传记。至于宋江和晁盖的故事，在元初话本《大宋宣和遗事》（以下称《宣和遗事》）中也有记叙。可见《水浒传》中最生动的人物形象，全都出自说话艺人的口头创作。《水浒传》前半部的精彩，正得益于宋、元、明说话艺人累代叠加的努力，绝非某个"天才文人"坐在屋子里面壁数月，便可一挥而就的。

一部长篇作品能同时贡献出五六个典型形象，也便奠定了它的不朽地位。当然，这些成就除了拜"银字儿"所赐，还与"说话"的其他家数有关。所谓"说话四家"，在"银字儿"之外尚有"说铁骑儿"（"士马金鼓"等战争故事）、"说经"（包括"说参请"，都是佛教故事）和"讲史书"（讲历代史书）。（以上说法载宋耐得翁《都城纪胜》。关于说话四家，还有大同小异的其他说法。）

《水浒》中的战争描写、参禅故事（如围绕鲁智深的种种情节），多是汲取了"说铁骑儿"和"说经"的精粹。而小说的长篇体制，则应来自"讲史书"。——《水浒》诞生于五百年前，长篇小说这个品种，在当时的世界文坛上还不曾问世。

四

笔者此前写过三个小册子——《食货〈金瓶梅〉》《物欲〈红楼梦〉》和《金粟儒林篇》，试着从经济、物质等角度，谈谈对几部明清章回名著的阅读感受，有幸在中华书局陆续出版。

中华书局聚珍文化的编辑老师约我再写一本书谈《水浒传》，我初时不免迟疑：《水浒》我倒是读过多遍，也做过一点所谓的研究。不过从题材上讲，这是一部英雄传奇，离柴米油盐似乎远了点儿。

不过转念一想，作为早期的章回小说，《水浒》植根于瓦舍说话中，被打上了深深的市井烙印。《水浒》中最精彩的人物故事，几乎全都发生在市井背景下；书中有关衣食住行、银钱经济、市井风貌、民生百态乃至刑法制度等内容，也仍有话可说。——本书辑三至辑六所讨论的，便是这些内容。至于辑七《牧童拾得旧刀枪》，涉及兵戎内容，与小说题材相关，也单立一辑。

比起《金瓶梅》《红楼梦》等几部世情小说，《水浒》的成书时间更早，所涉及的历史文化信息也更丰富；本书因而增添了对《水浒》成书之谜的探索（辑一、辑二），内中涵括笔者多年来"研究"《水浒》的一点浅见，尤其希望得到读者诸君的指正。至于本书辑八《向历代英雄致敬》，则就"水浒"故事与其他讲史题材作品的借鉴关系做了简单梳理。

总的说来，这四本小书的写作，可以比作"尝鲜"，试图开辟一个阅读经典的新视角，并尝试以小品式的轻松，消解学术讨论的枯燥与沉重。眼下这一本，于三年前动笔，至今秋始告竣。回思《食货〈金瓶梅〉》的出版，已过去十二个年头（古称"一纪"）；其间市面上此类书籍也渐渐多起来，比起独行无侣的寂寥，眼下的情景无疑更令人欣慰。

在此过程中，时任中华书局聚珍文化总经理的余佐赞先生对这几本小书的写作和出版，多所支持和鼓励；胡正娟女士、于欣女士为书籍的出版做了大量工作，感激之情，尽在不言中！

目　录

辑二　《水浒》竟有"抗金"版

辑三　银钱纸钞证流年

辑四　大块吃肉，成瓮吃酒

辑七　牧童拾得旧刀枪

辑八　向历代英雄致敬

前世今生说「水浒」

嘉靖文人的集体惊呼

明嘉靖十九年（1540）的某一天，京城有个叫高儒的武官，放下手中的笔，长吁了一口气。他为家中的万卷藏书编写书目，历经数岁，终于杀青。

高儒（1510？—1553），字子醇，号百川；叔祖高凤是明正德朝司礼监大太监，官至一品。借着叔祖的权势，高儒的父亲高荣和伯父高得林，都做了锦衣卫的高官。高儒自己也入职锦衣卫，官至指挥同知。

锦衣卫是明代的特务机关，恶名昭彰。不过高家却附庸风雅，喜欢藏书。经家族三代经营，积书万卷，计两千种。高荣很想编一部书目，却始终未能如愿。高儒秉承父志，焚膏继晷，在父亲过世后的第五个年头，终于将书目编成，就用自己的别号做书名，题为《百川书志》。（参考罗旭舟：《高儒生平家世与〈百川书志〉》，《中国典籍与文化》总第 60 期。）

武弁编书目，难免不够"专业"。书中不仅收录了经、史、子、集等"高大上"的典籍，连同难登大雅之堂的小说、曲本之类，也都一股脑儿收入。《忠义水浒传》的大名，便赫然出现在《百川书志》中：

> 《忠义水浒传》一百卷。钱塘施耐庵的本（按"的"，读为 dí，"的本"即真本），罗贯中编次。宋寇宋江三十六人之事，并从副百有八人，当世尚之。周草窗（周密）《癸辛杂志（识）》中具有百八人混名。（卷六《史部·野史》）

这条信息意义非凡。它几乎是古文献中头一回披露百卷本《水浒传》存世的消息，连同书名全称、篇幅及作者信息，也都记录完备。——只可惜这部"钱塘施耐庵的本"今天已经失传；人们能见到的最早的、也是最完整的百卷本，是万历杭州容与堂刊本，比高藏本面世至少晚了七八十年。

《百川书志》只收了两部小说，另一部《三国志通俗演义》，也是罗贯中所编，署名"晋平阳侯陈寿史传，明罗贯中编次"。——嘉靖刊本《三国志通俗演义》今天还能见到，应即《百川书志》著录的这一种。

说高儒编书目"不专业"，其实有失公允。一来，高儒不是替学府、书院选编书目，他编的是自家藏书，自然是有书必录。二来，这两部小说体量庞大，若按五卷一册装订，都在二十册以上；论部头，超过任何一部儒家经典，乃至"碾压"史书《三国志》，直与《史记》《汉书》相颉颃！这样的皇皇巨著，无论摆在案头还是插上书架，都是令人难以忽视的。

高藏本《水浒传》固已失传，好在还有嘉靖版《三国志通俗演义》在，可以概见此类书籍的面貌。细看这部《三国志通俗演义》，字用赵体，刻印精美。每遇多音字，还以小圈在四角不同位置标出四声。——学者指出，这是典型的内府刻书款式。

小说历来被视为稗官野史、草民读物。然而这两部质、量空前的新型小说，显然不是印给百姓看的。高家能获此两书，全仗着锦衣卫高官的位势，又焉能不编入书目、谀辞称颂？《百川书志》著录《三国志通俗演义》时，便附有高儒精心编撰的评语："据正史，采小说，证文辞，通好尚，非俗非虚，易观易入，非史氏苍古之文，去瞽传诙谐之气，陈叙百年，该括万事。"

其实《百川书志》著录小说，只是个开端。稍后出现的两部书目：晁瑮的《宝文堂书目》和周弘祖的《古今书刻》，也都收入了这两部小说。——晁、周二位都是嘉靖进士；晁瑮官至国子监司业，相当于是中央大学副校长。他们编订的书目，谁还能说"不专业"吗？

《宝文堂书目》列有《三国志通俗演义》《水浒传》《忠义水浒传》三书，前两书都标有"武定版"字样。——嘉靖朝大官僚武定侯郭勋"雅好文艺"，最喜刻书，家刻典籍质量一流，"武定版"名扬天下。

《古今书刻》所收《三国演义》《水浒传》均列名"都察院"名下。都察院是明弋的中央官署，相当于前朝的御史台。如此庄严的衙门，居然土刻起小说来，这倒是件有意思的事儿。这些书印出来，显然土不是给老百姓读的。给谁读呢？大概除了衙署内的官员，主要还是呈送宫中、赠给朝臣吧。

有个现象特别值得关注，几乎所有关于《水浒》（还有《三国演义》）的信息　都是在嘉靖朝"一窝蜂"出现的。除了书目著录，嘉靖朝的学者郎瑛和田汝成，也在各自的著作《七修类稿》《西湖游览志馀》中讲到这两部小说，对罗贯中则有褒有贬。

在众人争说《水浒》的声浪中，有一个声音"分贝"最高，那是以太常寺少卿高开先为代表的一伙文官发出的，他说：

> 崔后渠、熊南沙、唐荆川、王遵岩、陈后冈谓《水浒传》委曲详尽，血脉贯通，《史记》而下，便是此书。且古来更无有一事二十册者。倘以奸盗诈伪病之，不知叙事

之法、史学之妙者也。（《一笑散·时调》）

李开先等人所读《水浒》"一事而二十册"，正应是按五卷一册装订的百卷（回）本。而把一部通俗小说拿来跟国史开山之作《史记》相提并论，亦可谓石破天惊！

请注意这些发声者的身份和年龄：他们大都是嘉靖朝（1522—1566）进士出身（内中包括"嘉靖八才子"的成员），除了崔后渠（崔铣）、熊南沙（熊过）年纪稍长，李开先、唐荆川（唐顺之）、王遵岩（王慎中）、陈后冈（陈束）全都生于十六世纪开头的十年，几乎跟高儒同龄。

通俗小说一向被视为"下里巴人"，排斥于九流之外。谁曾料想，最早不惜工本、出资刊刻的竟是中央衙署都察院，以及郭勋等当红贵族，而最先追捧它的又是高踞文坛之巅的士夫朝官、文化精英！——这不能不让我们对十六世纪"稗官野史"在文学领域所获的位置，予以重新评估。

罗贯中的"品牌效应"

"有一分证据说一分话。"我们完全有底气宣布:《水浒传》应成书于明嘉靖初年;因为不止一部书目证明了它的存在,无数学者士大夫为它欢呼,成为它的"拥趸"。

然而《百川书志》白纸黑字写着,高家所藏《忠义水浒传》是"钱塘施耐庵的本",由"罗贯中编次"——这两位的生活年代,却要早得多。

施耐庵是个神龙见首不见尾的人物,此前从未有人提过他,他是随着《水浒》的面世一同"冒"出来的。人们只知他是钱塘(今浙江杭州)人,其余的判断——如有人说他是"南宋人",或谓他就是元代戏曲家施惠,又有人说他是江苏人——则多属猜测。

罗贯中似乎是我们的"老熟人"了,因为他同时又是《三国演义》的"编次"者。有据可查,他是元末明初人(约生活于1300年—1400年之间),比《水浒传》走红的嘉靖初年,要早上一百五十年!

罗贯中有位忘年好友叫杨景贤,明代永乐初年还在世。杨景贤撰写《录鬼簿续编》,在书中对罗贯中做了扼要介绍,说他是太原人,号湖海散人,性格孤僻,"与人寡合"。又说他"乐府、隐语,极为清新",还写过三本杂剧——可是偏偏遗漏了罗贯中是小说巨匠这一重大"事实"。

《三国》《水浒》这样的大作,哪怕只写一部,也要占去一个人一生的大部分时光;何况这样的不世之作,罗贯中一写就是两部!且不说他名下还有其他小说,有人说他写过"十七史演义"。即便罗贯中自己低调,不事张扬,他的好友也决不会对此不置一辞。然而如此辉煌的业绩,竟被杨景贤忽略了;这样的朋友,不交也罢!

朋友"不给力",罗贯中自己也没提供任何证据。按说他应该有一肚皮"三国""水浒"故事,可是《录鬼簿续编》记录他名下的三本杂剧——《赵太祖龙虎风云会》《忠正孝子连环谏》和《三平章死哭蜚虎子》(一存两佚),似乎都跟"三国""水浒"无关。这让我们不禁心中疑惑:这位生活在十四世纪的罗贯中,真的是《三国》《水浒》的作者吗?

元代平话小说我们不是没见过,拿《元刊平话五种》那样的稚拙作品,跟《三国演义》《水浒传》相比,两者差距不啻天壤;假如罗贯中真是两书的作者(哪怕只是"编次"者),试问这种超越文学演进规律的畸变与跃升,是如何在他身上发生的?

此外,元末明初战乱不断、民生凋敝,纵有天才作家,他的那张书桌,又该安放于何处?长期而专注的写作,又靠谁来提供物质支撑?

还有,《三国》《水浒》两部大书一经问世,便如日中天,光华难掩;居然能在民间潜藏一二百年,无一人提及,这又是如何做到的?

这里不能不旧话重提,说说古代小说家的社会地位。拙作《物欲〈红楼梦〉》曾讨论小说家署名权被忽视、被剥夺的问题。在帝制时代,小说家并非令人羡慕的职业,他们多半因境遇不佳而自惭形秽,写小说只是为了糊口,既无光宗耀祖、青史留名之心,也无起码的著作权意识。

我们今天见到的通俗小说,在作者署名上大多语焉不详。

如"华阳洞天主人"（《西游记》）是何许人？"兰陵笑笑生"（《金瓶梅》）、"西周生"（《醒世姻缘传》）又是哪位？包括《红楼梦》的作者、读者到底是谁，也一直有不同的假说。——事实是，在出版者眼中，一部小说署不署名，署谁的名，是凭空捏造一个名字，还是假托古人之名，全凭他一时高兴，根本算不上"问题"。

在诸多例子中　以明万历三十八年（1610）杭州容与堂刊刻的百卷百回本《李卓吾先生批评忠义水浒传》最为"恶劣"。——容与堂是杭州一家很有实力的大书坊，这部李评本刻印十分精美，字体是娟秀匀称的宋体，并配有二百幅精描细画的插图。可奇怪的是，从头翻到尾，居然没有作者署名！按照惯例，作者大名不仅要印在封面上，还要印在每卷的卷首（一百卷就要出现一百次）；可是此本的封面和卷首页上见到的，只有评点者李卓吾的名字。（各卷首页题署"李卓吾先生批评忠义水浒传卷之 X"，卷末页与此同；每页版心简称为"李卓吾批评水浒传卷之 X"，此外是页数及"容与堂藏板"字样。）

白纸黑字印上去的名字，就一定是真实的吗？也不一定。李卓吾是晚明最有名气的学者之一，确曾为《水浒》写过序；不过容与堂本的"李卓吾批评"，据考却是一位名叫叶昼的落魄文人所写，托名李卓吾而已。

叶昼是个酒徒，常在酒店赊账饮酒，酒醒了便写些评点文字，交给书商换钱还酒账。不过他的文采的确不错，带酒写下的文字常有灵光闪现，模仿李卓吾口吻，倒也颇能乱真。

所有这一切，都给讲求科学、追求真善的现代学术研究摆下了迷魂阵。由于出版者的毫无底线、不讲规则（今称"学术规范"），由此产生的一个个谜团，几乎是不可破解的。

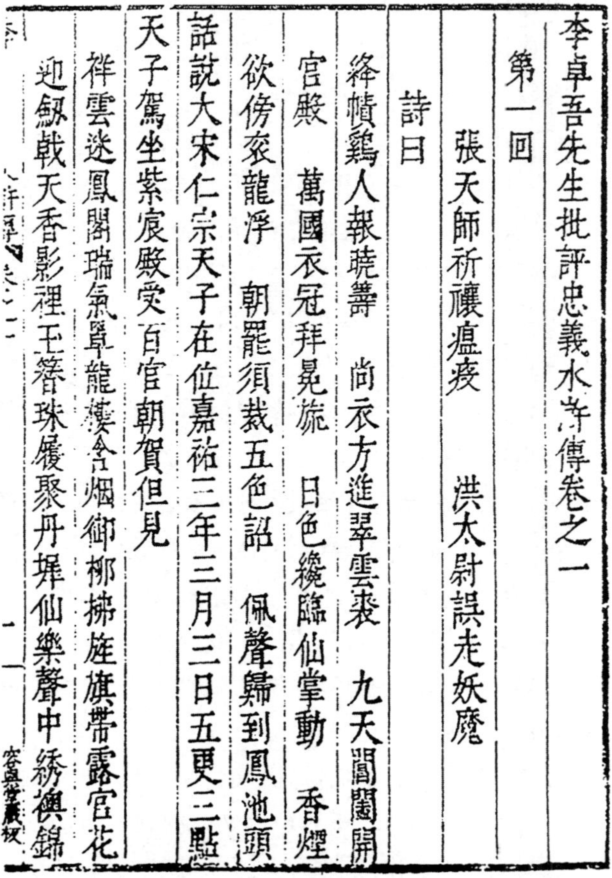

李卓吾先生批評忠義水滸傳卷之一

第一回

張天師祈禳瘟疫　洪太尉誤走妖魔

詩曰

絳幘鷄人報曉籌　尚衣方進翠雲裘　九天閶闔開

宮殿　萬國衣冠拜冕旒　日色纔臨仙掌動　香煙

欲傍袞龍浮　朝罷須裁五色詔　佩聲歸到鳳池頭

話說大宋仁宗天子在位嘉祐三年三月三日五更三點

天子駕坐紫宸殿受百官朝賀但見

祥雲迷鳳閣瑞氣罩龍樓含烟御柳拂旌旗帶露宮花

迎劍戟天香影裡玉簪珠履聚丹墀仙樂聲中綉襖錦

1-1　容与堂百回本《水浒传》卷首页的题署，
并无施耐庵、罗贯中的名字。

不过换个思路，小说作者是谁，也许没那么重要。在十七世纪末、十八世纪初，西方小说家也时兴用笔名。如英国作家司各特的许多小说，便是用"威弗莱"的笔名出版的——是为了掩饰他身为法庭庭长及副郡长的身份。同时代的英国女作家简·奥斯汀则用哥哥的名字"亨利·奥斯汀"做笔名，因为当时人认为女性写小说"不正经"。

比署名更重要的，应是小说家笔底所传达的思想、情感，以及足以代表时代高标的艺术水准及风范。具体到《水浒》，无论施耐庵有无其人，罗贯中是否为元末明初的那一位，我们都不妨将这两个名字视为《水浒》作者的总代表，把对天才作者的崇敬寄托在他们身上。

从小说署名的随意性来看，明代诸多小说署名罗贯中，很可能只是托名。除了《三国志通俗演义》和《水浒传》，罗贯中名下的小说还有《隋唐两朝志传》《残唐五代史演义传》《三遂平妖传》乃至《粉妆楼》等。"罗贯中"三字已经成为一种品牌，是作品畅销的保障。嘉靖朝《水浒传》的整理刊印者若为新出炉的小说找一位名家来认领，第一个想到的应该就是"罗贯中"。

从前人们编写家谱，多喜欢拉一位名人做祖宗，管他有没有血缘关系。——祖宗尚可"择善（高）而从"，何况小说作者乎！

"火箭干部"公孙胜

　　《水浒传》是世界上写得最"慢"的小说之一：从北宋末年宋江起义（1124年前后），到小说问世的明嘉靖年间，这个过程长达四百年。无数人参与了"水浒"故事的创作，有说有唱，形式多样……众多好汉形象在这个漫长的过程中被陆陆续续创造出来，水浒寨中同桌吃饭的好兄弟，有可能相差三四百岁！

　　如前所说，像鲁智深、武松、杨志、宋江、晁盖等人的故事，早在宋元时就已经出现。自然，也有"成型"较晚的，像公孙胜，就很可能是在小说成书的最后阶段才"定妆"的。

　　公孙胜身份特殊，是个道士，在山寨中地位颇高，排名仅次于宋江、卢俊义、吴用，位列第四。然而考察公孙胜的发迹史，我们发现他是水浒寨中"火箭式"的干部，提拔速度之快，令人妒忌！

　　在最早的"水浒"故事中，公孙胜"查无此人"。南宋画家龚开（字圣与、圣予）喜欢听里巷传说的宋江故事，于是为三十六好汉画像题诗。所画的像早已不知去向，但所题的诗（《宋江三十六人赞》，以下或简称《画赞》）却被宋末人周密抄录在他的《癸辛杂识》中。

　　龚开赞颂的三十六人中，没有公孙胜的名字。公孙胜的名字最早出现在元代平话《大宋宣和遗事》中。不过在那里，他只是个山寨中叨陪末座的小头目，面目模糊，全无故事；也不是啥道士，普通得不能再普通。

　　早期的元杂剧里，也不见他的身影。无论是《黑旋风双献功》《燕青博鱼》还是《黑旋风负荆》，剧中屡见宋江、吴用、李逵、燕青等人的活跃身影，却始终不见公孙胜。

有人问：空口无凭，你说公孙胜是"暴发户"，有什么切实证据吗？——当然有，让我们从公孙胜登场看起。公孙胜出场是在《水浒》第15回，回目是《吴学究说三阮撞筹　公孙胜应七星聚义》。不过本回中有两处矛盾，令人不解。

其一，参加智取生辰纲的好汉分明是八位（晁盖、吴用、刘唐、阮家三兄弟、白胜和公孙胜），为什么要叫"七星聚义"呢？为了自圆其说，作者让晁盖出面解释说："我昨夜梦见北斗七星直坠在我屋脊上。斗柄上另有一颗小星，化道白光去了！"这里所说的"另有一颗小星"，应指白胜。然而白胜在此番行动中扮演卖酒汉子，是行动成败的关键；后来又与众人一同投奔梁山，也是天上的"星宿"（"地耗星"），有什么理由把他剔除在"七星"之外呢？

其二，生辰纲被劫，官府抓了白胜，又顺藤摸瓜来抓晁盖等。身为押司的宋江赶来报信，书中有诗赞道："有仁有义宋公明，交结豪强秉丈诚。一旦阴谋皆外泄，六人星火夜逃生。"——作案者八人，一人被捕，外面还应有七人，为啥"星火夜逃生"的是"六人"？

而且宋江见了晁盖，说话也颠三倒四，先说"白胜已自拿在济州大牢里了，供出你等六人……"又说"济州府差一个何缉捕……来提你等七人……"——到底是"六人"还是"七人"？

我们由此"大胆假设"：小说某个早期版本写的确实是"七星聚义"；但在其后的书稿整合中，因某种目的，需要添加一人；于是"七星"变成八人。作者不得不让晁盖"痴人说梦"，说什么"另有一颗小星，化道白光去了"。而白胜被捕后，外面还剩七人，而非原故事中的六人。——不过在对书稿进行修改

1－2　公孙胜应七星聚义（选自容与堂本《水浒传》）

时，因改得匆忙，漏掉了两处，由此露出马脚。

接下来的问题是：这位后来添加的人是谁？——肯定不是晁盖或吴用：他俩一个是行动总指挥，一个是军师，缺一不可。刘唐是前来送信儿的，没有他，身处乡野的晁盖何由得知生辰纲的消息？阮家三兄弟本是一奶同胞，也断没有只请两个、排斥一个的道理。白胜扮演的卖酒人，同样无法取代。——算来算去，那个可有可无的多余人，只能是公孙胜！

公孙胜也确实是最后加入的。他在万事具备时才登场，而且一出场便来势汹汹，只为庄客不肯引见，便一连打倒十来个人，令晁盖吃了一惊。——要知道，作者如此虚张声势，正是为了掩盖这个人物的尴尬：在本来完整的故事中硬插入一人，作者不能不刻意让他表演一番。只是这表演有点过火，反而显出不自然来。

公孙胜来得实在没道理。照他自己讲，此来的目的是"今有十万贯金珠宝贝，专送与保正作进见之礼"。然而谁都知道，生辰纲的消息早已由刘唐带来了，何劳你公孙先生叠床架屋、多此一举？

公孙胜加盟之后，对整个行动也毫无助益。夺取生辰纲靠的仍是吴用的策划、晁盖的指挥、白胜的表演、众人的配合。——按说凭着公孙胜的本领，只要捏诀作法、呼风唤雨，对付杨志十来个人还不是"小菜一碟"？然而公孙胜"出工不出力"，他在行动中的作用，跟一个普通庄客没啥两样！

不仅这一回，日后坐上山寨高位，公孙胜的积极性也丝毫没有提升。上山不久他就闹着回乡探母（第42回），而且一去不返；宋江派人三请五请，他才在十回以后再度露面。——从创作的角度看，这恐怕正是作者的有意安排：至少在这十回书中，作者不用再费心为这位山寨大佬编排故事了。

设身处地替作者想想，在小说创作的后期插入一个人物，并不困难；难的是让此人跟已有的故事水乳交融。——作者做到了吗？显然没有。

我们看到，公孙胜上山后只干过两件露脸的事：一件是打高唐州，他跟高廉斗法获胜（第 54 回）；另一件是在芒砀山降服同样会"作法"的樊瑞（第 60 回）。这两回给人的印象是：尽管公孙胜法术高明，却只能对付会法术的人；遇上世俗军官如呼延灼、关胜等，他就没咒念了！这显然不合情理。

不过这又是没办法的事：其他故事早已写好，你公孙胜本领再大，又如何插得进去？作者只好结合他的独特本领，为他单独安排了这两回故事，然而写得不够精彩，夹在其他故事中，形同鸡肋。

值得注意的还有，公孙胜又是最早离开义军的高层领导：破辽之后、征方腊之前，他便告辞回乡、修道奉母去了。——送走了公孙胜，作者大概长出了一口气：他再也不用绞尽脑汁为这位重量级人物编写新故事、安排新结局了，真是一身轻松！

附录一：龚开《宋江三十六赞》

龚圣与作《宋江三十六赞》并序曰："宋江事见于街谈巷语，不足采著，虽有高如李嵩辈传写，士大夫亦不见黜。余年少时壮其人，欲存之画赞，以未见信书载事实，不敢轻为。及异时见《东都事略》中载侍郎侯蒙传有书一篇，陈制贼之计云：'宋江以三十六人横行河朔、京东，官军数万，无敢抗者，其材必有过人，不若赦过招降，使讨方腊，以此自赎，或可平东南之乱。'余然后知江辈真有闻于时者。于是即三十六人，人为一赞，而箴体在焉。盖其本拨矣，将使一归于正，义勇不相戾，此诗人忠厚之心也。余尝以江之所为，虽不得自齿，然其识性超卓有过人者，立号既不僭侈，名称俨然，犹循轨辙，虽托之记载可也。古称柳盗跖为盗贼之圣，以其守壹至于极处。能出类而拔萃若江者，其殆庶几乎！虽然，彼跖与江，与之盗名而不辞，躬履盗迹而无讳者也，岂若世之乱臣贼子，畏影而自走，所为近在一身，而其祸未尝不流四海。呜呼！与其逢圣公之徒，孰若跖与江也？"

呼保义宋江

不假称王，而呼保义。岂若狂卓，专犯讳忌。

智多星吴学究

古人用智，义国安民。惜哉所予，酒色粗人。

玉麒麟卢俊义

白玉麒麟，见之可爱。风尘太行，皮毛终坏。

大刀关胜

大刀关胜，岂云长孙。云长义勇，汝其后昆。

活阎罗阮小七

地下阎罗，追魂摄魄。今其活矣，名喝太伯。

尺八腿刘唐

将军下短，贵称侯王。汝岂非夫，腿尺八长。

没羽箭张清

箭以羽行，破敌无颇。七札难穿，如游斜何。

浪子燕青

平康巷陌，岂知汝名。太行春色，有一丈青。

病尉迟孙立

尉迟壮士，以病自名。端能去病，国功可成。

浪里白跳张顺

雪浪如山，汝能白跳。愿随忠魂，来驾怒潮。

船火儿张横

太行好汉，三十有六。无此火儿，其数不足。

短命二郎阮小二

灌口少年，短命何益。曷不监之，清源庙食。

花和尚鲁智深

有飞飞儿，出家尤好。与尔同袍，佛也被恼。

行者武松

汝优婆塞，五戒在身。酒色财气，更要杀人。

铁鞭呼延绰

尉迟彦章，去来一身。长鞭铁铸，汝岂其人。

混江龙李俊

乖龙混江，射之即济。武皇雄争，自惜神臂。

九文龙史进

龙数肖九，汝有九文。盍从东皇，驾五色云。

小李广花荣

中心慕汉，夺马而归。汝能慕广，何忧数奇。

霹雳火秦明

霹雳有火，摧山破岳。天心无妄，汝孽自作。

黑旋风李逵

风有大小，不辨雌雄。山谷之中，遇尔亦凶。

小旋风柴进

风有大小，黑恶则惧。一噫之微，香满太虚。

插翅虎雷横

飞而食肉，有此雄奇。生入玉关，岂伤令姿。

神行太保戴宗

不疾而速，故神无方。汝行何之，敢离太行。

急先锋索超

行军出师，其锋必先。汝勿锐进，天兵在前。

立地太岁阮小五

东家之西，即西家东。汝虽特立，何有吾宫。

青面兽杨志

圣人治世，四灵在郊。汝兽何名，走旷劳劳。

赛关索杨雄

关索之雄，超之亦贤。能持义勇，自命何全。

一直撞董平

昔樊将军，鸿门直撞。斗酒肉肩，其言甚壮。

两头蛇解珍

左啮右噬，其毒可畏。逢阴德人，杖之亦毙。

美髯公朱仝

长髯郁然，美哉丰姿。忍使尺宅，而见赤眉。

没遮拦穆横

出没太行，茫无畔岸。虽没遮拦，难离伙伴。

拼命三郎石秀

石秀拼命，志在金宝。大似河鲀，腹果一饱。

双尾蝎解宝

医师用蝎，其体贵全。反其常性，雷公汝嫌。

铁天王晁盖

毗沙天人，证紫金躯。顽铁铸汝，亦出洪炉。

金枪班徐宁

金不可辱，亦忌在秽。盍铸长殳，羽林是卫。

扑天雕李应

鸷禽雄长，惟雕最狡。毋扑天飞，封狐在草。

　　此皆群盗之靡耳，圣与既各为之赞，又从而序论之。何哉？太史公序游侠而进奸雄，不免异世之讥，然其首著胜、广于列传，且为项籍作本纪，其意亦深矣，识者当自能辨之云。华不注山人戏书。

（周密《癸辛杂识·续集》）

郭勋与"武定版"

《水浒传》的最后写定者，为何对公孙胜如此偏爱，先让他由俗人变身"一清道人"，又将他火速提拔，成为山寨的副军师？要解开这个谜，就不能不提到嘉靖朝的一位高官——武定侯郭勋。

郭勋（1475—1542）是个有故事的人。他是明朝开国功臣郭英之后，明正德初袭封武定侯。郭家虽以武功起家，入明后却也偃武习文、诗书继世。郭勋本人书法很好，尤工篆书，一些明代碑刻的碑额篆文，便是由他书写的。郭勋还特别热衷刊刻书籍，郭家官高爵显，财力雄厚，所刻书籍不计工本，印制精美，"武定版"也因此美名远播、不胫而走。

明人对郭勋的评价是"好文、多艺，能计数"（明沈德符《万历野获编》）。——"能计数"就是精于算计。

正德皇帝（武宗朱厚照）死了，既无儿子，终鲜兄弟；朝廷依礼法行事，将武宗的旁支堂弟朱厚熜请来，入继大统，是为明世宗，也就是嘉靖皇帝。此举相当于把朱厚熜过继给武宗之父、已故的孝宗皇帝朱祐樘；然而朱厚熜却另有打算。他坐稳了龙庭，便筹划将生父兴献王朱祐杬的牌位请到太庙中来，追尊为睿皇帝。可这样一来，又把孝宗、武宗置于何地？一些朝廷重臣以及武宗之母张太后都极力反对。满朝文武纷纷站队，拥护先帝和今上的各为营垒，论辩激烈。这就是有名的"大礼议"。

最终当然是嘉靖帝获胜。而精于算计的郭勋本来是拥护正德帝的，见风向变了，便及时转舵，投靠嘉靖帝，获得嘉靖帝的宠信。日后他"进封翊国公，加太师"，春风得意，权倾一时。甚至皇帝祭祀天地、祖宗，也由他来代表。

郭勋"能计数"，还表现在做事往往别有所图。例如，他刻印书籍时，便有意编印一批宣扬本族事迹的文献，还让人模仿坊间小说，撰写了通俗小说《英烈传》。书中演说朱元璋纠集群雄反抗元朝的历史，有意夸大祖先郭英的功绩。他又收买太监，每日在皇帝跟前讲说《英烈传》故事。有人认为，他后来能晋封公爵，便与这种舆论宣传有关。（沈德符《万历野获编》）

在郭勋刻印的书籍中，便包括《水浒传》和《三国演义》。前面说过，晁瑮《宝文堂书目》所著录的《三国志通俗演义》和《水浒传》，都标有"武定版"字样。万历时人汪道昆在《水浒传》序言中也说："嘉靖时，郭武定重刻其书，削其致语，独存本传。"说"重刻"，前面应另有刻本；而"削其致语"，则说明郭勋本对原本有所整理加工。

当代学者胡适早就撰文指出，今传百回本《水浒传》是经过郭勋最后加工写定的。（《百二十回本忠义水浒传序》）学者戴不凡在二十世纪七十年代曾提出，郭勋本人应当便是《水浒》的最后整理及写定者。（《疑施耐庵即郭勋》，载《小说见闻录》）而另一学者张国光则认为郭勋本人没这个本事，《水浒》的最后写定者很可能是郭勋的门客。（《水浒祖本探考》，载《江汉论坛》1982 年第 1 期）

郭勋刊印《三国》《水浒》，该没啥希图吧？也不尽然。如《三国演义》中的正面角色刘备，原是皇帝八竿子打不着的远派宗亲，最终却"正位续大统"；嘉靖皇帝读了，想必十分受用。而《水浒》歌颂梁山英雄，也契合元末起义军的反抗精神；宋江等人的口号是"酷吏赃官都杀尽，忠心报答赵官家"；最终的结局则是受招安、征方腊，这些也都是朝廷可以接受的。

《水浒》是写给皇帝看的吗

讲了这许多，究竟跟公孙胜有什么关系呢？——有的朋友可能已经联想到：嘉靖皇帝迷信道教，史上有名。他整天跟道士们混在一起，不是打醮设斋，就是炼丹化汞，把一座好端端的宫廷变成了乌烟瘴气的大道场。与之相应，佛教在嘉靖朝备受排斥，佛像被毁、寺院关闭，和尚、尼姑被迫还俗……

郭勋惯会见风使舵，岂能错过迎合皇上的机会？他一面忙着参与"灭佛"行动，一面热衷于写"青词"——那是道士写给"上帝"的一种祝文，嘉靖朝受皇上青睐的臣僚，大都是写青词的高手。郭勋还向嘉靖推荐道士，不惜"出血"赞助嘉靖建道场。

假如学者的推测不错，武定版《水浒》确实出自郭勋门客的整合写定，这无疑又是迎合皇上的良机。在郭勋的指导下，本来与道教颇为疏离的《水浒》，在刻意包装下被涂抹了厚厚的道教油彩！

笔者幼年初读《水浒》时曾产生疑问：一部歌颂山东好汉的作品，为何远远从江西贵溪县龙虎山上清宫写起？——了解了小说成书与郭勋的关系，笔者不禁恍然大悟：这正是为迎合嘉靖帝崇道而作出的重大改动之一。这样的改动难度不大，只需在小说开头加上一顶"帽子"就是了。江西龙虎山上清宫是天师道的祖庭，有了这顶帽子，小说一开篇便笼罩在浓郁的道教氛围中，这正是嘉靖帝所乐见的。

嘉靖帝宠信的道士中有个叫邵元节的，便来自龙虎山上清宫。他深受皇帝宠幸，官拜礼部尚书，赐一品服，还"奉敕"

在京城西边建起一座"真人府"。——《水浒》开门不写梁山，先写龙虎山，不正是借此向道教致意吗？

郭勋修改《水浒》的另一大动作，便是把一个道士提拔到梁山的领导核心，也好压压山寨中佛教人物的气势——此前花和尚、武行者两个佛教徒，是书中最生动的人物，尤其是武松，一个人的传记就独占十回！

梁山好汉中本来没有道士，作者必须"变出"一个道士来。让谁来充当这个角色呢？宋江、吴用、卢俊义，乃至关胜、杨志、林冲等，早已有了固定的位置和脍炙人口的故事。只有像公孙胜这样的小角色，才是"一张白纸，好画最新最美的图画"。

在一个英雄造反的传奇故事中，提拔一个人物的最佳途径，莫过于让他参加反抗活动的发轫之举。于是便有了公孙胜拼命挤入"七星聚义"的可疑行径。尽管公孙胜在行动中表现得乏善可陈（也不可能有太精彩的表现，因为原故事已经写得严丝合缝），但他毕竟是参加了"首义"之举的山寨元老，他上山后坐上第四把交椅，谁也无话可讲。

可以说，公孙胜正是嘉靖朝受到"火箭提拔"的众多道士在小说中的投影：朝中的道士升得有多快，书中的公孙胜就升得有多快！——小说写成后，估计郭勋会第一时间敬呈嘉靖帝"御览"（花了大本钱，印制精美，不呈现给皇帝，有点可惜了），并分赠文武高官；而以李开先为首的文官群僚对小说的交口称誉，是否也有迎合"圣意"、奉承郭勋的动机，就不得而知了。

很可惜，"武定版"《水浒传》没能传下来。当代学者兼藏书家郑振铎收藏过一册《水浒传》，只残存了第十一卷的五回

（第 50 至 55 回），卷首题署为"施耐庵集撰，罗贯中纂修"。郑先生认定，此书应即"武定版"。从残卷可推，全书为二十卷一百回，跟李开先所记的"一事而二十册（卷）"相符。与日后的容与堂本分卷有所不同。

奇葩皇帝因何叹气

说罢明代嘉靖皇帝，再说说另一位皇帝吧。北宋倒数第二位皇帝是徽宗赵佶，这位刚巧也是个迷信道教的。而历史上的宋江起义，就发生在徽宗宣和年间（1119—1125）。

此前的公元 1100 年，宋哲宗赵煦驾崩，因无子嗣，作为弟弟的赵佶继位为君，即宋徽宗。小说开篇，赵佶身为端王，尚未登基。驸马王晋卿派随从高俅送两件玉器文玩给他，他见高俅会踢两脚气球，便连同高俅一起"收下"。——小说寥寥几笔，便为这位贪玩好货的浪子皇帝勾勒出一幅简笔肖像。

徽宗大概投错了胎，他压根儿不是当皇帝的料，但他绝对是一位出类拔萃的艺术家，有着很高的艺术天分和感悟力。他画得一手好花鸟，又自创"瘦金体"书法，"笔势劲逸"，独成一家。

他登基时，天下尚属太平，国库也还充裕。然而他的兴趣，几乎全在写字画画、搜觅文物、砌石构园等方面。由于他的倡导，宋代的绘画艺术得以空前发展，那幅有名的《清明上河图》，便是宣和年间宫廷画师张择端所绘。徽宗还凭借皇家财力搜罗文物字画，让人编纂《宣和书谱》《宣和画谱》《宣和博古图》，成为珍贵无比的美术史资料。

上有好者，下必甚焉。一些臣僚宦官投其所好，在苏、杭一带设置匠作局，制造牙角、犀玉、金银、竹藤、织绣等新奇文玩，每日役使工匠数千，所需大量金钱物料，全由老百姓负担。

徽宗还在京师汴梁大兴土木，修造艮苑，从各地运来花木湖石，充实园林。江南人家若有奇石美木，无不提心吊胆；说不定啥时，就有官差闯进门来，给花石贴上黄封纸，这东西平白就成了皇家的。搬运时若遇花木湖石体积过大，还要拆墙毁屋，多少人因此"破家"！花石一路由专人押运，称为"花石纲"（成批货物叫纲）。——《水浒》中杨志便因押送花石纲在黄河翻船，丢了官职。

艮苑中堆有假山，称万岁山。宦官小人拿油绢为囊，以水浸湿，用来"贮云"。赶上徽宗来游，侍从将云囊打开，山间顿时云雾腾腾。又有专人训练禽鸟，徽宗一来，便有数万飞禽前来"接驾"。由于艮苑占地广大，驯养了大量禽兽，每当秋风夜静之时，猿啼鹤唳，此伏彼起，搞得京城如同郊野，"识者以为不祥"。

为何要修建万岁山呢？原来徽宗没儿子，听道士说，在东北方堆垒假山，可保子嗣不断。山建成后，后宫果然接连生子，徽宗也由此迷信道教，尤其崇信道士林灵素，大建宫观。道士恭维徽宗为"教主道君皇帝"。——其实后宫中被废黜的后妃才称"教主"，这同样又是"不祥之兆"。

这位风流皇帝不满后宫的三千佳丽，不时微服出行，与京师名妓李师师打得火热。——《水浒》中的宋江、燕青等不止一次拜访李师师，便是为了打开"通天"的门路。这些看似荒诞的情节，多少都有着史实的影子。

可是说到治国，徽宗却昏庸得可以。他重用宦官童贯，让他带兵打仗——历史上宦官当枢密使的，大约仅此一位。小说中说梁山兵马曾"两赢童贯"，则纯属虚构。宋江义军人数有限，"杀鸡焉用宰牛刀"？还用不着童枢密亲自出马。不过两人又确有交集，宋江受招安后随官军征讨方腊，官军最高统帅正是童贯。

徽宗在政治上倚重蔡京，言听计从。——在小说中，蔡京是以权奸的面目出现的，他大权独揽，爪牙遍地：北京留守梁世杰是他的女婿，江州知府蔡九是他的儿子，华州贺太守是他的门人……蔡京还跟童贯、高俅、杨戬等人沆瀣一气，始终跟梁山作对。宋江等接受招安后，北讨南征，功勋卓著，蔡京仍不肯放过他，宋江终于死于御赐药酒，背后黑手正是蔡京。

历史上的蔡京也非善类，他借口恢复王安石新政，残酷打击政敌，把司马光、苏轼等人打成"元祐"党人，将他们的名字刻在石碑上，说是永不准翻案！他还下令销毁苏轼、黄庭坚、秦观等人的文集，哪怕是藏在民间的一篇文章、一封书简，也要搜缴销毁，搞得人心离散……

经过昏君、奸臣的一通折腾，北宋王朝国库空虚，民生凋敝，而北方强邻辽、金、夏讨要"岁币"，胃口则越来越大。宋江、方腊起义，便是在这样的情形下爆发的。

宣和三年（1121），宋江、方腊两场起义先后被终结。然而宋朝元气大伤，勉强又支撑了五六年，至靖康二年（1127），金人攻入开封，已经当上太上皇的赵佶和儿子钦宗赵桓被金人掳往北地，关押在五国城，北宋政权至此覆亡。

金人攻入开封前，徽宗已将烂摊子传给钦宗，自己离开京城南下。半路不断有消息传来：金人狮子大开口，要金要银，甚至索要宫女。徽宗听了，都不动心；唯独听说金人索要"三馆书画"，他才大动感情，嗟声叹气！（《三朝北盟会编》）——老百姓在这位皇帝心目中占着多少斤两，也就可想而知，难怪人们要造反！

关于宋江结局的五种说法

中国历史上的农民起义，论规模之大、影响之巨，先后有陈胜、吴广、赤眉、黄巾、黄巢、王仙芝、方腊、杨幺……直至明末的李自成、张献忠。可是在后世民间，又有哪一家的名气比宋江大？这全须《水浒传》的宣传与颂扬。——难怪清代学者钱大昕说：中国人自古信奉儒、佛、道三教，其实都赶不上民间信奉的"小说教"。小说不但士农工商喜读，连妇孺文盲也能娓娓道来、如数家珍。小说的影响，实在出于三教之上！

说真的，若论规模，宋江起义实在不值一提。——仅有三十六人，与赤眉、黄巾乃至同时代的方腊、杨幺不可同日而语。宋人王偁《东都事略》转述一个退休官僚侯蒙的话："宋江以三十六人横行河朔、京东，官军数万，无敢抗者。"——"河朔"即河北，"京东"即山东。《东都事略》还提到宋江最终在海州就擒，海州即今天的江苏连云港。各种史料说到宋江，或称"京东贼"，或称"河北剧贼"，或称"淮南盗"，可见宋江三十六人采用的是游击战术，在河北、山东及苏北一带流动作战，因而又有"转略十郡"的说法。（《宋史·张叔夜传》）

人们也曾提出疑问：数万官军对付不了三十六人，这也太夸张了吧？于是有人解释说，"三十六人"应指三十六个头领，每个头领手下还有喽啰若干，加起来也可以成千上万啊。

笔者倒认为，在起义初期，宋江手下大概确实只有三十六人。史书中拿"三十六人"与"官军数万"对举，正是通过数字的悬殊，证明宋江才干过人。不过在后来的战斗中，义军人数必然有所增加，却也不会太多——太多了，尾大不掉，也就丧失了灵活性，粮草供应也成了问题。

三十六人刚好又是道家的"天罡"之数，说着响亮，颇具传奇色彩。故在口碑流传中，人们始终记着"三十六"这个数字。

宋江事迹进入传说故事，好汉人数最初便是三十六个。如前举宋人龚开的《画赞》便是三十六人，人各一首。元代《宣和遗事》讲述宋江啸聚梁山泊的经过，也说三十六人。直到元代水浒戏中，才有"三十六大伙、七十二小伙"的说法。（《黑旋风双献功》）——"三十六大伙"应该有三十六个大头目，"七十二小伙"则有七十二个小头目，加起来刚好一百零八，这应是《水浒》三十六天罡、七十二地煞的肇端吧。

此外，有证据表明，"天罡地煞之说"在某个《水浒》早期版本中也有提到，本书辑二还将说到。

至于讲到宋江的结局，文献中又有不同记载，或说战败投降，或说接受招安，也有说招安后被派去镇压方腊的。细数起来，关于宋江结局，大致有五种说法。

一种说法，称宋江等"剽掠"山东，势不可当，州县官吏望风而逃。可是打到沂州却碰上了对手。知州蒋圆率官兵挡住宋江去路。宋江没办法，求蒋圆放自己一马。蒋圆表面答应，却一再拖延，侦知宋江粮尽，立即发起猛攻。宋江部下大半被歼，余部逃进沂蒙山，后来也被迫出降。至于宋江的下落，文中未提。这位蒋知州还很谦虚，人家让他上报请功，他说：这是我的职责所在，何功之有？——此事颇为可疑。我们都知道，古代官场虚报邀赏的多，自谦瞒功的少。此事被刻入蒋圆的墓志铭，可谓死无对证了！（宋张守《毗陵集·左中奉大夫充秘阁修撰蒋公墓志铭》）

第二种记载，说捕获宋江的是折可存。——折可存是位很能打仗的将军，先在西北跟党项人作战，后又转战东南、镇压方腊。得胜回朝后，又奉皇帝亲笔诏书，要他"捕草寇宋江"。一个月后，将宋江擒获。（宋范圭《宋故武功大夫、河东第二将折公可存墓志铭》）这段"光荣历史"，也是记录在墓志铭中，同样是死无对证之词。

顺带说到，折可存是"折家军"的成员。折姓源出党项，"折家军"在宋代与"杨家将"齐名。"折"读 shé（音蛇），老令公杨继业的妻子佘太君即姓折，是折氏家族的姑娘。到了小说中，以讹传讹，改"折"为"佘"了。——折家姑娘许配杨家郎君，倒也门当户对。

第三种说法流传最广：宋江"转略十郡"，最终打到海州。宋江在海边劫掠大船十余只，装上掳获的财物，准备从海路遁走。海州知州张叔夜是个厉害角色，得到情报后，组织了上千人的敢死队，设下埋伏。等宋江等踏入伏击圈，一声号令，伏兵四起，海边大船也被官兵一把火点着。宋江见退路已断，又加上副帅被擒，只好乖乖投降。——此事最初由《东都事略》记载，后被《宋史》肯定，成为权威说法。至于被擒的副帅是不是卢俊义，史书未提，不得而知。

第四种说法，是宋江主动接受了招安，并带队进京陛见皇上，还举行了耀武扬威的"入城式"。当时有个小官叫李若水，目睹了这一切，写诗说："大书黄纸飞敕来，三十六人同拜爵。狞卒肥骖意气骄，士女骈观犹骇愕。……"（皇帝的赦罪诏书传来，宋江等三十六人都封了官。进城的队伍耀武扬威、不可一世，让夹道观看的老百姓心惊胆战。）（《忠愍集》）李若水在诗中发了一通牢骚，认为朝廷政策出了问题：做强盗的反而受优待，这不等于鼓励人造反吗？

　　还有第五种说法：宋江接受招安后，真的被调去南方打方腊。宋江被任命为先锋官，最终攻入方腊大本营，还立了战功。然而这跟折可存墓志铭的记录相互矛盾，那里分明说宋江被擒是在方腊被灭之后。——莫非宋江在征方腊之后，又遭到朝廷清算吗？这倒跟小说里先征方腊、后被鸩死的描写相吻合。

从"山贼"到"水寇"

　　总而言之，有关宋江的历史记载零散模糊，纷说不一。别的不说，史书中竟没有一句提到梁山泊！从现存史料上看，宋江一伙唯一一次跟水亲密接触，就是在海州那一回，那又恰是宋江失败的一仗。因此早期宋江传说很难称之为"水浒"故事——"浒"有水涯之意；"水浒传"本应是发生在水边的传奇故事。

　　没错。在早期宋江故事里，宋江确实与水无关。龚开为三十六人画像题诗，诗中屡次提到"太行"。试看咏赞燕青的一首：

　　　　（浪子燕青）平康巷陌，岂知汝名。太行春色，有一丈青。

　　这是说，燕青是横行太行山的好汉，平康巷中的妓女又哪里知晓你的大名？——"平康巷"即古代都市中的"红灯区"。此诗的背后，是不是还有"香艳"故事？《水浒》写燕青陪宋江到东京谋求招安，走的正是"平康巷"李师师的门路。不过诗中用"一丈青"来形容燕青，又跟《水浒传》有所不同。小说中的"一丈青"是女将扈三娘的绰号。值得注意的是，诗中说"太行春色"，而非"梁山春色"！

　　检点三十六首诗，前后五次提到太行山。除了燕青这首，另在卢俊义、张横、戴宗、穆横的赞中也提到太行。这些诗，多半只是对绰号的粗浅解释，加上一点感叹，谈不上深刻。这也难怪，龚开只是个画师，并不是文学家。但有一点不能不注意，即龚开所听的宋江故事，好汉们似乎始终未离太行山，至于"梁山""梁山泊"，诗中只字未提。仿佛宋江一伙不是什么"梁山水寇"，而是"太行山贼"！

历史上的宋江武装有个特点，就是擅长"跑路"。看看他的活动范围，包括了河北、山东、苏北的广大地域，其间冲州撞府、声东击西，具有打了就跑、机动灵活的优势，这才导致"官军数万无敢抗者"。——设若这几十号人（哪怕扩展到成百上千）真的在梁山泊扎下水寨，岂不是舍长用短、鳖入瓮中？"游击专家"宋江当然不会干这种傻事！

太行山位于河北、山西交界，宋江的众多"帽子"中，有一顶就是"河北剧贼"。宋江确曾在太行山驰骋过。龚开所听的宋江故事，应该是以太行山为背景的。

那么"梁山泊"又是何时进入宋江故事的？——大致应在宋末元初。如元初话本《宣和遗事》中的英雄啸聚之地，已变成"太行山梁山泺"。

换了今天，你这样讲，会让人笑掉大牙！——梁山泊在哪里？在东京以东数百里外。太行山在哪里？在河北、山西两省交界，"尾巴"甩到开封的西北方向。二者一在开封之东，一在开封之西，怎么会出现"太行山梁山泺"这样的荒诞地名？

学者解释说：你要原谅古代的说话人！在今天，人人都有机会接受普及教育，小学开有地理课，人人手边有地图，如今更享网络地图之便。古人可没有这个福分。那时即便是学富五车的读书人，拥有起码地理知识的也是凤毛麟角，何况是文化修养不高的说话人。

宋江起义发生在北宋末年，随着金人进犯，宋室播迁，有关宋江的传说，也随之被带往江南，在那里传播发酵。——没错，别以为宋江故事的主角是山东好汉、河北豪杰，便将它定位为北方故事。这里要特别强调，水浒故事的流播与创作，主要是在南方进行的。

由于南北阻隔，年深日久，本来就没多少地理知识的南方说话人，对北方的地理也更加陌生。他们只模糊了解北方的太行山有强人出没，又听说南北水路上的梁山泊也是"盗薮"；于是想当然把这两处"捏合"到了一处。

于是原本为"太行山贼"的宋江三十六人，到了《宣和遗事》中又兼有了"梁山泊水寇"的身份。或者说，此刻的宋江，正走在从"山贼"到"水寇"的转型之路上。

不过梁山泊的尴尬位置很快就在元杂剧中得到了厘正。在元杂剧《双献功》中，宋江自报家门说："寨名水浒，泊号梁山。纵横河港一千条，四下方圆八百里。东连大海，西接济阳，南通巨野金乡，北靠青齐兖郓。"——查查地图，元杂剧对梁山泊的定位，几乎分毫不差。原因很简单，《双献功》的作者高文秀本身就是东平人，他是喝着梁山泊水长大的，又怎么会把家乡的位置搞错？

《水浒》第78回开头，有一首形容梁山泊的骈语："寨名水浒，泊号梁山。……东连海岛，西接咸阳，南通大冶、金乡，北跨青齐兖郡。……"应该就是照抄《双献功》的宋江开场白。

元代"水浒"戏情节简单、人物粗糙，《水浒》很少从它那里汲取素材；唯独梁山泊的位置，小说全盘接受了元杂剧的说法。——宋江摆脱"山贼"身份，进入"水寇"角色，也正是从元杂剧开始的。

从一些诗歌作品看，元代人已普遍接受宋江啸聚梁山泊的"事实"。如元人陆友读了龚开的《题宋江三十六人画赞》，写诗抒情，末尾四句是："……我尝舟过梁山泺，春水方生何渺漠。或云此是碣石村，至今闻之犹褫魄。"已经把宋江故事跟梁山泊联系到了一起。

　　另一位元代人陈泰也曾路过梁山泊，但见九十里宽的湖面上栽满荷花，一派太平景象。他还听船夫说，这些荷花是宋江的妻子栽植的。——由此可见，在早期传说中，宋江并不像小说中所写，只是一味"打熬筋骨，不近女色"。他有家有室，富于人情味。他的太太喜爱荷花，擅长经营，想来也是位女中豪侠吧。——只是这个宋江远离史实，已是传说中的人物。

洞庭波涌梁山泊

拿《水浒》中的宋江跟历史上的宋江一比，差距不是一星半点。

譬如历史上的宋江只有三十六人，采取游击战术。蒋圆、张叔夜等地方官吏凭借州县之兵，就可与之抗衡。到了《水浒》中，情节陡变：三十六人的"兄弟排"，一下子膨胀为十万之众。——那几乎是一个集团军的兵力！单是头目，就有一百零八个。战术上也一改游击作风，变成啸聚水泊、据寨守险的模式。——这还是历史上那个宋江吗？

有人解释说：小说嘛，虚构总是难免的，何必较真儿！——话不是这样讲。《水浒》是古人对白话长篇小说的初次尝试，遇到的头一个难题，便是"巧妇难为无米之炊"。就是两三百年后，小说创作进入成熟期，曹雪芹撰写《红楼梦》，也还要依仗他丰厚的个人体验和取之不尽的家族素材哩。由此推想，小说中英雄啸聚水泊的史诗场景，想必另有原型。

笔者读书不多，但常感开卷有益。例如，我读宋代史料即发现，"水浒"故事的"水寇"模式，很可能借鉴了南宋初年洞庭湖大起义。

说实话，元杂剧《双献功》中宋江介绍梁山泊，虽说地理位置无误，但"四下方圆八百里，周围港汊一千条"等描述，却不无虚夸之嫌。梁山泊本为黄河的泄水湖，水面随黄河水的涨落而盈缩，北宋时面积最大，周长也应未超五百里。金代黄河改道，梁山泊水面急剧收缩，至明代水面已不足八十里，入清后则完全干涸。

清代有个官吏曹玉珂到寿张县做知县，梁山泊刚好在其辖下。一到任，曹知县便兴致勃勃地前往游赏，不想眼前的景色让他大失所望：但见小说中三关雄壮的梁山，竟是"嵝然一阜，坦首无锐。外有二三小山，亦断而不联"。所谓水泊，更是无迹可寻，"村落比密，塍畛交错，居人以桔槔（一种打水工具）灌禾，一溪一泉不可得，其险无可恃者"。（《过梁山记》）此刻的梁山泊不要说八百里，就是八十里也不复存在了。居民饮水、灌溉，要靠打井才行。

　　据当地百姓介绍，当年的梁山泊确实烟波浩渺。但曹知县仍然不解：即便有水，又如何藏得兵马战船？随行门客解释说：宋徽宗时，奸臣当道，"平川广野，无地非梁山之泊"，又何必山高水险？

　　话是这么说，当年梁山泊的山形水势，确实无法为大规模武装反抗提供险要地势，顶多在一望无际的芦苇丛中，藏几个拦路（水）抢劫或走私货物的小贼罢了。那么小说所渲染的"蓼儿洼"，又是从哪里寻得模特？——应该便是洞庭湖。

　　宋江接受招安后不久，远在梁山千里之外的荆湖地区，爆发了一场声势浩大、旷日持久的农民大起义。义军所采用的，正是依山傍水、构筑水寨对抗官军的模式。洞庭湖水面辽阔、山岛崔嵬，周边溪涧密布，港汊纵横。洞庭义军凭借"重湖之险"，与官军周旋了五六年，令南宋朝廷头疼不已。

　　洞庭湖"横亘七八百里"（或谓"周围至八九百里"），"日月若出没于其中"。（《古今图书集成》）其水势浩大，是因汇聚沅、渐、元、辰、叙、酉、澧、资、湘九派之水的结果。在起义初期，湖中已建水寨七十余座。其中夏诚的大寨最为雄壮，"三面临大江，背倚峻山。官军陆攻则入湖，水攻则登岸"（《建炎以来系年要录》）。——"水浒寨"的模型，原来出在这里！

宋江起义与洞庭湖起义，一在北宋末年，一在南宋初年（建炎四年，1130 年），相隔只有九年。洞庭起义的两任领袖钟相和杨幺，跟宋江是同时代人。宋江若是三四十岁的精壮汉子，钟相彼时已六十开外，而杨幺还是十几岁的毛头小伙儿。

九年光阴在历史上不过是白驹过隙，因而两场起义的传说，几乎是同时在民间流传的，很容易相互借鉴乃至混淆。不过把南方的"水寇"素材植入北方的"山贼"故事，必须要替宋江寻找一处北方的"江湖"；而山东"八百里梁山泊"，也便顺理成章地成为小说家的首选。被充分文学化的宋江，也不得不改变策略，抛弃"冲州撞府"的游击战术，改为凭坚守险的防御战加运动战，此刻的宋江距离历史上的那一个，已是越走越远，几乎面目全非了。

关于梁山泊，这里还想多说两句。当代学者黄仁宇在他的经济史著作中，常常强调"数字管理"，认为那是农耕社会和商业社会的分水岭，此论颇有启发性。

中国古代文人大多具有诗人气质，却不屑于做数字上的检验和计较。即如"八百里梁山泊"的说法，你很难把它看作经过认真丈量的准确数字。假如这里的"八百里"表示梁山泊周长的话，水泊的直径至少也有二三百里，梁山泊水简直要淹到泰山脚下去了！

但令人不解的是，直至清人编撰《山东通志》，编者仍承袭"八百里梁山泊"的说法："今黄河之势大，故恒冲绝……其内则有古大金堤可倚以为固，其外则有八百里梁山泊可恃以为泄。……"

其实这段文字是抄自《明史·河渠志》，原文是："今黄河势大，恒冲决……其内则有古大金堤可倚以为固，其外有八十里梁山泊可恃以为泄。……"——"八十里梁山泊"是明人对梁山泊面积的真实估计，《山东通志》一字不改地抄袭原文，唯独将"八十"妄改为"八百"，这位编纂者一定是小说读多了！

另有一则跟梁山泊相关的笔记文，也体现了某些文人的"诗性"思维。北宋王安石变法，对水利格外关注。有谄媚小人投其所好，建言说：把八百里梁山泊的水放干，可得良田万顷。王安石问：放出的水又置于何处？有个座客不无调侃地说：在旁边另挖个八百里水泊就是了。王安石听了，一笑置之。（《闻见录》）

类似的例子还可举出一些，这或许可以提醒我们：不但书商会做伪，就是传统的学者，也往往有不够严谨之处。即如有关罗贯中籍贯的文献记述，便有太原、东原、东平、杭州、庐陵等不同说法；而罗的生活年代，也有宋代、元代、明代等不同记载。——"尽信书则不如无书"，孟子的经验之谈，永不过时。

晁盖的原型竟是他

"托塔天王"晁盖是梁山上颇为尴尬的角色。——不错，是他最早带着七八个弟兄上山，开创了梁山大业。以后宋江等人上山，也都一口一个"天王哥哥"，尊他为首席。

然而这位大哥并没有什么真本领，之前不过搞了一票拦路抢劫（"智取生辰纲"），还是靠着吴用的妙计和众人的帮衬。上山以后，则全无作为。攻打祝家庄本是他树立威信的好机会，结果却让宋江抢了头功。后来好不容易争得攻打曾头市的指挥权，却出师未捷先挨了一箭，就此撒手尘寰！

笔者百思不得其解：若说晁盖是历史上的真实人物吧，任何文献中都查不到他的名字；若说是虚构人物吧，又不符合民间讲故事的习惯：宋江分明是山寨一号，为啥要在他头上压着这么一位窝窝囊囊的老兄？

且来看看晁盖走过的历程吧。在早期宋江故事中，晁盖只是个不起眼的小人物。龚开《画赞》中头一位赞的是宋江，晁盖则排名第三十四位，倒数第三。他的"铁天王"绰号倒挺唬人，无奈这"天王"却是铁铸的。龚开在诗赞中调侃说："毗沙天人，证紫金躯。顽铁铸汝，亦出洪炉。"——同样是洪炉中炼出的，人家是紫金之躯，你只是块"顽铁"！

不过到了《宣和遗事》中，晁盖突然发迹，一跃成为主角。他先是率领一彪好汉截取了"蔡太师的生日礼物"；到梁山泊后，顺理成章地坐上了头把交椅。其后宋江在九天玄女庙得了《天书》一卷，内有三十六人名字，打头的是"智多星"吴用，"铁天王"晁盖则位居第三十六。这张名单里没有宋江，想来要等晁盖死后填补他的坐席吧？

回头来看，《画赞》讲的是"太行山贼"宋江的传奇，《宣和遗事》讲的已是"水寇"故事，是"山贼"宋江接受了"水寇"模式而演变出的全新故事，晁盖地位骤升，应该跟洞庭湖素材的介入有关。

不错，洞庭湖起义分为两个阶段，前后有两任大头目。第一任是钟相，第二任是杨幺。他们的关系，很像晁盖与宋江。我们试着把晁盖和钟相两相对照，相似之点至为明显：

首先，两人都是一场大规模农民起义的开山领袖。晁盖的情况不用说，钟相于南宋建炎四年（1130）二月十七日在鼎州武陵县首揭义旗，拉开了长达五年的洞庭湖农民大起义的序幕。

其二，两人又都是昙花一现的大头领。钟相起义后在天子冈建起大寨，但仅仅四十天，就被军贼流寇孔彦舟匪帮打破，钟相被俘身死。这样的结局虽与晁盖不尽相同，但"出师未捷身先死"的遭遇却是一致的。

其三，两人死后，他们的事业在后继者手中都得以发扬光大。在《水浒》中，宋江接过晁盖的大旗，广招英雄，山寨事业蒸蒸日上。而钟相死后，则有杨幺接过他的旗帜，在湖中掀起规模更大的起义波涛，又坚持起义五年之久。

其四，两人的崇高威望一直保持到死后。晁盖已死，山寨中仍供奉着"梁山泊主天王晁公神主"，众人时时祭拜。而钟相死后，杨幺等人拥立钟相之子钟子义（又作钟义或钟仪）为"太子"，可以说，那是活的钟相"灵牌"。而杨幺等人的兴兵口号，也口称"与钟老爷报仇"！

人们不免要问：钟相究是何许人？为什么能成为洞庭湖一

呼百应的首义者？原来，钟相是位教主式的人物，他所传播的宗教，有人认为是摩尼教（又称"吃菜事魔教"），也就是后来的"明教"。其宣传口号为"等贵贱，均贫富"，对广大贫苦农民而言，这样的口号极具诱惑性。

此前钟相在洞庭湖一带传教布道二十年，威望极高，湖区数百里内的百姓，全都捧着礼物去拜见他，称为"拜爷"。因此他登高一呼，环湖六州十九县的百姓一齐响应，洞庭湖顷刻间成了起义军的天下。——不过钟相发动起义时已是"昏耄"老者，空有威望，打仗却不在行。

孔彦舟原是官军军官，与金人作战失利，率残部四处剽掠。他的队伍在洞庭湖受到义军阻击，于是他一面大造舆论，声称要撤退，一面派人打入钟相的天子冈大寨，里应外合，攻破了寨子。钟相与儿子钟昂（即钟子昂）、钟全、钟绪全都被俘身死，只有幼子钟义逃脱。

不过反抗火种一旦播下，扑灭却没那么容易。孔彦舟在一番劫掠后移军他往，而"钟相余党"杨华、杨幺、杨钦、刘诜、周伦、夏诚、刘衡、黄佐等则各拉队伍，在湖中因地制宜、修建水寨。各寨相对独立，又声气相通。在此过程中，年轻头领杨幺逐渐崭露头角，成为义军第二代总头目。这一干好汉从此在洞庭湖中演出真实版的"水浒"故事，杨幺便是《水浒》中的宋江啊。

宋江故事在转型为"水寇"故事时，需要选拔一位好汉作为钟相的镜像人物。此人最好是"白纸一张"，在原故事中情节不多，面目模糊，以便改造。——《宣和遗事》的作者选择了排名靠后的晁盖，堪称得人。晁盖入选，大概还因他绰号中有"天王"二字。在后来的《水浒》中，"铁天王"改为"托塔天王"，小说作者又为他编造了"夺塔镇溪"的霸气故事。而本来是义军老大的宋江，在新的故事中不得不屈居次席，直至晁盖死后才得以扬眉吐气。

至于晁盖形象始终不够饱满，大约因为小说家只从洞庭历史中借取了钟相的光环，却抹去了原型人物的宗教领袖身份。他的江湖威望，也便成了无本之木、无源之水，变得莫名其妙了。

十万人马，八方共域

《水浒》中的梁山人马有多少？心思细密的小说家，特别注意写出义军由弱到强、从少变多的大趋势。

山寨草创之初，王伦等只"聚集了五七百人"（第15回）。晁盖"小夺泊"后，山寨人马略有增加，"聚集得七八百人"（第20回）。此后不断招兵买马，至第35回宋江向清风山燕顺等介绍，道是"晁云王聚集着三五千人马"。

嗣后梁山又纠合了清风山、对影山、黄门山、饮马川、桃花山、二龙山、白虎山、芒砀山、枯树山等处兵马；在与官军的对抗中，还屡有俘获，队伍迅速壮大。三打祝家庄时，梁山共出动六千步兵、六百马军，还留一些人马镇守山寨；此时人数应在万人以上。

及至攻打高唐州时，可动用的人马已达八千。第68回，宋江攻打曾头市时，共出动五路兵马，人数超过两万。而宋江、卢俊义分头攻打东平、东昌时，两人各带一万人马，义军气候已成。

大聚义以后，义军规模又有扩展。童贯征讨梁山时，调集了八路兵马，总计十万大军；而高俅亲讨梁山时，更征调十位节度使，总计十三万人马，都足以反衬梁山的强大。小说第81回，燕青向宿太尉禀告："……宋江等满眼只望太尉来招安。若得恩相早晚于天子前题奏此事，则梁山泊十万人之众，皆感大恩！……"——这是梁山全盛时期的人马总数，与历史上的"三十六人"不啻天壤，却与洞庭义军人数大致相埒。据《中兴小纪》《杨幺事迹》等书记载，洞庭义军人数是"十余万""有众八万，号十万"。

宋江起义既然发生在北方，众多头领、喽啰，理当以山东、河北的居多；然而小说为我们展现的，却是"八方共域，异姓一家""千里面朝夕相见，一寸心死生可同""相貌语言，南北东西虽各别；心情肝胆，忠诚信义并无差"的情景！（《水浒全传》第 71 回）

譬如忠义堂上，确实有不少山东好汉，如两任寨主晁盖、宋江都是山东人，而吴用、李逵、武松、花荣、戴宗、李应、阮氏三雄、解家兄弟以及女将扈三娘，也都是山东儿女。

河北英豪也不少，如第二把手卢俊义是大名府的豪杰、神通广大的公孙胜、仗义疏财的柴大官人、多才多艺的小乙哥……也都是河北人。不过这两省豪杰，只占了全体好汉不及五分之一。余下的八九十位，竟是来自五湖四海。

如来自河南的有林冲、徐宁、张清、韩滔、彭玘等。关西好汉则是山寨中极有特色的一群，他们开口称"俺"，闭口"洒家"，言谈举止带着关西大汉的特有气质。内中包括花和尚鲁智深、杨家将的后裔杨志，以及少年英雄史大郎……山西豪杰在寨中也位列上乘，像义勇武安王关羽之后关胜，河东名将呼延赞的嫡派子孙呼延灼，有着"一直撞"威名的上党英雄董平，梁山泊的草创者之一、西潞州好汉刘唐等。

更令人瞩目的是，北国水寨中，竟来了一伙南国英雄。拿水军头领来说，泊子里土生土长的"舟人渔子"，只有阮家三兄弟；更多的水军头领来自长江流域，如李俊、张横、张顺、童威、童猛……此外，穆弘、穆春、朱武、侯健等，也都来自长江沿岸。

忠义堂上的江苏籍好汉也为数不少，如石秀、安道全、马麟都来自金陵建康府；王英、项充、李衮、乐和、王定六，也同是江苏人。另外，潭州（今湖南长沙）的蒋敬、吕方，黄州（今湖北黄冈）的欧鹏，还有襄阳府（今湖北襄樊）的邓飞，这几位本身都是洞庭湖好汉，却跑到山东梁山泊来落草。秦明、郭盛则是四川人。家乡最远的要数孙立、孙新，他俩"祖是琼州人氏"，那里远在海南岛。——起义发生在山东，可头领却来自五湖四海，这一现象颇不寻常。

然而这又是洞庭湖起义的独有现象。洞庭起义正值南宋初年，随着北宋覆亡，大批中原衣冠士族及溃败官军涌入南方各省。杨幺等在洞庭湖中建立"政权"，称雄一方，以武力维持了湖区的相对安定，自然也有不少中原"士大夫避乱者"来投，同时接纳了大量来自西北、东北（河北、山东、苏北一带）的"溃散兵卒"。《水浒》所谓"八方共域""千里面朝夕相见"，正是洞庭义军的人员构成特点，也是南宋初年民族迁徙、人员混杂局面的一个缩影。

谁说山寨头领只有一个农民

从籍贯上看，梁山好汉的聚合，正应了那句"四海之内皆兄弟也"的古训。——美国女作家赛珍珠将《水浒传》译成英文，便取名"*All Men Are Brothers*"。

从职业上看，梁山好汉上山前又是干啥的？一场农民起义的头领，总应以农民居多吗？恰恰相反，有人统计说，一百零八个头领中，纯正的农民只有一个——陶宗旺。这个不起眼儿的头目位列地煞，书中明写他是"庄家田户出身"，他的兵器是一把农民常用的大铁锹。其绰号"九尾龟"，也有曳尾泥中、与田土打交道的意思。（第40回）

当然，出身农民的还能找出几个，如黑旋风李逵原本也是农民，其兄仍在家乡务农；他因打死人而逃亡在外，遇赦后流落江州，在小说中亮相时，身份已是江州"小牢子"。菜园子张青也应是农民，从绰号即能看出。不过他与妻子在十字坡开了个酒店，已变身店主。

然而这里有个误解：在当代读者眼中，仿佛只有卷起裤脚下田干活的才算农民。其实古人将天下人分为士、农、工、商四等，所谓"农"，包括了一切身居乡里、倚农为业的人。其中既有日出而作、日入而息的农夫，也包括拥有土地、倩人劳作的田主。否则，像晁盖那样的庄园主，在"四民"之中应该归于何类？

或谓，田主不是佃农的对头吗，怎么能代表农民呢？此言不差。但也要看到，田主与佃农又有着共同的利益与期盼。例如，他们全都盼着风调雨顺、五谷丰登，也都巴望天下太平、兵革不起。对官府苛政，田主甚至比佃民怨忿还多。

从经济上看，佃户、庄农最渴望改变现状，因而也是"革命"的最坚定拥护者。然而小说描写的"现实"却是：庄客、佃户反而由庄主率领着投奔义军，史进造反、晁盖造反全都是如此。晁盖身为庄主，还当上山寨一把手，这丝毫不影响梁山的"农民起义"定性，因为庄主本身就是"农民"。

　　山寨的第二任首领宋江也是田主出身，父亲宋太公"在村中务农，守些田园过活"；家中有"大小庄客"。宋江自己身为吏役，效力于官府，但他的立场依然是农民的。

　　山寨中的庄园主还不止这几位。李家庄的李应、扈家庄的扈三娘，以及孔明、孔亮，穆春、穆弘等，也都是靠田土吃饭的，尽管他们本人可能从未捏过锄杆。

　　此外，阮氏三雄以及来自长江流域的李俊、张横、童威、童猛等，或打鱼为业，或摆渡为生。——洞庭史料中称为"舟人渔子"，便是此辈。连同猎户出身的解珍、解宝，全都是"靠山吃山，靠水吃水"的劳动人民，植根于广袤的农村乡野、山林水泽。

　　农耕经济是封建社会的主导经济，这也导致从前的城乡之间，没有后世那样界限分明。在乡间占有大片土地的庄园主，往往过着城乡两栖的生活。而城市里官员告老，也大多回归乡里，当个乡绅。非但如此，城镇中从事各种行业的市井之民，也多半是从乡村走出来的，跟乡村保持着千丝万缕的联系。李逵、张青便是代表。

　　在一场大规模的起义活动中，领袖本人就是田主出身，广大喽啰曾是缴租纳粮的农户，这样的群众运动，不是农民起义又是什么？——庄园主领导农民起义的现象并不鲜见。洞庭湖起义的首倡者钟相因长期传教，坐拥大量财富，应当也是庄园主。而北宋末年在南方发动起义的方腊，本人是漆园主，也非一般劳动者。

来自都邑的头领们

不过山寨头领又以来自市井者居多，倒也是事实。这也不奇怪，洞庭起义的头领，除了钟相父子是乡间财主之外，其他全都是"龙阳县市井、村坊无赖之徒"（《杨幺事迹》）。——尽管这是站在官方立场的污蔑说法。

梁山好汉中的市井人物，按职业又分为胥吏、商贾、工匠、军官、游民以及文人、僧侣等。

出身胥吏的，在好汉中有十三位，其中七位更是位居天罡。如宋江身为"押司"，那是官府中承办案牍事务的吏员。按宋朝制度，府一级的衙门有押司官八人；县衙中也有押司，便是后世的"书办"。宋江"刀笔精通，吏道纯熟"，是县官倚重的人物。

跟宋江同属吏役的还有裴宣、戴宗、李逵、蔡福、蔡庆、乐和、马麟等。裴宣的职务是"六案孔目"。北宋后期，州县设吏、户、礼、兵、刑、工六案，六案孔目总揽各案文书事务，职能与押司相近。

戴宗是江州"两院押牢节级"。宋代州一级刑狱机构有左、右司理院，合称"两院"；"节级"即"狱节级"，掌监狱事务。戴宗、杨雄、蔡福等，便都任此职。戴宗又称"院长"，小说特别解释："那时，故宋时金陵一路节级都称呼家长，湖南一路节级都称呼做院长。"

此外，几位都头也属吏役，如朱仝、雷横、武松、李云等。——"都头"本是唐代高级武官名称；到宋代，都头仍是军职，职位在指挥使之下，掌管百人。州县捕快头目称"都头"，当是借用其名。

洞庭义军中有没有这类人呢？应当也有。当"军贼"孔彦舟来袭时，地方官纷纷逃窜，湖区一时出现权力真空；官衙胥吏也应做鸟兽散。——在封建国家机器中，吏役地位卑微，处于末端；但在百姓眼中，他们则是官府的直接代表，手握权力，能决人生死，个个都是"人物"！时危世乱之际，他们很容易混入农民军，借着久居官衙的见识、凭陵百姓的余威，当上头目。

这类人在话本故事中占据重要地位，也是可以理解的。——都市说话人在瓦舍勾栏里演说时，前排"雅座"（小说中称"青龙头上第一位"）上坐着的，正不乏押司、孔目、院长、都头一类人物。说话人在市井中讨生活，少不了他们的庇护，因而在话本中极力美化他们，正相当于当面颂扬。

好汉中占比例最高的是军人。其中有几位是因反抗不公正待遇，被逼上山的，如林冲、鲁智深、杨志、花荣等，但大部分是战败投降。依排位点名，便有关胜、秦明、呼延灼、董平、张清、徐宁、索超、黄信、孙立、宣赞、郝思文、韩滔、彭玘、单廷珪、魏定国、欧鹏、凌振、龚旺、丁得孙……其身份，或为教头，或为提辖，也有巡检、指挥、统制、知寨、都监、团练使、牌军、副将，等等，共有三四十位。——前面说过，洞庭义军接纳了不少来自官军的"溃散兵卒"，农民军之所以能与官军抗衡，全靠他们"以教之战"。

水浒寨中还有柴进那样的贵族，卢俊义那样的财主，他们便是投靠洞庭义军的"士大夫"的投影吧。——讨伐杨幺的官军还曾俘获一名"唐教书"，从他的"教书"身份，让人联想到《水浒》中的吴学究。

山寨好汉中还有各行各业的行家里手：开店的、卖肉的、打铁的、造船的、裁缝、医生、兽医、车家、银匠、摔跤手、管家、仆人……洞庭湖作为一个武装割据的独立小社会，想来也是三百六十行、行行皆备的。

"腹心大患"，何曾通敌

历史上的宋江三十六人虽说"转略十郡"，"官军莫敢撄其锋"，但在朝廷看来 不过是癣疥之疾。遍查史书，并不见朝廷特意发兵征讨宋江 消息。官军与宋江的几次战斗，也只是地方官守以有限兵力与之周旋而已。

可是到了小说中，梁山义军却成为朝廷的"腹心大患"。高俅向皇帝奏禀说："今有济州梁山泊贼首晁盖、宋江，累造大恶……此是心腹大患，若不早行诛戮剿除，他日养成贼势，甚于北边强虏敌国！"（第54回）徽宗皇帝也说过"此寇乃是腹心大患，不可不除"的话。（第78回）

这里反射的，正是南宋君臣对洞庭起义的评估与担心。如南宋大将张浚就说过："杨幺拒洞庭，实占上流，不先去之，为腹心害，将无以立国。……"（《中兴小纪》）——在统治者眼中，杨幺的存在已动摇国本，被提到阻碍"立国"的严重程度。

洞庭湖位于建康（今江苏南京）上游，处在南宋半壁江山的腹心地带。杨幺占据洞庭湖，不但截断了长江漕运，还遏制了朝廷对西南、西北的控制。统治者更担心杨幺勾结金人及汉奸刘豫，共同为害。

岳飞曾上书分析说："然以臣观之，杨幺虽近为腹心之忧，其实外假李成，以为唇齿之援。……而况襄阳六郡，地为险要，恢复中原，此为基本。"（《乞复襄阳札子》）在岳飞看来，杨幺占据"腹心"，还不可怕，怕的是他跟李成勾结，互为犄角，事情就难办了。

李成是谁？他原是北宋军官，南宋初年堕落为军贼，拥兵数十万，流窜于江淮一带，屡降屡叛，危害极大。据史书记载，"贼首李成自呼'李天王'……其刀重七斤，成能左右手轮弄两刀，所向无前"。岳飞上书时，李成势头正猛，岳飞最担心杨幺与他勾结，形成"唇齿之援"。

《水浒》中大名府有个军官，也叫李成，也称"李天王"，上阵也使双刀，是梁中书的得力鹰犬。——小说中的李成，正是历史上那个李成的影子。两个李成，连同绰号、兵器、官职及任职处所都是一致的。

不过历史上的李成很快就败在岳飞手下，率残部投奔了大名府的刘豫，当了汉奸的爪牙。刘豫又是谁？他原本也是南宋朝廷的命官，被任命为济南知府，因惧怕金人，索性投敌，在大名府建立了"伪齐"政权，自命为"大齐皇帝"，用的却是金国的年号，并向金人"修子礼"（认贼做父）。

不久刘豫又"迁都"汴梁，俨然以北宋王朝的继承者自居。不过他的皇帝梦只做了八年，便因攻宋失利，被金人废掉。李成也改投金人，堕落成不折不扣的汉奸。

岳飞担心杨幺与李成勾结，大概已预判李成有降金的可能。而当时有个"江西布衣"方畴向朝廷上书，说得就更明确。他说："方今之大患有三：曰金虏，曰伪齐，曰杨幺。然金虏、伪齐皆在他境，而杨幺正在腹内，不可不深虑之，若久不平灭，必滋蔓难图。"（《杨幺事迹》）

方畴指出的"三大患"，在《水浒》中全有反映。如杨幺对应小说中的宋江，应无疑问。"伪齐"在书中的对应人物，显然就是梁山的死对头梁中书。梁中书身任留守的大名府，在南宋初年恰是伪齐的巢穴。而伪齐国主刘豫的爪牙李成，在小说中又是梁中书的鹰犬。这种同一关系，是再明显不过的。

"三大患"中的"金虏"，在《水浒》中则对应"北边强虏敌国"——辽国。宋江受招安后第一次奉旨出征，便是讨伐威胁大宋北疆的契丹人。尽管宋江灭辽的结局并不符合史实，却也证明了宋江等人鲜明而坚定的民族立场。

历史上的洞庭义军，是否如朝野所担心的，与"伪齐""金虏"相互勾结，共同构成对南宋的威胁呢？——非但没有，义军在伪齐、金人主动前来引诱收买时，态度决绝，表现得大义凛然！

有一篇野史文献《杨幺事迹》，作者"鼎澧逸民"，应是南宋初年洞庭湖一位民间文人的笔名。他以独特的民间视角，朴实生动的语言，对洞庭起义的全过程做了翔实的记述。

据文中讲述，绍兴四年（1134）十一月，义军头领周伦的水寨中来了一伙不速之客。来人是李成派来的使者，送来金帛财物，邀请义军"各备人船战士，克日会合，水陆并进"，向南宋军队发起进攻。许诺"得州者做知州，得县者做知县"，还另有封赏。——此时李成已投奔刘豫，当了汉奸爪牙。

周伦拿出"干鱼鲊脯"招待对方，并申明态度说：我等只是鼎州的纳税小民，因被知州"程吏部"（即程昌寓）逼迫，要将我等赶尽杀绝，于是逃亡湖中，只为保全老幼性命。你说的"会合"那种事，我们不晓得。——好说歹说将来人哄走。

不料一个月后，李成又派了三十五人的使团前来，里面还有两位"大夫"级别的伪官，带着官诰、金带、锦袍及羊肉干等，仍要周伦约及各寨，"克日会合"。周伦深知兹事体大，又怕李成一再催逼，没完没了，于是一不做、二不休，索性将来人连夜灌醉，统统杀掉，沉尸湖底。然后派人到岳州向南宋官府报告，并表明接受招安的意愿。朝廷为此特赐黄榜一道，命人到水寨张挂，表彰周伦深明大义之举。周伦也成为义军中最早接受招安的头领之一。

明代有位学者吴从先，曾读过一本早期版本的《水浒》，书中内容与今本《水浒》大不相同。如宋江义军的主要敌人不是宋朝官府，竟是女真人！——只可惜这本抗金主题的版本没能保存下来。好在吴从先写了一篇《读水浒传》，保留了该本的重要信息，笔者在第二辑中还要专门谈到。

岳飞的呼声：不得杀！

"要做官，杀人放火受招安！"这是南宋初年流行于民间的一句口头禅，带有反讽意味。不过时当南北宋之交，朝廷也有难处。比起兴师动众，统治者更乐于对造反者施以安抚手段；原因明摆着：外敌环伺，内乱方殷，官军应对不暇，哪有力量个个击破？

然而招安也并不容易。在《水浒》中，尽管宋江热切盼望朝廷招安，但招安的过程并不顺利，谈谈打打，往复三次才告成功。

洞庭湖中的招安活动，则远不止三回。朝廷对付洞庭义军，始终采取"剿抚并举"的策略。先后七易其帅，派出二十多批招安使者，然而无不以失败告终。直至朝廷派岳飞前往剿灭，也仍要岳飞先礼后兵。出发前，朝廷特颁"金字牌"及"旗榜十副"，作为招安之用。

岳飞一到，先派人携黄榜到义军营寨进行招谕。黄佐等头领慑于岳飞威名，率先接受招安，并受到优厚的封赏。然而多数义军将领仍在徘徊观望。招抚不灵光，军事行动随之登场。岳家军久经沙场，训练有素，非前面几次所遣官军可比。——不过岳家军陆战在行，水战行吗？

岳飞听从谋士的建议，决定扬长避短，以陆攻为主，并制定了"以水寇攻水寇"的方案。他先派小股武装深入湖中，引诱义军出战，然后发动伏兵掩杀，首战告捷。义军众头领慑于军事压力，又有一批头领投降，剩下以杨幺为首的一伙，都是起义的坚定分子。

杨幺能横行湖上，全靠一种先进战船——车船。岳飞经过

1-3 宋公明全夥受招安（选自容与堂本《水浒传》）

观察，洞悉车船的"短板"，最终把义军旗舰困在浅水中，将杨幺一举擒获。

岳飞初到洞庭湖时，忽然传来金人将要南侵的消息，朝廷急召岳飞的上司张浚还朝，布置防御事宜，洞庭问题准备留待他日解决。然而如何对付杨幺，岳飞早已成竹在胸，他向张浚保证"八天破敌"。——自岳飞发动攻势之日算起，到杨幺被擒，湖湘平定，刚好是八天头上！而洞庭湖起义从建炎四年（1130）二月钟相揭起义旗，至绍兴五年（1135）六月为岳飞剿灭，历时五年，至此才落下帷幕。

又据野史记载：洞庭湖中杨幺的大寨戒备森严。此前官军曾捉到寨子里逃出的人，向官军透露："如别个寨栅，犹自通人来往，唯是杨幺寨，大段紧密，水泄不通。日逐离寨二十里，陆路使人巡逻，遇夜伏路；水路日夜使船巡绰。寨门外令群刀手把定，便大虫、豹子，也则入去不得。"官军长官不死心，问：能不能想办法杀进去？对方说："除是飞，便能入去得！"——此话被人视为谶语，因为打破大寨，靠的正是"（岳）飞"！

杨幺就戮后，牛皋曾提议说：杨幺等搅扰地方多年，此番劳动王师，最终殄灭，"若不将其手下徒党少加剿杀，何以示我军威？"岳飞说：不然，这些人本是寻常百姓，为"苟全性命"而"聚众逃生"。如今既已投降，"并是国家赤子，杀之岂不伤恩？"又连连呼喊："不得杀，不得杀！"

以下的善后工作，官军做了三件事：一是对义军队伍加以删汰，"少壮有力者"收编为官军，"老弱不堪役者"发给米粮，令其归田；二是将寨中财物赏给部下，并拆除湖中军事设施，"纵火焚寨"；三是揭榜安民。（岳珂《金佗续编》）——由于岳飞处置得当，此番平定湖湘，少了许多血腥气。

小说中宋江接受招安后，做了同样的三件事：对义军队伍改编删汰；张贴告示，周知附近州郡村坊百姓，宣布"买市十日"（即贱价处理山寨财物），并将山寨余财上缴国库及散给部下；又散放船只、拆毁屋宇及三关城垣、忠义堂等。——小说作者何由知悉一场起义的善后程序？显然也是参考了洞庭起义的历史素材。

总而言之，《水浒》的成功创作，在于作者有着宽广的视野、兼容并包的理念以及整合虚构的出众才能。小说不独借宋江起义、洞庭起义构建了故事框架，还从众多农民起义、民族战争的史料传说中攫取素材，最终才有了这部不朽之作。也正是在这个意义上，我们才把"农民战争史诗"的桂冠，献给了这部小说杰作！

《水浒》竟有「抗金」版

《水浒传》还是《忠义传》

一般人读小说，很少注意细节。例如你告诉他，《水浒传》有百回本、百二十回本和七十回本，前两种的书名中，全都带着"忠义"二字，如《李卓吾先生批评忠义水浒传》《李卓吾评忠义水浒全传》等。——他会说："忠义"不"忠义"又有什么关系？不过是个形容词，核心还不是"水浒"？

其实不然。二十世纪七十年代，上海图书馆的两位专家在清理图书时，发现有一部旧书的封面衬纸，竟是两张《水浒传》残页，内容是卷十的"三打祝家庄"。从内文及行款格式上看，跟现存的《水浒》各版本有所不同。

我们前面说过，容与堂本《水浒传》的版心即为"李卓吾批评水浒传"；而这两张残页版心所标却是"京本忠义传"。想来这位出版者认为："忠义"才是全书的主题。

学者又怎么看呢？他们同样重视"忠义"二字。李卓吾为《忠义水浒传》作叙，就始终围绕着"忠义"来立论，说："施、罗二公，身在元，心在宋；虽生元日，实愤宋事。是故愤二帝之北狩（指徽、钦二帝被掳往北方），则称大破辽以泄其愤；愤南渡之苟安，则称灭方腊以泄其愤。敢问泄愤者谁乎？则前日啸聚水浒之强人也，欲不谓之忠义不可也！"

以下李卓吾又称颂水浒英雄个个都是"大力大贤有忠有义之人"，而宋江又是"忠义之烈也"，还反复论证宋江"忠于君，义于友"。结论是："有国者""贤宰相"以及掌兵权、守四方的官员，都该读一读《水浒传》，让产生于水浒的"忠义"，"皆在于君侧"，"皆在于朝廷"，"皆为干城心腹之选矣"。——一篇千字

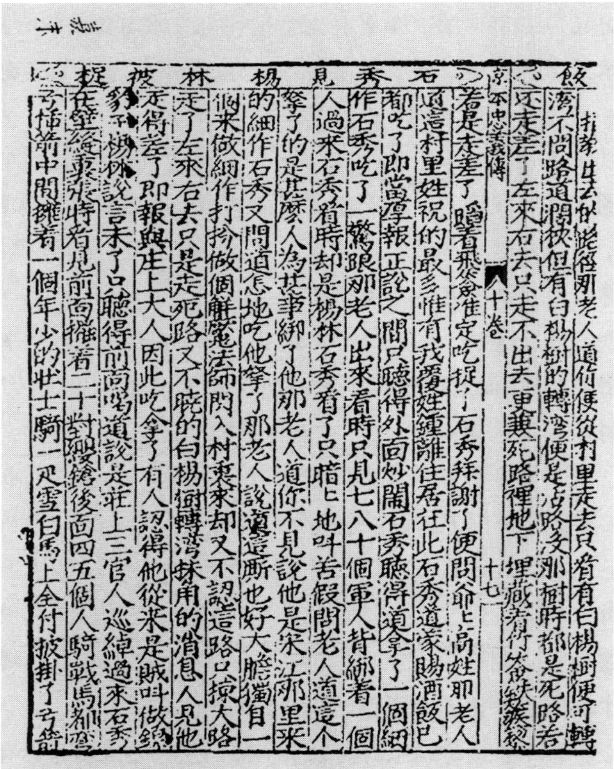

飯

石秀見楊林被捉

扌家出去從你路徑那老人道你便從村里走去只看有白楊樹便可轉
灣不問路道闊狹但有白楊樹的轉灣便是活路沒那樹時都是死路若
还走差了左來右去只走不出去更兼死路裡地下埋藏着竹簽鐵蒺藜

京本忠義傳　八十卷　十七

若是走差了踏着飛簽准定吃捉了石秀拜謝了便問爺爺高姓那老人
道這村里姓祝的最多惟有我覆姓鍾離住居在此石秀道家賜酒飯已
都吃了即當厚報正說之間只聽得外面炒鬧石秀聽得道拿了一個細
作石秀吃了一驚跟那老人出來看時只見七八十個軍人背綁着一個
人過來石秀看時却是楊林石秀看了只暗暗地叫苦假問老人道這个
拏了的是甚麼人為甚事綁了他那老人道你不見說他是宋江那里来
的細作石秀又問道怎地吃他拏了那老人說道這廝也好大膽獨自一
個来做細作打扮做個解魔法師閃入村裏来却又不認這路只揀大路
走了左來右去只是走死路又不曉的白楊樹轉灣抹角的消息人見他
走得差了即報與庄上大人因此吃拏了有人認得他從来是賊叫做錦
豹子楊林說言未了只聽得前面喝道說是莊上三官人巡綽過來石秀
在壁縫裏張時看見前面擺着二十對纓鎗後面四五個人騎戰馬都彎
弓插箭中間擁着一個年少的壯士騎一疋雪白馬上全付披掛了弓箭

2－1　《京本忠义传》残页

序文，"忠义"出现了十二次之多！

也有对"忠义"不"感冒"的，便是金圣叹。他拿百二十回本《忠义水浒全传》做底本，将"大聚义"以后的内容一刀砍去，制造了一部七十回的"贯华堂所藏古本"，并题为《第五才子书施耐庵水浒传》。——金圣叹平生最喜欢六部书，即《庄子》《离骚》《史记》《杜工部集》《水浒传》《西厢记》，称之为"六才子书"，《水浒传》刚好是第五部。在书名中，金圣叹有意避开"忠义"二字。

金圣叹确实喜欢《水浒传》，声称此书"字有字法，句有句法，章有章法，部有部法"。他甚至说："《水浒传》方法都从《史记》出来，却有许多胜似《史记》处；若《史记》妙处，《水浒》已是件件有。"他还把《水浒》当成文章典范，拿来教十岁的儿子。

为了宣传此书，金圣叹在书前罗列六篇序言性质的文字。在《序言三》中，他自述批点小说的经过，说自己十岁入乡塾读书，十一岁因病休学，乱翻闲书，便喜欢上《水浒传》。自从读了《水浒传》，茅塞顿开，"便有于书无所不窥之势"。

他为《水浒》写下五六万字的评点，并说这些见解独到的评点文字是他十二岁那年写的；是他得到"贯华堂所藏古本"后，"日夜手钞，谬加评释，历四、五、六、七、八月，而其事方竣"。——显然是在吹牛！

不过金圣叹又像患了"分裂症"，他一面高声赞美《水浒》的文字，另一面又对小说主旨大加挞伐。他语不惊人死不休，说当年秦始皇烧书，未尝不是好事；圣贤之书是烧不完的，但若允许那些离经叛道的书存在，则"其祸尤烈"！

施耐菴水滸傳

第五才子書

本衙藏板

金閶貫華堂古本
葉瑤池梓行

2-2　贯华堂古本《水浒传》（又题《第五才子书》）扉页

这样"歪讲"了一通，金圣叹开始在《水浒》书名上做文章，说以往的《水浒》版本都冠以"忠义"之名，真是大错特错！宋江一百零八人是什么人？他们幼年生成"豺狼虎豹之姿"，壮年又多"杀人夺货之行"；一旦受到惩罚，皆成"敲朴𠛬剕之余"；至死则落得"揭竿斩木之贼"的恶名！这些人，又怎么配称"忠义"呢？况且此书"无恶不归朝廷，无美不归绿林"，负面影响极大，"已为盗者读之而自豪，未为盗者读之而为盗也"！

　　也真难为金圣叹了！他是那么喜爱《水浒》，不惜花费心血，删削评点，推崇备至。然而他为《水浒》写序的崇祯十四年（1641），北方的清兵正在进攻锦州，明朝大将洪承畴被围松山。西南的张献忠率农民军长驱出川，接连攻破襄阳、光州；中原的李自成攻破洛阳，杀死福王朱常洵……恰在此刻，身为士大夫的金圣叹要推出这部长"强盗"志气、灭官家威风的小说，他又怎能不小心翼翼、曲为解说呢？

　　他虚张声势地削掉"忠义"二字，以凸显自己的"政治正确"；内文中则砍去宋江受招安、征辽、征方腊等内容，借口不能让强盗有归顺朝廷、为国效力的光彩结局。至于他内心怎么想，读者不难猜到。

　　客观地看，《水浒》大聚义以后的情节，尤其是征辽、征方腊等内容，行文枯燥，味同嚼蜡，与小说前半部不可同日而语，一旦删掉，如割赘疣，作品顿显精炼。而从商业运作的角度看，篇幅缩短则成本降低，利于销售。——这大概才是金圣叹推出"腰斩"本的根本原因吧。

"忠义"是南宋民兵的旗号

然而金圣叹跟李卓吾隔空"打擂",辩论的竟是个"伪话题"。《水浒》书名中的"忠义"二字,在宋江故事流传的初期,曾被赋予特殊含义。

熟悉历史的朋友都知道,《三朝北盟会编》《建炎以来系年要录》《中兴小纪》等史书,记录的大半是宋金交往的史实。"忠义"一词在两书中频繁出现,什么"忠义人""忠义民兵""忠义巡社""忠义山水寨""山寨忠义之民"……"忠义"一词在那个特殊的历史节点早已突破"忠于君、义于友"的常规索解,成为南宋初年民间抗金武装的独门标志。

"忠义"最初是南宋初年民兵巡社的称号。民兵即乡兵。——宋代军队分为三级:禁军、厢军和乡兵。禁军是"天子之卫兵,以守京师,备征戍";厢军是"诸州之镇兵,以分给役使";乡兵则是"选于户籍或应募,使之团结训练,以为在所防守"。(《宋史·兵志》)

"忠义巡社制度"是仿照北宋保甲制设立的。北宋熙宁年间,王安石推行保甲制,农夫十家为一保,选保长一人;五十家为一大保,选大保长一人;十大保为一都保,选都保正一人。("都(dū)"有总的意思。)——成员全是乡间农夫,农忙时在田间劳作,农闲时接受军事训练。

南宋初年的"忠义巡社",与保甲制性质相同。其编制为"每十人为一甲,有甲长;(每五甲为一队,)有队长;四队为一部,有部长;五部为一社,有社长;五社为一都,有都正。于乡井便处驻扎"(《宋史·兵志》)。

忠义巡社本来是战时体制，到绍兴年间就撤销了。——把刀枪交到百姓手中，官府到底放心不下。撤销的另一原因，是不少忠义民兵脱离了官府控制，变成了打家劫舍的"强人"。

"强人"原本也是民兵的称呼之一。各地民兵称呼不同，有称"强人"的，有称"土豪"的，另有"义士""护塞""土丁""弩手""忠勇""保毅""忠顺"等名号。不过"忠义"之名，则是建炎元年（1127）由南宋朝廷统一颁布的。

洞庭湖起义领袖钟相，便是凭借"忠义民兵"起家。史书陈述："及湖湘盗起，（钟）相与其徒结集为忠义民兵，士大夫避乱者多依之。"（《建炎以来系年要录》卷三一）钟相的天子岗大寨，便是典型的"忠义山寨"。钟相的儿子钟昂也曾率领五百忠义民兵随官军到南京"勤王"，归来后因不肯按规定解散队伍，钟相还因此遭到"编管"处罚。此后便与朝廷离心离德，直至走上了反抗的道路。

有忠义民兵变"强人"的例子，也有"强人"变忠义民兵的例子。《三朝北盟会编》曾记载，抗金士马扩在一处"两河义兵"山寨被推为寨主，马寨主率众摆香案，朝南跪拜，并发表就职演讲，说"尔山寨兵皆忠义豪杰"，我们今后要"禀君命而立事"，"假国之威灵以图克复"。这情景，很像宋江在大聚义时率众拈香宣誓："但愿共存忠义于心，同著功勋于国，替天行道，保境安民！"——宋江说话也是"忠义"不离口的。

还有一点值得关注，《水浒》中晁盖的身份便是"保正"，人称"晁保正"，可见他所在的东溪村、西溪村也都施行保甲制。而历史上钟相曾为忠义巡社的头目，身份与保正十分近似。我们说钟相是晁盖的原型，并非信口开河。

一部"抗金版"《水浒传》

有一本晚明笔记《小窗自纪》，作者吴从先，字宁野，号小窗，主要活动于明万历前后。他一生潦倒，不曾做官，只与一班名士焦竑、陈继儒等来往，他自己也以名士自居。

名士的标志之一，就是吟诗撰文、刻卖书籍。吴从先以小品文见长，编有文集四部，分别是《小窗清纪》《小窗艳纪》《小窗别纪》和《小窗自纪》，合称"小窗四纪"。其《小窗自纪》卷三中有一篇《读水浒传》，引起学者的浓厚兴趣。

吴从先读的这部《水浒传》（以下简称"吴读本"或"吴本"），已经失传，今后能见到的希望也十分渺茫。幸亏吴从先写下这篇读书笔记，让我们得知世间还曾有过一部与今本完全不同的《水浒传》，两者差异之大，令人吃惊。

首先，吴读本中宋江起义的时间，就与历史记载和今本《水浒》全然不同，不是在北宋宣和年间，而是在南宋初年。而书中的宋朝都城，也由开封改为临安。

其二，起义时间被推后，时局自然也发生了变化：民族战争上升为主要社会矛盾，梁山好汉的斗争目标，也由反抗官府，变成抵御金人。吴读本中的宋江一上山，就与众人设誓说："宋室流离，金人相扼，苟能我用，当听其指挥，立大功名。此寄命之乡，非长久之计也。"……且看宋江的目标，是何等明确：宋室南迁，金人入寇，如果朝廷还相信并任用我等，我们就应听他的指挥，在抗金战场上"立大功名"。至于山寨，只是暂时的栖身之地，岂是久恋之家！——这部吴读本，显然是一部"抗金版"的《水浒传》。

其三，民间说书曾将太行山、梁山泊搬到一处，出现"太行山梁山泺"的可笑提法。吴读本则更怪，直接把梁山泊搬到了"淮上"，朝廷直接称呼宋江为"淮南贼"。

其四，早期的《水浒》故事中，好汉人数始终是三十六位。而据吴从先透露，宋江死后，高俅（文中写作"高球"）提出"天罡地煞之说"，想见书中好汉已是一百零八人。

其五，宋江的身份不是"押司"，而是"亭长"。——这身份又跟"晁保正""钟社长"类似。

其六，宋江在此本中被"刺配江州"，不过罪名不是杀人，而是"以贿败"，当属经济犯罪。而且人没到江州，就被"梁山啸聚徒众，有鸡鸣狗盗之风"者"哗迎入壁，推为寨主"，当上了山大王。

其七，吴读本中的梁山好汉也有一位善使火炮的，不过不是轰天雷凌振，而是插翅虎雷横。

其八，吴读本中也有一位好汉趁着"上元放灯"混入宫中，因见屏风上书写"四寇"姓名，于是抽出小刀，削去"淮南贼宋江"字样，惹得"宫中聚噪"，全城搜捕。但这位孤胆英雄不是柴进，而是戴宗。而御屏风上"四寇"的名字，是"淮南贼宋江、河北贼高托山、山东贼张仙、严州贼方腊"，不同于今本中的"山东宋江、淮西王庆、河北田虎、江南方腊"。

其九，在今本中，张顺死于西湖，那里是方腊的据点之一；而在吴读本中，张顺同样死于西湖，却是与官军作战而死；因为此刻的杭州，已是南宋的都城。

其十，高俅（球）的形象也有不同。他首倡"天罡地煞"之说，似乎对义军还抱有同情。然而在今本中，他是梁山好汉的死对头。

十一，吴从先在文章中提到几处小说情节关目，如"李逵之虎、时迁之甲、武松之嫂、智深之禅、戴宗之走、张顺之没"，想必都是吴读本中最精彩的片段，但却没有"鲁达之拳"和"武松之虎"。另外，文中没提晁盖的名字和故事；照理，"晁盖之取"应是书中带有结构性的重要情节。由此推断，吴读本是一部没有晁盖的《水浒》。

以上十一点，又可归纳为三个方面：

一是时间上，吴读本中的宋江起义由北宋末年延至南宋初年；与之相应，起义也由纯粹的反抗官府，转变为以抗金为主。

二是地域上，起义根据地梁山泊由山东黄河边移至苏北淮河流域；而宋朝国都也随着朝代的转换，由东京改为临安。

三是具体情节上，已出现"一百零八"之说；宋江的出身经历与今本也不尽相同。此外，晁盖的缺席，一些精彩内容的缺失，也都显出与今本的差异。

附录二：吴从先《读水浒传》

《宋史》于南渡后，书曰："淮南宋江平。"余窃怪徽宗之朝，蔡京柄国，是非倒置，贤奸不剖，籍司马光以下三百人为奸党，请徽宗书而刻之。又颁示天下，俾各立石以诏后世，昏迷已极，人心不平。故御榻则狐狸升焉，大水则京师灌焉，长须则妇人覆焉，胎孕则男子怀焉。天降大灾，民不更命，而京略无顾忌。乘其衅者，咸有师名。故高托山自河北起，张仙自山东起，方腊起于睦州，宋江起于淮南。潢池弄兵，天地分裂。兀术捣大梁之墟，而临安改为小朝廷矣。何由而得平宋江也？

及读稗史《水浒传》，其词轧扎不雅，怪诡不经。独其叙宋江以罪亡之躯，能当推戴，而诸人以穷窘之合，能听约束，不觉抚卷叹曰：天下有道，其气伸于朝，天下无道，其气磔于野，信哉！夫江，一亭长耳，性善饮，朋从与游，江能尽醉之，且悉其欢。人驯谨，而其中了然呐厚，而其诺铿然，抚孤济茕，人人得呼公明，人人咸愿为公明用也。又每临风月，对山林，触景咨嗟，稍露不平之感，亦人人窃伺之矣。

夫何以贿败，刺配江州，道经淮，而梁山啸聚徒众，有鸡鸣狗盗之风焉，及闻江来，众哗迎入壁，推为寨主。江固辞脱。未几，旧游有阴德之者，辇其妻孥合焉，而江遂绝意。江且南向让者三，誓众曰："宋室流离，金人相扼，苟能我用，当听其指挥，立大功名。此寄命之乡，非长久之计也。"众曰："谨受教。""无苛宾旅、夺人妻女，无妄杀不辜。"众曰："谨受教。""有亲者终养之，有家者探视之，居者相聚如家人，来者各若其器使。"众曰："谨受教。"而寨中之气勃立于旗帜间矣。四方从者，日加多焉。

会童贯与京密，以希功进，故受师讨之。方逞雄淮上，度江不敢出，及顷闻泊中有炮声，而炮抵贯壁，连击如雷，士骇马逸，弃甲曳兵，上下不相顾。未尝交一锋，窥一垒，而气夺矣。贯走询向导，有识者曰："此雷横之子母炮也。"江遂匿不动，谋所以要贯者，遣使达其款，冀朝廷宽一死，以希报效，而贯则先期遁已。

江以师锐不果用，乃檄诸聚落之不服者，过皆擒之，不下百薮。朝廷闻益畏，无复有征进之思。而宋江常若无栖之鸟，于是择燕青、戴宗、林冲、张顺等，投戈易服，潜揽西湖，窃叹曰："誓清中原，长江击楫，水惊波撼，将军用命，而今固秀郁葱蒨，山空水潆，宋德不常，湖为妖矣。"

比放上元灯，延及满城，烟火照曜，笙歌沸天。戴宗以伪花帽直达寝室。宫中宴洛无防限，宗睹屏间书"淮南贼宋江，河北贼高托山，山东贼张仙，严州贼方腊"。宗抽小刀，削去一行。宫中聚噪，大索城市，而江等始脱归。出入宫禁，持共主若戏，然卒无异志。吁！江宁贼也哉？

归则整徒众，扣河北而河北平，击山东而山东定。方腊窜迹富春，江仪图之，宋挚其尾，因而大扰西湖，朝廷震动。江窞失一张顺耳，不得已而招之降。江遂甘心焉。及江请取方腊以赞，而方腊授馘。功高不封，竟毙之药酒中。呜呼，宋之君臣亦忍矣哉！

当时童贯以辱故修怨，蔡京以友故疾仇，同朝以党固不关其说，徒使后人甘心于叛，溺而不返耳。方江之据淮南也，约束诸叛，纠集群豪，广纳亡命，若阴为宋收拾不轨之人。然其随地奋武，若李逵之虎，时迁之甲，武松之嫂，智深之禅，戴宗之走，张顺之没，又明示宋以无不可用之人。江之用心，不负夫宋；而宋之屠戮，惨加于江。同朝之中，咸谓贼不可共处，则子胥以盗跖入郢，仲谋以甘宁破楚，云长以周仓据魏，太宗以敬德致太平。朝有贼而不见，敌有贼而不羞，徒斤斤于自致之命以淫其毒也。假使善遇之，俾当一面，未必无宗泽东京之捷，翟进西京之捷，徐徽言晋宁之捷，岳飞广德朱仙镇之捷，韩世忠江中之捷，张荣兴化之捷，吴玠仙人关之捷，杨沂中耦塘之捷。合战拒虏，取其死力。而乃置之瓦石下哉？宋之所以益衰也。

　　死之后，感高球天罡地煞之说，碑以纪名，祭以乞哀，徒贻笑于天下后世也。虽然，江可死已，江也而与司马光等三百九人俱以碑传，则不朽之骨，非蔡京、童贯所能望见者。何必身处小朝廷间而后活哉？他日书纲目者，曰："宋江平。"则江之非贼明矣。江何幸而又得此也？可以死已。

（《小窗自纪》卷三）

学者和王爷都受了"骗"

有人撇嘴说：这样的《水浒传》，应当归入"柴堆故事"。——那是指乡下人耕余饭后靠在柴堆上自编自娱的故事，连最基本的历史、地理常识都不顾，毫无文学价值。吴从先怎么会对这样一部书感兴趣呢？难道他没读过百回本《水浒传》吗？按说《小窗自纪》刻于万历四十二年（1614），早在四年前，容与堂本已经面世，而嘉靖本更是在七十年前已暴得大名。

有一种可能性，即吴从先大概确实没读过百回本《水浒传》。听他的口气，在他生活的时代，只有一部《水浒传》，即他读的这一种；尽管他也承认，这部书"其词轧扎不雅，怪诡不经"，不是什么高明的作品。

说怪也不怪。今天的读者很容易犯"以今例古"的错误。他们理解的书籍出版是这样的：出版社（那时是书坊）拿到一本名人书稿，首印至少一万册（套）；消息分分秒秒传开，人们从四面八方涌向书店（现在的网络购书就更方便），一本好书一周之内便可红遍全国，一个月内加印数次，大街小巷人手一册⋯⋯

然而在古代，一部小说脱稿后，往往先以抄本形式在民间流传若干岁月，才被谨慎的书商接受。尤其像《水浒》这样的大部头，前期投入巨大，需选用优质木板数千块（常常是梨木、枣木），先将文字、图画按一定行款格式反写（画）在木板上，经刻字匠巧手雕镂，然后涂墨刷印，装订成册，那是个费时费工的大工程。早先只有皇家、政府衙门或财大气粗的权贵之家，才有足够的金钱支持这种"奢华"的出版活动。至于商业出版，也只有到了经济、文化高度发展的嘉靖后期、万历年间，才有可能由杭州容与堂、金陵世德堂这样的资金雄厚的大书坊做出尝试。

小说一旦发行，能印刷多少套？雕版印刷效率较低。质量较差的书板，印上二三百次，字划就因吸墨而变得膨胀模糊。书板质量好，又刷印得法，一副板可以印万次以上（要分许多次来印）。而《水浒》这样"一事而二十册"的大部头，坊主还要考虑资金占压等问题。一次印上五百部，已是个不小的数目。

在当时，读小说是件十分奢侈的事。类似《水浒传》这样的长篇，一部售价少说也要三五两白银。要知道，那年头一个典史（县公安局长）的月俸，也只有二两银子；从古到今，你见有谁肯花一个月的薪水买一部小说读？那时还没有公共图书馆，有钱人购买读毕，便庋之高阁。——五百部乃至一千部投向社会，不啻撒盐入水，因而吴从先没读过容与堂本，并不是啥稀罕事。

非但吴从先没读过，年岁堪比吴从先父辈的学者胡应麟（1551—1602），也说自己只在年轻时读过"极足寻味"的《水浒传》本子，后来见到的，多是拙劣的简写本（一种缩写本，称"简本"）。（《少室山房笔丛》）年辈晚于吴从先的学者周亮工（1612—1672），也只能从"故老传闻"中，去揣摩百回本的风范。（《因树屋书影》）

问题是，这部"抗金版"《水浒》只有吴从先提过，因此只能算作"孤证"。除此之外，有没有其他人可以作证呢？——有，而且还不止一位，甚至还有"老外"哩！

先看几条文字证据。据明嘉靖《山东通志》载："梁山泺在东平州西五十里，宋南渡时宋江为寇，尝结寨于此，中有黑风洞。"（卷五《山川上·兖州府》）

再如明末学者曹学佺（1574—1646）《大明舆地名胜志·山东省》引明人谢肇淛（1567—1624）所撰《河纪》文字说："南旺湖……宋时与梁山泺水汇而为一，围三百余里，即南渡时宋江军所据梁山泊也。"（卷四《兖州府汶上县》）

当代学者余嘉锡先生对这两段文字颇有微辞，认为"以宋江为南渡时人，是并《宋史》亦未尝读也"。又说："宋时梁山泺不止三百余里，宋江屯军亦不在南渡时，《河纪》所言皆误。"（余嘉锡《宋江三十六人考实》）

上述两书的作者，大约的确没读《宋史》，因为稍加翻检就会发现：第一，宋江起义根本不在南渡时；第二，宋江军马也不曾到过梁山泊。——那么他们为啥异口同声说宋江在"南渡时"结寨于梁山泊呢？我认为，这二位都不约而同受了"吴读本"的"骗"！

有位明朝的王爷，八成也读过"吴读本"，便是朱元璋的孙子朱有燉（1379—1439）。此人活跃于永乐、宣德年间，写有多种杂剧，出版过杂剧集《诚斋乐府》（"诚斋"是他的号），内有水浒戏二种，其一为《黑旋风仗义疏财》。该剧第二折有一段李逵的唱段：

【红绣鞋】莫不是出水寨与人争竞？莫不是下梁山打探民情？莫不是有冤屈告状要分明？莫不是方腊贼来作耗？莫不是蔡太师忒胡行？莫不是大金家侵界境？

从这支【红绣鞋】可以看出，来自北方的威胁不是辽国，而是"大金家"，这正是吴读本所强调的。此外，梁山好汉的头号敌人在这里被指为"蔡太师"，也是吴读本的特点。在今本中，高俅的罪恶似乎更大些，他先后迫害王进、林冲、杨志等人，又亲率大军征讨梁山，被视为梁山的头号敌人。蔡京虽也代表了反面势力，但与梁山泊的矛盾，似不如与高俅那样尖锐而直接。

朱有燉的《黑旋风仗义疏财》还有较晚的版本，相关的几句唱词改为"莫不是蔡衙内忒胡行？莫不是有官军来侵俺界境"，将蔡京和金人的形象都抹去了。这显然是受今本影响的结果。

"老外"也读过抗金版

"受骗"的还不止中国学者呢。有位德国传教士叫卫礼贤（Richard Wilhelm，1873—1930），又是位汉学家。他撰有《中国文学》一书，向西方介绍中国文化。谈到《水浒》这部中国名著时，他这样说道：

> 《水浒》（淮河边结义兄弟的故事）上溯到十二世纪，宋江和他的三十六名遭受官吏不公正待遇的结义兄弟结成一个令人生畏的强盗集团并胜利地击退了一切进攻，直到他们自愿招安，为国家英勇忠诚地抗击入侵的鞑靼人，在战斗中全部牺牲。这些故事最早编汇在《宣和遗事》中，只是很短的一段，然而传奇人物不断增加，三十六位结义兄弟增至一百零八人。元朝，部分传说被编成戏剧。大约明代早期创作出一百回的书面作品……

中文译者在引这段文字时，特别加以说明："淮河边结义之说不知卫礼贤所本，疑误。"——其实将梁山泊置于"淮上"，正是吴读本的标志，所谓"只此一家，别无分号"！

看得出来，卫礼贤对《水浒》非常熟悉，他甚至了解《水浒》的成书过程，知道简略的宋江故事最早出于《宣和遗事》，而宋江队伍经历了由三十六到一百零八的扩张过程。他还知道《水浒》有百回本。

作为"中国通"，他在写《中国文学》时必然掌握了大量有关资料，包括作品的不同版本。我们有理由推测，他是读过吴读本的，否则不会在介绍《水浒》时，特别声明是"淮河边结义兄弟的故事"。

一个只读过百回本的人，大概根本不会注意梁山泊挨着哪条河。——梁山泊本是黄河的泄水湖，可是很奇怪，今本《水浒》中对黄河避之如仇，极少提及（全书一共只提五次，还有三次是虚写）。吴读本则不同，书中特别强调与梁山泊相依傍的河流——不是黄河，而是淮河。在千余字的读后感中，淮河凡六见："淮南宋江平""宋江起于淮南""道经淮""方逞雄淮上""淮南贼宋江"和"方江之据淮南也"。可见只要谁读过吴读本，淮河便成为最鲜明的印象之一，决不会被忽视。如若卫礼贤没读过吴读本，他也决不会加上这条奇怪的注脚。

卫礼贤又称颂宋江等"为国家英勇忠诚地抗击入侵的鞑靼人"，对入侵者只用"鞑靼人"的笼统称呼，没明确指到底是契丹人还是女真人。——如果他的手头既有"抗金版"，也有"抗辽版"，这样的概括倒也是最为简洁省事的。

就是李卓吾，我们也有理由怀疑他在读百回本之前，读过吴读本。例如，他在百回本序言中说"施、罗二公……愤二帝之北狩，则称大破辽以泄其愤；愤南渡之苟安，则称灭方腊以泄其愤"；把宋江破辽、征方腊二事，与憎恨金人、蔑视南宋朝廷联系起来，那正是吴读本的核心题旨。

在吴读本中，宋江率军进击方腊，却遭到南宋官军的尾随袭击。宋江因而"大扰西湖"，令"朝廷震动"，这才导致了招安结局。李卓吾设若没读过"抗金版"，似乎很难有这样的联想。

总之，从撰写《山东通志》及《河纪》的地理学专家，到为今本写序的李卓吾，乃至编纂《中国文学》的德国汉学家，都不约而同地读过这部以淮河为标志的抗金版《水浒》。这是否可以佐证，吴从先没有说谎？世上确曾有这样一部《水浒》存在，很可能还一度垄断说部，成为"水浒"故事的代表作品。

只不过这个本子"其词轧札不雅"，难入士大夫法眼，因而没能在学者著作中留下更多的记录。——当完美的百回本（或七十回本）广为流传时，最先被抛弃的便是吴读本这类本子。

《水浒传》的"爹"和"娘"

　　嘉靖版《山东通志》的作者受了吴读本的"骗",这说明吴读本足够老,是嘉靖乃至嘉靖以前的古本。

　　为了证明吴读本的古本身份,我们不妨先退一步,假设它出现较晚,是删削百回本而成的晚起本。——那么便有诸多矛盾滚滚而来,令人无法解释。

　　就说好汉们的超人之举吧,"李逵之虎,时迁之甲,武松之嫂,智深之禅,戴宗之走,张顺之没",无疑都是吴读本中最精彩的情节关目。可是奇怪,说到打虎,谁不是先想到武松呢?"武松之虎"不是比"李逵之虎"更令人震撼吗?同样,"鲁达之拳"也远比"智深之禅"更为淋漓痛快。我们前头还说过,"晁盖之取"原是好汉反抗的发轫之举,竟然也被吴读本删掉了。吴读本这么干,是出于何种动机呢?这不是跟自己过不去吗?谁不爱读故事最全的本子,哪个读者会青睐这种"缺斤短两"的作品呢?

　　对一些情节的改动也不合情理。如柴进是"大周柴世宗嫡派子孙",天潢贵胄,他在百回本中出入宫掖,窥探皇帝的动静,可谓熟门熟路。到了吴读本中,入宫的好汉换作戴宗,戴院长虽有日行八百里的神行术,不过是外省的一介走卒。让他去闯禁苑,无异于刘姥姥进大观园,恐怕是要不得其门而出的!吴读本的这种"改动",简直就是败笔!

　　这些还只是细节。吴读本大费周章、颠倒时空,把宋江起义硬拖到南渡之后,又来个"乾坤大挪移",把梁山泊从山东搬到"淮上",究竟想要干什么?——晚起本对旧本动手术,是为了把故事改得更合理、更生动，这种越弄越离谱的改动，实在是匪夷所思！

然而只要收回成见，承认吴读本是古本，一切矛盾顿时瓦解冰消。

宋江起义发生在北宋末年，但有关传闻在民间的传播发酵，已是南宋。彼时的社会矛盾，早已从北宋末的官民对立，转化为南宋初的共御外侮。宋江等人的传奇故事，只有纳入"忠义"抗金的时代大潮，才有可能被舆论广泛接受。——这便是吴读本不顾史实、执意要把宋江起义拉到南渡之后的原因吧？

把吴读本和最早刊载"水浒"故事的《宣和遗事》作一比较，人们会发现什么？结果颇为惊人：原来两者的情节绝少雷同；种种英雄故事，竟都是你有我无、我取你弃，相互排斥的。

如《宣和遗事》中有"杨志卖刀""晁盖智取生辰纲""宋江杀惜""玄女庙授书"，这些重要情节，吴读本都没有。而吴读本中有关李逵、时迁、武松、智深等人的精彩关目，《宣和遗事》则只字不提。

看到这里，相信您会恍然大悟：原来吴读本果然是古本，"古"到可以跟《宣和遗事》平起平坐！至于百回本《水浒》，则是《宣和遗事》和吴读本相结合产下的"女儿"，体内带着两者的基因，流淌着两者的血液。

不过百回本的书写，又并非两个古本的简单相加，其间还经过不止一位作者的整合、加工、再创作。例如，今本中至为精彩的"鲁达之拳"和"武松之虎"，两古本中就都没有，那或许来自其他早期故事，也可能出自后期作者的独立创作。

宋江＝刘备＋张飞？

宋江是"水浒"故事的灵魂人物，可是百回本对宋江的塑造并不成功。书中刚夸"原来宋江是个好汉，只爱学使枪棒，于女色上不十分要紧"；可一转脸他就娶了阎婆惜做外室。——只因他资助了阎家二十两银子，人家主动把女儿送上门来，他也就半推半就地接受了。又买屋藏娇，十分上心，并非"于女色上不十分要紧"。

此外，书中一面称颂宋江为人宽厚、古道热肠，可他杀阎婆惜时，却是一脸凶相、毫不手软！小说家极力把他打扮成忠孝两全的模范臣民，可刚一听说朋友犯事，他想都没想就跨马跑去报信……宋江也因此给人留下"大奸大伪"的印象，其言其行为金圣叹提供了攻讦的口实。

其实，宋江的种种性格缺陷，是从"娘胎"里带来的。《宣和遗事》和吴读本各自推出一个宋江，两者差异不小：一个绰号"呼保义"，一个表字"公明"；一个身任押司，一个身为亭长；一个是杀人犯法，一个则因贿得罪；一个未入牢狱即主动上山，一个迭配江州才中途落草……这些还只是情节上的不同，更重要的是，两个宋江的人格修养也截然相反。

《宣和遗事》中的宋江更像是草莽人物，本来就不是驯顺良民，因而给"强盗"兄弟送信，毫无心理负担。晁盖事后派刘唐送来"金钗一对"，他也并不推让，收得心安理得，并马上交给阎婆惜收藏。

阎婆惜在《宣和遗事》中也不是什么"外室"，而是与宋江姘居厮混的"娼妓"。日后宋江杀人，也并非生命受到威胁，而是因拈酸吃醋。他回家探父，归来发现阎婆惜与另一嫖客吴伟"偎倚"，于是"一条忿气，怒发冲冠，将起一柄刀，把阎婆惜、吴伟两个杀了"。——不是杀一个，而是杀两个！杀完还在墙上题诗，说什么"杀了阎婆惜，寰中显姓名"。靠杀一个娼妓扬名天下，这一个宋江的人格境界，实在让人大跌眼镜！

吴读本中的宋江则截然不同，更像是个正人君子。他忧国忧民，高瞻远瞩，做人有目标，领导有方略，凸显领袖风范，这才是梁山泊好领导的样子。

不过这样一来，却让百回本的作者犯了难：他当然更心仪正人君子的这一个，却又舍不得丢弃《宣和遗事》中的种种情节。小说家最终选择了加法，试图把两个宋江"糅合"在一起。如在小说中，宋江的表字"公明"，是吴读本提供的；绰号"呼保义"则取自《宣和遗事》。在人物事迹上，采用《宣和遗事》的多一些，像替晁盖报信，杀阎婆惜以及玄女庙授书等；只有发配江州是袭用吴读本的说法。

这种堆砌、叠加式的人物创作方法，必然造成人物性格上的矛盾，把张飞和刘备叠加在一块，大概就是这种效果吧？不过从另一面看，百回本对宋江的改造，基本上卯合榫接、无大纰漏，这已是一项了不起的创作成果。别忘了，《水浒》毕竟是最早的白话长篇章回小说，在它之前，几乎没有任何现成的作品可资借鉴。

今本中的抗金痕迹

有人说：你讲来讲去，总是推论多、实证少。譬如抗金的主旨、吴读本的影响，能否在百回本中找到证据呢？——当然能找到。

我们今天读《水浒》，不仅通过宋江破辽体会作者对北方敌国的愤恨（那是对金人灭宋之恨的转移吧）；就是在具体故事中，也或明或暗留有早期抗金主题的痕迹。

晁盖当家时，梁山的议事厅挂着"聚义厅"的匾额。晁盖死于曾头市，宋江当上临时寨主，第一件事便是把"聚义厅"改为"忠义堂"。（第60回）——这不是可有可无的闲笔，"忠义"正是抗金的标志，意味着义军在宋江领导下改弦易帜，准备接受朝廷指挥，一致抗金。接下来的战斗是攻打曾头市，替晁天王报仇；而曾头市的头领曾长者，正是"大金国人"！

梁山泊与曾头市结仇，起因是一匹骏马。涿州好汉段景住盗得一匹"千里白龙驹、照夜玉狮子"马，乃是"大金王子骑坐的"。段景住准备以宝马做进见礼投奔梁山，不料途经曾头市，马被曾家五虎夺去。

一匹盗来的"大金王子"坐骑，又被另一伙"大金国人"劫去，梁山好汉与金人的矛盾，已是箭在弦上。而随后晁盖死于曾头市，也使这种仇恨骤然上升到不共戴天的地步。——这场生死之战，不正是南宋忠义人与"金虏"浴血奋战的剪影吗？

小说中暗写抗金的例子，又见于第55回至第57回的"大破连环马"。所谓"连环马"，据考是由金人"拐子马"战阵演化而来。关于此点，我在后面讨论军事时，还要细说。

另外，有不少梁山好汉的原型，便出自南宋抗金英雄群体，前辈学者对此多有考订。如今本中的双鞭呼延灼、船火儿张横、一丈青扈三娘以及杨雄、王英、彭玘、张青、宋万、李忠、燕青等，便都是南宋抗金英雄榜上有名的人物。

蓼儿洼：吴读本的顽强印记

有人问：吴读本中的梁山是在淮河流域，这在今本中也有痕迹吗？也有。

百回本中，柴进向林冲介绍梁山泊："是山东济州管下一个水乡，地名梁山泊，方圆八百里，中间是宛子城、蓼儿洼……"可是从来没人问一句：明明是梁山泊，为啥又叫蓼儿洼？

你若把小说读完，就会发现，在淮河流域的楚州，竟然另有一处蓼儿洼。那是百回本第 100 回，宋江因征方腊有功，被派往楚州做安抚使，到任之后，常常出郭游玩：

> 原来楚州南门外有个去处，地名唤做蓼儿洼。其山四面都是水港，中有高山一座。其山秀丽，松柏森然，甚有风水，和梁山泊无异。虽然是个小去处，其内山峰环绕，龙虎盘踞，曲折峰峦，坡阶台砌，四围港汊，前后湖荡，俨然似水浒寨一般。

宋江死后，便葬在这"蓼儿洼高原深处"。

列位，古代的楚州，即今天的江苏淮安，那里可是名副其实的"淮上"。在宋江眼中看来，蓼儿洼有山有水，"和梁山泊无异"，"俨然水浒寨一般"。——其实哪里是"无异"，哪里是"俨然"，这里分明就是吴读本中的淮上梁山泊！

在现实生活中，两地同名，并不稀罕。然而小说是虚构艺术，作者在同一部作品中安排两处地名、地貌完全相同的处所，就十分可疑。作者为了弥合这一矛盾，费了不少力气。如写朝廷为了旌表宋江，一面"于梁山泊起盖庙宇，大建祠堂，御笔亲书'靖忠之庙'"，一面又在楚州蓼儿洼"重建大殿，添设两廊"。——两边找补，顾此失彼，颇显捉襟见肘之态。

其实蓼儿洼只应有一处，就在楚州。——学者指出，山阳县（楚州）西南有一处蓼涧，属洪泽湖水域，应即蓼儿洼的原型。（《淮安府志》）而这里应该就是吴读本中的梁山泊，宋江生前在这里啸聚反抗，接受招安；建功后又被派在这里做官，死后也便葬在这里。朝廷旌表立庙，也应只在这一处。可以说，蓼儿洼是吴读本在今本中留下的顽强印记。

或问，《宣和遗事》中的"太行山梁山泺"，反映了早期太行派的传说，在今本中有没有留下痕迹呢？学者同样找到证据。明人程百二《方舆胜略·河南怀庆府》中，有"太行山畔有碗子城关"的记载，可知今本梁山泊中的"宛子城"，是作者从太行山搬来的。而梁山泊、宛子城、蓼儿洼，正是多派宋江故事融汇整合的结果。

当百回本作者试着对各派故事进行整合时，面临着两难境地，需要同时照顾到两派（乃至多派）读者的"情绪"。例如，有一派认定宋江曾活跃在太行山，一派认定宋江根据地是在山东，还有一派坚持梁山泊是在淮上。百回本作者谁也不想得罪，于是只能出此"下策"：一方面将代表三派传说的梁山泊、宛子城、蓼儿洼捏合在一处，另一方面又对有着强大基因的淮南派故事予以特殊照顾，在书中保留了楚州蓼儿洼。——好在读者足够大度，他们见小说中提到自己熟悉的故事和地名，也就心满意足了。在迎合读者心理方面，百回本作者确实是个行家。

吴读本将梁山误植于淮上，还有个重要原因，即发生在金大定二十年（1180）的一次地理大变迁——黄河改道。那一年，原本从山东入海的黄河在卫州延津决堤，黄水泛滥，涌入淮河，经徐州、淮阴、涟水，"夺淮入海"。那一年是南宋淳熙七年（1180），是宋江受招安后的第六十个年头。这无疑也造成地理信息上的混乱。假如这时有人仍坚持梁山泊是黄河的泄水湖，他其实在观念上已将梁山搬到了"淮上"。

银钱纸钞证流年

白银流通，始于明代

《水浒》写市井故事，必然涉及银钱经济。确实，书中出现大量使用白银、钱贯的细节描写。

单看前几回，王进为逃避高俅迫害而出走，事先收拾了"细软银两"。他吩咐李牌去岳庙准备三牲祭品，给的也是银子。王进在史家庄逗留，教史进使枪棒；临去时，史太公以"两个段子、一百两花银"相谢。日后史进与少华山强人来往，双方给送信人的赏钱，也多是"零碎银两"。（第2回）

鲁达在渭州潘家酒楼有心资助卖唱的金翠莲父女，自己"摸出五两来银子"，又转向同桌吃酒的史进、李忠商借。史进"去包裹里取出一锭十两银子，放在桌上"；李忠也"去身边摸出二两来银子"。鲁达嫌少，说了声"也是个不爽利的人"，只把十五两给了金氏父女，将李忠的二两丢还给他。

鲁提辖日后出家，由赵员外供给日常花销。除了偶尔饮酒，还在五台山下市井铁匠铺打了一条铁禅杖、一把戒刀，用的是"上等好铁"，打铁的"待诏"说："不讨价，实要五两银子。"……

然而有史可稽，宋人日常交易，一般只用铜钱（也有铁钱）和纸币，极少有用银的记录。——纸钞的大量使用，正是始于宋代。

宋代纸钞称"交子"，最初是由民间的十六家富商联合发行的，时间约在北宋大中祥符之前。其好处是携带方便。你推了一车铜钱到"交子务"换得一张交子，填写额度，盖印画押，便可拿到千百里之外赎回等值钱贯，其间只须缴纳几十文手续费。

以后交子改由官营，又出现"关子""会子""钱引"等名目。形制上也大为改观，用雕着复杂花纹的铜版印出美观的图案，上面标明固定金额及发行机构，如"大壹贯文省""行在会子库"等字样。并印有严禁伪造的提示语，警告人们：伪造会子罪在不赦，揭发者可获千贯赏金。不愿领赏的，也可补官，弄个"进义校尉"当当。

说宋人完全不用白银，也不准确；作为一种支付手段，宋代白银多半用于大宗货物交易，如官府买马、籴米等。此外，国库储藏、帝王赏赐、军饷发放、官俸支付乃至送礼行贿等，也有用白银的。

宋代白银的另一大用途是作为"岁币"，输与契丹、党项、女真等几个北方政权。"积弱积贫"的宋政权面对咄咄逼人的北方威胁，每每采取以银钱换"和平"的政策。而少数民族政权不要铜钱，更不要纸钞，只要绢帛、茶叶和白银。如庆历四年（1044），宋与西夏议和，盟约即规定宋朝每年支给西夏绢帛十三万匹，茶叶三万斤，白银七万多两。

为何北边各族只认白银？原来他们常年与西域各国做生意，而西域通行的货币即为白银。有学者分析说，白银的地位在宋代有所提升，是间接受中亚细亚影响的结果。（彭信威《中国货币史》，上海人民出版社，1965 年版，第 419 页）

到了元代，白银仍未进入流通领域，铜钱用得也不多，纸钞成为朝廷规定的唯一法定货币。元代纸钞不止一种，有的模仿铜钱，以贯、文为单位；也有模仿白银的，称"银钞"，以两、钱、分、毫、厘为单位。人们读元代文献，里面提到多少贯，多少文，或几锭、几两、几钱，除非特别说明，一般指的全是纸钞。

3-1　明代一贯面值的"大明通行宝钞"

明朝开国，仿元代制定钞法，发行"大明宝钞"。面值一贯的宝钞，用一尺长、六寸宽的桑皮纸印制；价值与一贯铜钱、一两白银等同，可买大米一石。以下又有五百文、四百文等，共分六等。在朝廷的强力推行下，宝钞成为明代前期的唯一法币。百姓家有金银，只能换成宝钞才能在市面流通。至于铜钱，只用于百文以下的小额交易。

　　拿几张桑皮纸，就能换取真金白银和成串的铜钱，当权者想得挺美；可百姓心有不甘，态度十分消极。加之官府带头破坏制度，给付百姓时，全用宝钞；收税时，则常常只收金银铜钱，搞得宝钞信用大跌。至宣德年间（1426—1435），因宝钞信用太坏，"民间交易惟用金银，钞滞不行"。

　　嘉靖前后是个"坎儿"，此时纸钞已成废纸，铜钱又不敷使用，于是社会上"益专用银矣"（《明史·食货志》）。从嘉靖朝始直至清末民初，白银在货币流通领域占据统治地位，长达四百年之久。

　　也就是说，民间交易普遍使白银的情形，也只有明代中期才会出现。——这为我们认定《水浒》最终完成于明中叶，提供了有力的内证。

鲁提辖错怪了"打虎将"

　　在古代，白银的购买力如何？笔者在《食货〈金瓶梅〉》《物欲〈红楼梦〉》和《金粟儒林篇》三书中，都有过讨论，给出的答案却不尽相同，或曰一两白银与人民币 200 元等值，或曰浮动于 150—500 元之间。——不能统一的原因，与参照数据为变量有关，取决于政局治乱、年成丰歉、白银供应量多寡等因素，自然也与今日米价的涨落相关。

　　据经济史家统计，明代中前期，因白银供应量较低，米价基本在一两白银一至二石左右。明代作为重量单位的"石"，约合今日 140 余斤，则一两白银平均可购米 200 余斤。核之今日的米价，明中前期一两白银的购买力，可达人民币五六百元。

　　其实今天的米价也非常数。如米谷又有粳、籼之分。粳米种植于北方，生长期长，口感好，价格也高；籼米种植于南方，一年可两熟乃至三熟，口感远不如粳稻，自然也卖不上好价钱。——从前，粳米产量极少，是帝王权贵、富商财主的专享品；老百姓只能吃籼米，也就是《红楼梦》中所谓的"下用常米"。

　　今天市场上的粳米价格，一般每斤 3 元左右。质量好的名牌产品可高达四五元，甚至七八元。而籼米的价格，连两元也卖不上；未加工的籼稻，价格更低至一元三四。由此换算，明代中前期一两白银的购买力，约等于人民币 300 元。——那以后，域外白银大量输入，银价渐次下跌，嘉靖中期是个转折点。

　　有了这样一个尺度，再回头看《水浒》开篇的几个用银例子。王进史家庄所获谢师花银一百两，相当于今天人民币 3 万元，应是个不小的数目。此前王进对史进精心点拨指教，"前后得半年之上"，八十万禁军教头的"一对一"授课，月工资约为四五千元，在今天看来，不过相当于大城市中一位"保姆"的月工资。

史家庄的庄客王四去少华山送信，得了五两银子赏钱，合人民币 1500 元。在《金瓶梅》中，下书送礼所得的赏赐，一般只有一二百文，二钱银子算是多的。宋御史有一回破天荒送了一份礼物给西门庆，西门庆受宠若惊，赏了押礼门子三两银子、两方手帕，抬盒的下役每人五钱银子，几乎超过礼物的价值。这里显然带有讨好、行贿的性质。

少华山头领所赏的五两银子，显然也另有含义。一来是山寨豪杰，对倘来之物原没看在眼里；二来也是表达对史家庄少庄主的尊重。只是银子这东西携带不便，王四因多喝了几杯酒，醉倒在归途松林中。猎户摽兔李吉路过这里，见"王四搭膊里突出银子来"，顿起盗心，不但把五两银子偷去，还将山寨强人的回书拿去向官府告发领赏。事发后，王四被史进一刀杀了，李吉也死于史进的朴刀之下。——小说一开篇，便将银钱与灾祸连在了一起。

鲁提辖掏出五两银子资助萍水相逢的金氏父女，已足够慷慨。而史进拿出十两银子，不仅是大方，更是出于义气，给足了新朋友的面子。相形之下，李忠就显得小气了，仅摸出"二两来银子"。——然而就是二两来，也相当于五六百元。鲁提辖嫌他小气，显然是错怪了人家。李忠靠耍枪棒卖艺糊口，这二两来银子，可能已是罄其所有了！

银子的成色与"分量"

《水浒》是早期章回小说，虽说描写生动，但涉及生活细节，远不及《金瓶梅》《醒世姻缘传》等世情小说来得细腻。说到银子，大多只讲数量，如"一锭大银""十两白银"等。也有涉及银子成色的，如史太公送别王进，奉上"花银一百两"。——"花银"是成色好的银子。明人对此解释说："银出闽、浙、两广、云南、贵州、交阯等处山中。足色成锭者，面有金花，次者绿花，又次者黑花，故谓之花银。"（王佐《新增格古要论·银》）

足色好银在古代也称"纹银"，因纯度高，在铸造过程中，银锭表面形成细密褶皱的缘故，又称"细丝银"。不过"纹银"的提法出现较迟。成书于隆庆、万历年间的《金瓶梅》，上千次提到银子，而"纹银"一词只出现两次，全都在第 56 回中。——有学者指出，《金瓶梅》第 55 回至 57 回的内容，不是笑笑生的手笔，乃后人拟写插入的。"纹银"一词的出现，恰好为这一判断增添了一个小小证据。

至于"细丝银"的说法，则出于明末清初《醒世姻缘传》中。书中写童奶奶谢媒人，便是"一两细丝银子"。（第 55 回）——《水浒》并无"纹银""细丝银"等提法，夸说银子成色，只用"花银"一词。

跟《金瓶梅》《醒世姻缘传》《红楼梦》等书相似，《水浒》中的银子也分成锭的及散碎的两类。成锭的银子有五十两的，二十五两的，均称"大银"；也有小一些的。

五十两的大银，在书中仅出现一次。那是李逵返乡取母，适逢哥哥李达不在家。李逵怕他追赶阻拦，寻思："我大哥从来不曾见这大银，我且留下一锭五十两的银子放在床上，大哥归来见了，必然不赶来。"李达归后见了大银，果然不来追赶。（第43回）

另外，书中还有几处提到"大银"，如晁盖等初登山寨，嫉贤妒能的王伦不肯收留，让人"捧个大盘子，里放着五锭大银"。多少两一锭的，书中不曾明说。（第19回）

二十五两一锭的"大银"在书中出现过几次，有两次是在柴进庄上。林冲与洪教头比武时，为了助兴，柴进"叫庄客取出一锭银来，重二十五两"，权当"利物"。（第9回）——正是这锭"大银子"，搅乱了洪教头的心，最终此银为林冲赢得。及至林冲离开柴进庄园，柴进"再将二十五两一锭大银送与林冲"。此外，戴宗受蔡九知府派遣到东京送信，结果拿了吴用的假信回来。蔡九知府不知就里，反赏了戴宗"一锭二十五两花银"（第40回）。

唐、宋、元、明都铸过五十两一锭的大银。宋代的银锭多称"铤"或"笏"，文献中若称银若干铤、若干笏，多半指这种五十两的大银锭。元代货币以纸钞为主，但官府也曾浇铸五十两重的大银锭，用于赏赐及贮藏，上铸"元宝"二字。一般认为，银锭称"元宝"，便是从元代开始的。另外还铸有二十五两的及十二两半的，重量标准依次减半。

明代官府也铸过五十两的大元宝，另有二十两及十两的。民间浇铸则十分随意，没有一定标准。明人笔记《狯园杂记》记一道士每日携一只七分重的"小银锭"到酒家买"酒肉汤饼"，这只小银锭刚好够一日的花销。（《清溪道人》）——七分的重量仅有2.6克，还不足一枚铜钱的重量，已很难称

"锭"了。

银锭也有特别大的，明代铸有一种镇库元宝，重五百两。1900年，八国联军攻入北京后，日军曾抢得两枚，其中一枚为明代万历年间所铸，表面铸有"万历四十五年四月吉造镇库宝银锭重五百两"字样，现藏日本造币局。（彭信威《中国货币史》，第665页）

《水浒》中五十两、二十五两的大银锭，尚属元朝遗制。至于十二两半的那种，书中未见。成锭的银子，多是十两、二十两的，那已是明代的制式。

十两银子照人心

《水浒》人物使用白银，以五两、十两的数额最常见。有钱人出门，身边所带银子多以五两为限。渭州提辖鲁达、阳谷县财主西门庆，都是如此。

西门庆要到王婆茶坊与潘金莲幽会，出门时"裹了顶新头巾，穿了一套整整齐齐的衣服，带了三五两碎银子，径投这紫石街来"。吃酒时，西门庆对王婆说："我手帕里有五两来碎银子，一发撒在你处。要吃时，只顾取来。多的，干娘便就收了。"——这话是当着潘金莲说的，显然是在"摆阔"。把一千四五百元的银钱交给旁人随意处置，只有家财万贯的财主才能这样"任性"。

明代使用十六两秤，一斤重590克，一两重36.9克。据此，五两应重185克，约合今日市秤三两七钱，也就是今天30枚一元硬币的重量（一个一元面值的硬币约重6克多），无论装在荷包里还是收在袖笼中，都沉甸甸的。再多，携带就更不方便了。

五两银子在财主、军官乃至"山大王"眼中，算不了什么；对于穷汉，却是一笔可观的财富。做事精细的武松要阳谷县卖果子的小贩郓哥出庭作证，他深知打官司是件旷日持久的烦难事，预先送给郓哥五两银子，要他拿给老爹"做盘缠"。郓哥想："这五两银子，如何不盘缠得三五个月？便陪侍他吃官司也不妨。"于是接受了武松的请求。——两三口之家，一月有一两银子，尽可吃饱肚子。白银的购买力，在明代中前期还是相当可观的。

五两银子也是拿得出手的数目。林冲遭高俅父子陷害，发配沧州牢城营。甫一到达，便听说这里的管营和差拨十分厉害，专要诈人钱物。好在"潜规则"也还是有"规"可循的，据营中犯人讲，"管营把五两银子与他，差拨也得五两银子送他，十分好了"。

　　果然，差拨初次见面，便对林冲破口大骂："你这个贼配军，见我如何不下拜，却来唱喏？……我看这贼配军，满脸都是饿文，一世也不发迹，打不死，拷不杀的顽囚！你这把贼骨头，好歹落在我手里，教你粉骨碎身！……"骂得林冲抬不起头。

　　待差拨发作毕，林冲取出五两银子送他，他还疑惑："你教我送与管营和俺的都在里面？"听林冲说："只是送与差拨哥哥的，另有十两银子，就烦差拨哥哥送与管营。"差拨立时换了一副嘴脸，笑道："林教头，我也闻你的好名字，端的是个好男子。想是高太尉陷害你了。……据你的大名，这表人物，必不是等闲之人，久后必做大官！"

　　五两银子，可以使牢城营的新来配军买到起码的尊严和较宽松的生存环境，免除迫在眉睫的"一百杀威棒"以及"撇在土牢里，求生不能，求死不死"的苦境。此时此地，银子的分量显得格外沉重。

　　小说家的一支笔，把差拨的嘴脸描画得穷形尽相，阅书万卷的当代读者，不免联想起俄国小说家契诃夫笔下的"变色龙"。不同的是，这仅仅是《水浒》作者在百回巨著中不经意的两笔涂抹，讽刺效果丝毫不让契诃夫，时间更要早上四百年！

　　与五两相比，十两银子可以算作"大礼"了。在潘家酒楼，史进慨然拿出十两一锭的银子，赢得鲁提辖对他青眼相看。小

林教头剌配沧州道

3-2　林教头刺配沧州道（选自容与堂本《水浒传》）

说第 14 回，郓城县都头雷横看在晁盖的面子上，放了"晁盖的外甥"刘唐。晁盖投桃报李，马上"取出十两花银送与雷横"，请他"休嫌轻微，望赐笑留"，雷横也便半推半就地收了。——不过这事却刺激了刘唐，悄悄拿了把朴刀追上去，要夺回这被"骗"的十两银子。十两银子在一般人心中的分量，由此可见。

十两银子，已足以勾起杀人心。第 24 回，西门庆急于勾搭潘金莲，求王婆撮合，许诺事成后送她十两银子做"棺材本"。王婆为此使出浑身解数，杀人灭口的毒计便出自王婆之口。追根寻源，便是这十两银子在作祟。

武大郎被潘金莲、西门庆及王婆合谋害死，殡葬时，因怕"团头"何九叔作更，西门庆特意邀何九叔到巷口小酒店，拿出十两一锭银子做"封口费"。——人命关天，若没有银子配合，单凭西门庆的霸道，还不足以抹平此事。不过这锭带血的银子何九叔始终没敢用，后来成为西门庆的罪证，被没入官库。

"以银子一物买遍天下"

宋江为人仗义、乐善好施、出手大方，但也不是无节制地抛撒银钱，多半以十两为限。

书中第20回，郓城县做媒的王婆找到宋江，替死了丈夫的阎婆求棺材。宋江一口答应，即刻到巷口酒店借了笔砚，写一张帖子给阎婆，让她"去县东陈三郎家，取具棺材"。——想来施舍棺材是"慈善家"宋江的家常便饭，他与棺材铺早有约定，持帖随到随取，年底一并算账。

宋江办事一向周到体贴，批了帖子，又问阎婆："你有结果（这里指'发送'死者的费用）使用么？"听说没有，宋江又主动提出："我再与你银子十两做使用钱。"

有了棺材及银子，阎婆不但顺利发送了丈夫，"兀自余剩下五六两银子，娘儿两个把来盘缠"。宋江的慷慨大方给阎婆留下深刻印象，她向王婆打听宋江的妻室情况，并主动将女儿许给宋江。——十两银子的"魔力"，何可小觑！

宋江在江湖上的远近名声，也与他仗义疏财的做派有关。他的行囊、荷包里从来不缺银子，无论何时何地，遇上情义相投的好汉，见面礼出手便是十两。

宋江杀死阎婆惜后，逃到柴进庄上，遇到同样落难的武松。两人一见如故，宋江先是张罗"将出些银两来与武松做衣裳"；与武松分手时，又"叫宋清身边取出一锭十两银子，送与武松"，说是："你若推却，我便不认你做兄弟。"听得武松心里热乎乎的，只得拜受。

日后宋江在江州初逢李逵，同样爽利地拿十两银子来，因李逵谎称要借十两去赎一锭大银。宋江还问他："只用十两银子去取，再要利钱么？"李逵深为感动，寻思："难得宋江哥哥，又不曾和我深交，便借我十两银子。果然仗义疏财，名不虚传。……"——十两银子约合今天 3 000 元，相当于一个普通打工者一个月的工薪，不算太多，却足以让江湖朋友感受到可以衡量的热度。

宋江深得用银之妙，有时只需五两银子，便能让萍水相逢的陌生人倾心结拜。事在第 36 回，宋江发配江州，路经揭阳镇，见一汉子在街头使枪棒卖膏药。宋江看了喝彩，又见无人捧场，当场拿出五两银子给他。汉子感慨道："恁地一个有名的揭阳镇上，没一个晓事的好汉抬举咱家！难得这位恩官，本身见自为事在官，又是过往此间，颠倒赍发五两白银！……这五两银子，强似别的五十两！自家拜揖，愿求恩官高姓大名，使小人天下传扬！"——此人名叫薛永，后来也上山当了一名头领。

金圣叹读《水浒》至此，在宋江"取出五两银子"处评曰："一路写宋江都从银钱上出色，深表宋江无他好处，盖作泥中有刺之笔也！"因是夹批，难以展开，金圣叹意犹未尽，在第 36 回回首评中，又放开笔墨写道："此书写一百七人，都有一百七人行径心地，然曾未有如宋江之权诈不定者也。其结识天下好汉也，初无青天之旷荡，明月之皎洁，春雨之太和，夏霆之径直，惟一银子而已矣！……"

在金圣叹看来，宋江而外的一百零七位好汉个个都是性情中人，唯有宋江，一肚子权诈，让人猜不透！他待人全无光明磊落、善良耿直，唯一的法宝，便是银子！

金圣叹进而分析说：宋江"以银子为之张本"（拿银子打底

儿），竟能做到说啥人家信啥：什么"孝父母""敬天地""尊朝廷""惜朋友"，讲得天花乱坠，全不怕人家起疑！金圣叹由此感喟："呜呼！天下之人，而至于惟银子是爱，而不觉出其根底，尽为宋江所窥，因而并其性格，亦遂尽为宋江之所提起放倒，阴变阳易，是固天下之人之丑事。然宋江以区区猾吏，而徒以银子一物买遍天下！……"

天下人因为爱银子，不知不觉暴露了自己的性格弱点，被宋江窥见并利用，听凭其操纵。——这同时也暴露了天下人的丑陋。正因如此，宋江这个"区区猾吏"才能"以银子一物买遍天下"，畅行无阻！金圣叹的结论是："……处处写其单以银子结人，盖是诛心之笔也！"

金圣叹批《水浒》的最大特点，便是拿"盗魁"宋江当靶子，痛加丑诋，不遗余力。他在《读第五才子书法》中说："《水浒传》有大段正经处，只是把宋江深恶痛绝，使人见之，真有犬彘不食之恨。从来人却是不晓得。"又说："《水浒传》独恶宋江，亦是歼其渠魁之意，其余便饶恕了。"

宋江：收的要比送的多

金圣叹痛诋宋江，固然有政治的原因，但宋江形象自身的瑕疵，也给金圣叹留下攻讦的把柄。——正面人物不好写，古今皆然。金圣叹最擅长吹毛求疵，加之笔底文字极具煽惑力，因而他对宋江的攻讦，往往能迷惑读者。

不过回头看看，宋江"仗义疏财"的名声，确实来得有些蹊跷。宋江出场时，书中有一段热情似火的文字，介绍他的慷慨大方：

> 平生只好结识江湖上好汉，但有人来投奔他的，若高若低，无有不纳。便留在庄上馆谷，终日追陪，并无厌倦。若要起身，尽力资助。端的是挥霍，视金似土。人问他求钱物，亦不推托。且好做方便。每每排难解纷，只是周全人性命。如常散施棺材药饵，济人贫苦，赒人之急，扶人之困。以此山东、河北闻名，都称他做"及时雨"。却把他比的做天上下的及时雨一般，能救万物。（第18回）

不过一涉及具体叙述，细心的读者便会发现，宋江的付出其实十分有限。单说资助好汉的银两，前后数人相加，也仅有四十五两：其中武松、李逵各十两，薛永先是五两，后来又另赠"一二十两"——"墙里开花墙外香"，这几十两银子所产生的传扬效应，却是巨大的。

至于"赒人之急，扶人之困"，读者也仅见施给阎婆的十两银子和一具棺木；此外许给卖汤药王公一口棺材，还因宋江杀人外逃而未能实现。（第 21 回）再有便是江州琵琶亭李逵打伤卖唱女子，宋江赔了二十两银子（第 38 回），算是花在李逵身上。——算来算去，"端地挥霍，视金如土"的宋江，结交好汉及济贫扶困的全部银两，我们所知的也只有这不足百两！

有投入必有产出。区区百八十两银子的投入，宋江却收获了三位好汉的倾心结纳，外加阎婆主动送上"好模样""会唱曲儿""十八九岁正在妙龄"的女儿，宋江的"银钱买卖"，竟然是一本万利！

或曰：文学创作不是王掌柜的豆腐账，"以点带面"是小说家的常用手法，岂可机械理解？那么我们再看看有关宋江"收入"的记录。

宋江的荷包并非只出不进，他的大名远播江湖，人们对他的爱戴，多以馈赠金银的方式来表达。例如，他"担着血海般的干系"替晁盖等送信，事后晁盖派刘唐下书致谢，并送来黄金百两。宋江虽只抬取金条一根，若按十两计，这"黄黄的一条金子"至少也值白银五六十两。

以后宋江避祸柴进庄上，临别时柴进肯定也有厚赠。——此前武松离去时，柴进是"取出些金银送与武松"的。

宋江出逃的第二个落脚点是孔太公庄上，在那里，宋江再次遇到武松。两人辞别登程时，太公父子"又各送银五十两，权为路费"；宋江虽极力推辞，对方执意不听，"只顾将来拴缚在包裹里"（第 32 回）。

嗣后宋江前往清风寨，被劫上山。清风山三头领苦留不住，又"各送些金宝与宋江，打缚在包裹里"（第 33 回）。

以后宋江发配江州，路经梁山，不肯落草；"众头领挽留不住，安排筵宴送行。取出一盘金银，送与宋江"（第 36 回）。

再后来宋江落难揭阳镇，结识了李俊及穆家兄弟。离去时，穆家兄弟又"取出一盘金银送与宋江"（第36回）。

　　有读者专爱替古人担忧，说宋江纵有挥金如土的豪情，他那抛撒不尽的银钱又从何而来？从上面的摘记可知，宋江挥金如土的豪迈之举，只停留在江湖传说中；而宋江收取的钱物，却是真金白银、笔笔翔实。难怪金圣叹要愤愤不平，口诛笔伐了。

黄金可爱亦可畏

《水浒》人物所使用的货币等价物，还有黄金。按明初官方规定，黄金一两与白银四两等值（称"四换"），然而明中前期民间的金银比始终高于四换，稳定在五换、六换，也有高达八换、九换的时候。（彭信威《中国货币史》，第714页）

与银、铜相比，使用黄金的好处显而易见。如更便于携带或储藏。用来送礼行贿，也更具打动人的力量。

书中第5回，小霸王周通要强娶刘太公的女儿做押寨夫人，虽是强迫，却也"撇下二十两金子、一匹红锦为定礼"。聘礼的轻重，符合山大王的身份。

至于晁盖答谢宋江，送上黄金一百两，出手也足够大方。一来宋江救了晁盖等七人的性命，恩重如山；二来这里面还连带有"朱、雷二都头"的谢仪。

不过你不能不佩服小说家（说话人）的叙事严密，宋江当场谢绝梁山诸人的好意，理由是山寨草创，用钱处尚多，自己"家中颇有些过活"。至于两个都头，宋江也替他们婉谢，说："朱仝那人也有些家私，不用与他，我自与他说知人情便了。雷横这人，又不知我报（信儿）与（晁）保正，况兼这人贪赌，倘或将些出去赌时，他便惹出事来，不当稳便，金子切不可与他。"（第20回）——这种面面俱到、滴水不漏的叙事方式，正是典型的说话风格。

前面说过，《水浒》前半部集中演说鲁、林、晁、杨、宋、武等人的传奇故事，可谓精彩纷呈。接下来的李逵取母，杨雄、石秀大闹翠屏山，雷横枷打白秀英，也还有可观之处。然自

"三打祝家庄"以下，故事却失去活力，不那么好看了。

有人认为，这种变化是《水浒》作者渐渐失去写作热情造成的。笔者则认为，应该是前后文字出自不同手笔的缘故。前后作者不但文字水平有差距，其还原生活、安排细节的能力也有高下。

例如，同样是黄金买凶，陆谦是以二十两金子的代价，要买林冲的性命。这个"价格"，还是贴近现实的。而卢俊义的管家李固找到大名府的牢头蔡福，拿出"五十两蒜条金"要取卢俊义的性命，就有些不懂"行情"了。他见蔡福推托，登时"再添五十两"。蔡福索性狮子大开口，说："李固，你割猫儿尾搬猫儿饭！北京有名怎地一个卢员外，只直（值）这一百两金子？……"张口就要五百两。李固竟毫不作难，立刻答应，并当场兑付。（第62回）——此等描写，简直形同儿戏！

且不说五百两金子价值惊人，单说重量，也有三四十斤，实难携带。尤其不能想象，李固本想以五十两黄金行贿，却未卜先知，带了五百两来。一旦蔡福索取，马上兑付。蔡福"收了金子，藏在身边"，也过于轻松，不合情理。

更不合情理的还在后头。蔡福回到家中，见有梁山好汉柴进登门，要他保全卢俊义性命，并奉上"一千两黄金薄礼"。事情谈妥，柴进"出门唤过从人，取出黄金一包，递在蔡福手里"。——这包黄金重达七八十斤，无论"递"还是"接"，都要费些力气！

千两黄金可折算白银六千两，能买万石大米。当年晁盖等打劫生辰纲后，拿出百两黄金答谢宋江，已是大手笔。而今为了营救一个莫名其妙的卢员外，梁山竟肯动用山寨的硬通货储备，数额十倍于对宋江的馈赠，这些地方都难以说通。——小说正是在这些地方，显出不同作者的笔墨高下。

"十三可叹"，直指人心

金圣叹读《水浒》至林冲发配一节，发现字里行间触目皆是"金""银"字样，不觉感喟殊深，于是在第8回《柴进门招天下客，林冲棒打洪教头》（相当于百回本第9回）的回首评中，写下一篇"十三可叹"的文字，说"此一回中，又于正文之外，旁作余文，则于银子三致意焉"。

究竟有哪些细节刺激了金圣叹呢？例如，陆谦奉高俅之命，将董、薛二公差邀至酒店，拿出十两金子，要二人在半路上"结果"了林冲，并说："是必揭取林冲脸上金印（指刺字）回来做表证，陆谦再包办二位十两金子相谢。……"金圣叹据此批道："陆虞候送公人十两金子，又许干事回来，再包送十两，一可叹也；夫陆虞候何人，便包得十两金子？且十两金子何足论，而必用一人'包'之也？"——显然，是这个"包"字刺激了金圣叹。只此一字，陆虞候那倚财仗势、志在必得的小人嘴脸，毕现纸端，令金圣叹分外鄙夷！

再者，鲁智深中途救起林冲，护送到沧州，两公人暗中叫苦，说"却不是坏我勾当"。——兑现十两，赊欠十两，对董、薛二人来说，这只算得一场"勾当"，而林冲一条活生生的性命，却可置之不顾。——这又是令金圣叹感叹的！

再如林冲到柴进庄上，适逢柴进不在。庄客别的不讲，只说你"没福"，若庄主在家，可有酒食钱财周济你。——有酒食钱财便是"有福"，"小人"何以有这种见识？金圣叹因而再发感叹。

金圣叹还感叹林冲比武时，柴进送十两银子给押解公人，公人便忙不迭打开枷锁；"银之所在，朝廷法网亦惟所命也"！

林冲与洪教头比武时，柴进命人拿出二十五两一锭大银作彩头，正是这锭大银，令洪教头自乱阵脚；在银子面前，名誉、身份都不顾了，真是可叹复可笑！

此外，林冲辞别柴进时，柴进让人又捧出一锭二十五两大银来。——金圣叹问：为什么圣贤豪杰，"心事如青天白日"，却一定要拿银子来表达敬爱之心，没这东西，就像是冷淡之极的样子呢？

自然，对牢城营差拨那"变色龙"式的表演，金圣叹又岂能放过？他连发两叹，不光讽刺差拨前倨后恭、见钱眼开，连带讽刺差拨"雁过拔毛"，暗中克扣送给管营的银子，评曰："谚云'掏虱偷脚'（小如虱子，也要掐下脚爪来，喻揩油水），比比然也。"

金氏的第十三可叹是："满营囚徒，亦得林冲救济，十三可叹也；只是金多分人；而读者至此遂感林冲恩义，口口传为美谈。信乎名以银成，无别法也。"——在这里，金圣叹冷不防将笔锋指向读者：林冲周济众囚徒的行为，不过是"金多分人"而已，没啥了不起的；可你们这些读者，是不是已被林冲的行为所感动，并交口赞誉呢？你看看，银钱可以造就声誉，你们这些读者正在印证这条"真理"哪！

中国传世文献，多为君子载道之文，何曾有过通俗小说这种赤裸裸的揭露文字？一般读小说的人，也不过抱着猎奇心态，看过就置于脑后。偏偏金圣叹"眼毒"，生怕众人等闲视之，以其敏锐的观察力、出众的煽情笔墨，毫不留情地揭出社会上下匍匐于金钱脚下的可怕现实。把金钱腐蚀下的人心险恶、人情虚伪、王法脆弱、官吏贪鄙……全都暴露于天光之下，振聋发聩、动人心魄！而《水浒》的思想品位，也因金圣叹的提点，愈发彰显！

金圣叹此篇，还带着身世之感。他在文末喟叹道："嗟乎！士而贫尚不闭门学道，而尚欲游于世间，多见其为不知时务耳，岂不大哀也哉！"——金圣叹这是自伤自叹吧？他的叹息中，带着深深的绝望。

附录三：金批本《水浒传》第8回回首批（节录）

此一回中又于正文之外，旁作余文，则于银子三致意焉。如陆虞候送公人十两金子，又许干事回来，再包送十两，一可叹也；夫陆虞候何人，便包得十两金子？且十两金子何足论，而必用一人包之也？

智深之救而护而送到底也，公人叫苦不迭，曰"却不是坏我勾当"，二可叹也；夫现十两，赊十两，便算一场勾当，而林冲性命曾不足顾也。

又二人之暗自商量也，曰"舍着还了他十两金子"，三可叹也；四人在店而两人暗商，其心头口头，十两外无别事也。

访柴进而不在也，其庄客亦更无别语相惜，但云"你没福，若是在家，有酒食钱财与你"，四可叹也；酒食钱财，小人何至便以为福也？

洪教头之忌武师也，曰"诱些酒食钱米"，五可叹也；夫小人之污蔑君子，亦更不于此物外也。

武师要开枷，柴进送银十两，公人忙开不迭，六可叹也；

银之所在，朝廷法网亦惟所命也。

洪教头之败也，大官人实以二十五两乱之，七可叹也；银之所在，名誉、身分都不复惜也。

柴、林之握别也，又捧出二十五两一锭大银，八可叹也；虽圣贤豪杰，心事如青天白日，亦必以此将其爱敬，设若无之，便若冷淡之甚也。

两个公人亦赏发五两，则出门时，林武师谢，两公人亦谢，九可叹也；有是物即陌路皆亲，豺狼亦顾，分外热闹也。

差拨之见也，所争五两耳，而当其未送，则"满面皆是饿纹"，及其既送，则"满面应做大官"，十可叹也；千古人伦，甄别之际，或月而易，或旦而易，大约以此也。

武师以十两送管营，差拨又落了五两，止送五两，十一可叹也；本官之与长随可谓亲矣，而必染指焉。谚云"掏虱偷脚"，比比然也。

林冲要一发周旋开除铁枷，又取三二两银子，十二可叹也；但有是物，即无事不可周旋，无人不顾效力也。

满营囚徒，亦得林冲救济，十三可叹也；只是金多分人，而读者至此遂感林冲恩义，口口传为美谈。信乎名以银成，无别法也。嗟乎！士而贫尚不闭门学道，而尚欲游于世，多见其为不知时务耳，岂不大哀也哉！

悬赏千贯疑义多

除了金银，《水浒》人物也使用铜钱，相关例子不难找到。如第 15 回阮小五赌博归来，"把着两串铜钱，下来解船"。再如第 25 回武大被踢伤，潘金莲"拿了些铜钱"，假惺惺托王婆去"赎药"。又第 45 回裴如海与潘巧云勾搭，先派胡道前来暗通消息。潘巧云也假戏真作，让丫鬟迎儿"去楼上取一串铜钱来布施他"。

书中还有铜钱的特写镜头。如杨志卖刀时，泼皮牛二为了验证宝刀"砍铜剁铁，刀口不卷"的性能，"便去州桥下香椒铺里，讨了二十文当三钱，一垛儿将来，放在州桥栏干上"。

一文铜钱的标准重量为一钱（在宋代为 4 克，明代为 3.69 克），——这也是"钱"这一衡制单位取名的由来。明代所铸铜钱，除了重一钱的"小平"钱，也铸过"折二""当三""当五""当十"的铜钱，全是货真量足的家伙。如"折二"即重二钱，"当三"则重三钱，"当十"则重一两。初时只是为了使用方便，并无缺斤短两之弊。

牛二从香椒铺讨得的"当三"钱，应是实重三钱、又大又厚的铜钱。二十枚摞在一起，被杨志一刀砍下，火星四溅，碎铜迸飞，那场景想想就令人兴奋。

这种零星用钱的场面，在《水浒》中并不多见。书中所见最多的，是以"贯"为单位的记述。如林冲买刀时，卖刀汉子说："索价三千贯，实价二千贯。"最终则以一千贯成交。（第 7 回）而杨志卖刀，也是开口索价三千贯（第 12 回），而非以白银标价。

此外，官府悬赏捉拿逃犯，也都以钱贯标示赏金。如朱武、陈达、杨春占山为王，"华阴县见出三千贯赏钱，捕捉他三个贼人"（第2回），而鲁提辖打死郑屠，渭州官府也"出赏钱一千贯"，画影图形捉拿他。（第3回）再如林冲杀死陆谦等三人，背负了草料场被烧的罪责，缉捕的赏金提高到三千贯。至于后来官府捉拿梁山头领，赏金更提升到五千贯（戴宗）、一万贯（宋江）。（第43回）

民间的人口买卖又如何？郑屠霸占民女金翠莲，"写了三千贯文书"，虽说是"虚钱实契"，但两三千贯应是当时人口买卖的常价。（第3回）

且慢，小说中的诸般物价，是否有虚高的倾向？从历朝银、铜比价来看，一两白银与一贯铜钱约略等值，几乎是恒定的。按此折算，林冲一千贯所买的宝刀，价值白银一千两，合人民币30万元，这是个吓人的数字。——《金瓶梅》中西门庆在清河县繁华地段买了一所"门面二间，到底四层"的宅子，也只花了一百二十两银子！林冲只不过是八十万禁军中的一个教头，何来这许多钱财？

再说，小说中标示的罪犯海捕赏金，低者一千贯，高者一万贯，州县财政负担得起吗？翻翻史书，宋代缉捕人犯的赏格远没有这样高。北宋庆历年间下诏禁止民间结社习武，规定为首者处斩，胁从者决配远恶军州，并鼓励人们告发缉拿，"获一人者赏钱三十千"（《续资治通鉴长编》卷一三四）。——"三十千"便是三十贯，这应是宋代海捕赏金的真实案例。

《金瓶梅》的出版比《水浒》略晚，书中反映的是晚明物价。潘金莲两番被卖，身价均为白银三十两，若按三十贯计，仅相当渭州潘楼卖唱女金翠莲身价的百分之一，倒是跟宋代的缉拿赏金大致相埒。

这还只是从价值上判断，若从交易实际考虑，铜钱的储藏、携带、支付，对于买卖双方都是个大负担。从宋代、明代铜钱的实重看，一贯铜钱的重量总要在3.5公斤左右；一千贯的重量则为3.5吨！林冲以千贯价格买得宝刀一口，卖刀汉子要雇车来拉铜钱，恐怕一趟还拉不完。

林冲日后发配沧州，路经柴进庄园，庄客拿他当一般配军打发，"……一个盘子，托出一斗白米，米上放着十贯钱，都一发将出来"。按明代衡制，一斗米合今制14斤；铜钱十贯约重70斤。两者相加，重80多斤，此礼不可谓不"重"，但对于荷枷戴锁的林冲，则无异于刑上加刑。

此外，第16回写杨志押解生辰纲至黄泥冈，众军卒凑了五贯钱买酒解渴。五贯铜钱重三四十斤，身服苦役的军卒"担子又重，无有一个稍轻"，却还要腰缠铜钿，增加多余的负担，似乎也是难以承受的。而白胜收了七贯半铜钱（在百回本中，第二桶酒因少了两瓢，白胜只要了两贯半），重达60斤，还能步履轻松地唱着山歌下岗去，也令人迷惑。

凡此种种，不能不令人生疑：小说中屡屡出现以"贯"为单位的货币，是指铜钱吗？——我们知道，明代前期是使用纸钞的，这里所说的贯，会不会是指贬了值的纸钞呢？

《水浒》人物用纸钞吗

在《白银流通，始于明代》一节中，我讲到元、明两代均将纸钞定为法币。白银的普遍使用，则始于明嘉靖之前。

明代的纸钞从使用、贬值，直至退出流通领域，有个漫长的过程。这一过程，刚好与《水浒》的成书定稿相重叠。"水浒"故事的编者和读者（听众）身历这一历史过程，他们眼中的"五贯""十贯""一千贯""三千贯"，指的应是纸钞。

小说人物使用纸钞的痕迹，在今本中仍可找到。如大相国寺菜园中，众泼皮请鲁智深吃酒，鲁智深客气道："什么道理，叫你众人们坏钞！"王婆及潘巧云也都说过类似的话。此外，在沧州开客店的李小二曾向林冲介绍说，看守大军草料场的好处，是"收草料时，有些常例钱钞"。

最明显的例子是杨志卖刀前的一番思想活动："却是怎地好？只有祖上留下这口宝刀，从来跟着洒家，如今事急无措，只得拿去街上货卖得千百贯钱钞，好做盘缠，投往他处安身。"——这里明确提到，杨志预估的刀价，是以"钱钞"计算的。

把小说中的"钱贯"理解为纸钞，许多疑惑也便迎刃而解。如柴进庄客放在盘子上的十贯钱若是纸钞，林冲的负担顿时减轻了七十斤。而杨志手下的众军卒在黄泥冈上凑起来的五贯买酒钱，想来也是几张纸钞，白胜向怀里一揣，口唱山歌下山，一来因计谋得逞，内心有抑制不住的喜悦，二来也因肩头、腰间格外轻松。

确定了《水浒》中的钱贯是纸钞，其动辄三五千贯的吓人标价，也便有了合理的解释。——那是贬了值的货币，早已不是明初所规定的比价。

大明宝钞自洪武八年（1375）诞生，其一百多年的流通历史，是一部不断贬值的历史。例如洪武二十三年，钞法颁布才十五年，一贯钞已贬至规定价值的四分之一，只能换铜钱250文。又过了四年，一贯钞仅能换160文。至成化七年（1471年），"钞法不行，一贯仅值钱二三文"（《明史·食货六》）。即是说，钞法施行未及百年，宝钞已贬至1/300—1/500。

再到嘉靖十四年（1535），也就是《水浒》面世前后，一贯钞已失去独立的使用价值，人们只好把一千张一贯面值的钞票捆在一起使用。这样的一捆，当时俗称"一块"。论体积，也确实是凿凿实实的一大块！——今天的一元钱俗称一"块"，最早便是由此而来。这样的"一块钱"，当时可值八钱银子，不久又跌至四钱以下。

当然，读《水浒》可知，书中的纸钞尚未贬至一文不值的程度。毕竟黄泥冈上的十贯钞，还能换来一担村酒。——那么当小说结撰时，纸钞到底跌至几何？如能找到较为准确的估值，对于判断小说的成书时间，无疑是个好消息。

恰好有个例子可以利用。第17回，济州缉捕使臣何涛奉命捉拿劫取生辰纲的强人，正在无计可施时，得知弟弟何清掌握着重要线索，何涛于是"慌忙取一个十两银子放在桌上"，要何清快讲，并说："银两都是官司信赏的，如何没三五百贯钱？……"

照小说中的常例，官府捉拿罪犯，赏金至少一千贯。生辰纲一案是权相蔡京交办的特大案件，赏金理应在万贯以上；因而何涛所说的"如何没三五百贯钱"，显然不是指全部赏金，而是桌上这"十两银子"的换算钞价。

"十两银子"与"三五百贯"等值，其银钞比为 1：30～50；就一般理解，取 1：50，应当更符合当时语境。也就是说，小说中主要情节定稿时，正值宝钞贬至五十贯等同于白银一两的时刻。

依此比率推断，小说中的人货价格便都回归到合理范畴。如林冲最终以一千贯购得宝刀，依此比价，仅合白银二十两。林冲的教头身份虽然不高，但薪俸也足够他"每日六街三市，游玩吃酒"。二十两银子的刀价，自不难当场拍板、就地还钱。——据书中交代，林冲付钱时，是引那汉子到家，"将银子折算价贯，准还与他"（第 7 回）。可见纸钞贬到这个份儿上，已是有价无市，没人愿意接受了。

再看柴进庄园对往来囚徒的资助，十贯纸钞仅相当于二钱银子，一斗米折价六七分银，总共不到三钱银子，还是比较合理的。

在另外的例子中，黄泥冈上一桶村酿讨价"五贯足钱"，相当于一钱银子。乡下自酿的村酒，价格自不会太高。何况白胜要引诱杨志一伙上钩，当然不会自抬酒价。不但不会抬价，第二桶因被卖枣客人"饶两瓢吃了"，白胜还要少算酒钱，"我今饶了你众人两贯半罢"，只收了两贯半。——百回本的原文便是如此。金圣叹整理七十回本时，将此句改为"我今饶了你众人半贯钱罢"，似乎更为合理。让利太多，杨志也是要起疑的。

再如，金翠莲的身价定为三千贯，合六十两银子，比起《金瓶梅》潘金莲的三十两身价虽然偏高，但因是"虚钱实契"，带有欺诈性，也还靠谱。

至于官府悬赏千贯缉捕少华山强人及鲁提辖等，也只相当于二十两银子；与宋代告捕私自结社习武者的赏金三十千，相差不远，因而也是可信的。

或问：既然最终要用白银结算，为啥官府布告及民间买卖仍以钞贯计价？原因当是宝钞的法定货币地位从未被撤销，而白银的货币资格也始终未得到官府的正式承认。这里反映的正是《水浒》成书前后金融领域的真实状况。

宣德:《水浒》创作的关节点

考察宋元明历史,究竟有没有银、钞比价恰为 1:50 的时段呢? 很幸运,居然被我们找到了,那正是明代宣德初年。

据《明史·食货志五》记载:"至宣德初,米一石用钞五十贯,乃弛布帛米麦交易之禁。……"即是说,宣德初年钞价暴跌,本来按规定一石米值一贯钞,当时竟涨至五十贯! 纸钞贬值迅速,无人愿收,国家只好放宽禁令,允许以货易货。彭信威《中国货币史》特别指出:"宣德四年,米一石、绵布一匹或丝一斤都要五十贯钞,比洪武九年涨成五十倍。"彭信威在此是将当时物价与洪武九年(1376)钞法规定的钞价相比,得出钞价贬值五十倍的结论。有人说,明前期一两银可买两石米,因而此刻银钞比应为一比一百。此或没考虑到宣德初年灾害频仍,米价飞涨,不但钞价贬值,银价也贬值。因而彭信威的结论还是可信的。

据此可以大致判断,《水浒》中富于生活气息的好汉故事,即如鲁、杨、武、宋等人的个人英雄谱,经历宋、元、明三百年的演说锤炼,很可能是在十五世纪二三十年代的宣德初期臻于成熟并基本定型的。

"瓜熟蒂落,水到渠成。""水浒"故事至此累积了宝贵的话本素材,此前坊间流传的简陋稚拙的《水浒传》版本,已经不能满足读者(尤其是士人)的阅读需求。一种在艺术表现形式远超传统形制的章回小说模式,已经呼之欲出了。

不过有证据表明,对《水浒传》的整理、改造,应该不是一蹴而就的,至少经过两次大的加工。一位天才作者(他应当是位说书艺人，或以拟写话本为生的书会才人）开创了将话本故事按口语原貌照录于长篇小说的做法。——此前只有短篇话本采用此种模式。那时的印刷水平及商业机制，尚未为长篇章回小说的出版做好准备。这也可以理解，为何百回本《水浒》以"一事而二十册"的规模问世后，就是热爱通俗文学、家藏"词山曲海"的李开先，也感到震惊不已！

不过此番整理加工，很可能中道而止。鲁、杨、武、宋的优质素材用完了，故事叙述进入说话人并不熟悉的山寨生活、战争题材，作者的热情顿减，或干脆搁笔。而这样一份书稿，很可能并未出版面世。

小说的另一次整理，当在正德末、嘉靖初，是在郭勋主持下进行的。公孙胜的加入、道教地位的提升，应该都是这一次完成的。这番整合加工，时间应当比较仓促。——被郭勋当作一场"政治秀"来运作，能不仓促吗？这次整理的最大功绩，是全面接纳并保存了天才作者对小说前半部的加工成果，这至少说明郭勋是有文学眼光的。

总的说来，从今本《水浒》所透露的银钞比值看，我们大致可以判定，《水浒》的最后成书有两个关键节点：一个是明宣德年间，小说核心情节的创写，不会早于此刻；一是明正德末、嘉靖初，小说成书的下限，不会晚于此点。其间的一百年间，不但是《水浒》成书的重要时段，也是白话章回小说文体成熟的关键时段，因而在小说史上有着特别重要的意义。

关于小说最后的写定者，这里再唠叨两句。所谓郭勋门客，应当也是说书艺人。——宋代以下，直至晚明冯梦龙、李渔之前，社会上应该还没有职业作家这个概念。评书（说话）作品的编写与表演，全由说书艺人包揽。这些人于市肆卖艺，有机会结交三教九流，依傍显宦大僚。如明末说书艺人柳敬亭便与众多官员、文士往来，也曾投身幕府当过幕僚，身份与门客等同。

　　郭勋与"内官之职平话者"（专门为皇上说书的太监）往来密切，自然也熟悉此行当中的佼佼者。武定府编撰《英烈传》、整理《水浒传》，至少应当有个由此类"专家"组成的"创作团队"吧！

辑

四

大块吃肉，成瓮吃酒

乡间饮馔求醉饱

《金瓶梅》作者醉心于市井小民衣食住行的描写，精描细画，乐此不疲。然而"靡不有初，鲜克有终"，小说家在这方面的尝试，在《水浒传》中已见端倪。

就说饮食吧，《水浒》中已有了菜单式的描写。如王进到史家庄借宿，史太公吩咐庄客安排饭食。"没多时，就厅上放开条桌子。庄客托出一桶盘四样菜蔬，一盘牛肉，铺放桌上。先盪（用同"烫"）酒来筛下……"太公谦称："村落中无甚相待，休得见怪。"

这"四样菜蔬"都是什么名目？那一盘牛肉，又是如何做法？若在《金瓶梅》中，这正是小说家卖弄文笔、描摹美味的好机会。——然而王进此刻逃亡在外，对于失路之人，有灯有火，有肉有酒，已是出于望外，过细的描写反而是喧宾夺主，破坏氛围了。

乡村饮食，大抵如此。日后鲁智深辞别五台山文殊院智真长老，前往东京大相国寺"挂搭"，途经桃花村刘太公庄，所受款待也大抵一致。太公因见他是僧人，先问："不知肯吃荤腥也不？"哪知这和尚不忌荤酒，说是："遮莫甚么浑清白酒，都不拣选；牛肉狗肉，但有便吃！"于是太公吩咐庄客"掇张桌子，放下一盘牛肉，三四样菜蔬，一双箸，放在鲁智深面前。……这鲁智深也不谦让，也不推辞，无一时，一壶酒、一盘肉都吃了。太公对席看见，呆了半晌。庄客搬饭来，又吃了。"（第5回）

本来已经"抬过桌子"，准备歇息，太公的一番嘱咐，勾起了花和尚的好奇心。太公说："若外面热闹，不可出来窥望。"

一再追问之下，太公将桃花山大王周通要强娶女儿的事说出，引得鲁智深大为兴奋，偏要管管这闲事。

有意思的是，太公的第一反应是："我家有福，得遇这个活佛下降！"第二句竟是："再要饭吃么？"——此时此地，这是他唯一能想出的报答方式，而且他大约看出，方才这和尚饮酒吃肉，没能尽兴。

果然，智深回答："饭便不要吃，有酒再将些来吃。"太公连说："有，有！""随即叫庄客取一只熟鹅，大碗斟将酒来，叫智深又尽意吃了三二十碗，那只熟鹅也吃了。"好在家中正办"喜事"，酒肉都是现成的。

在乡间，酒店的酒食会好些吧？其实同样粗糙。晁盖要劫取生辰纲，吴用自告奋勇，前往石碣村说服旧邻阮氏三兄弟入伙。吴用谎称是在一个大财主家"做门馆"，财主办筵席，需用"十数尾重十四五斤的金色鲤鱼"。

故人相见，不饮酒无以叙旧。阮小二说："小人且和教授吃三杯却说。……"两人摇船前往隔湖酒店，半路又约上阮小七和阮小五，入得酒店，分主客坐定：

> 店小二把四只大盏子摆开，铺下四双箸，放下四般菜蔬，打一桶酒放在桌子上。阮小七道："有甚么下口？"小二哥道："新宰得一头黄牛，花糕也似好肥肉。"阮小二道："大块切十斤来。"阮小五道："教授休笑话，没甚孝顺。"吴用道："倒来相扰，多激恼你们。"阮小二道："休恁地说。"催促小二哥只顾筛酒，早把牛肉切做两盘，将来放在桌上。阮家三兄弟让吴用吃了几块，便吃不得了。那三个狼餐虎食，吃了一回。……

同样是"四般蔬菜"、"一桶酒"、两盘牛肉，只是说到牛肉时，用了"花糕也似"的喻词，于粗犷中现出"婀娜"来。

似乎为了打破这程式化的叙述，作者又写阮小七离座下船，"取将一桶小鱼上来，约有五七斤，自去灶上安排，盛做三盘，把来放在桌上"，劝吴用"胡乱吃些个"。——这同时也为了印证席上的谈话：碣石湖中打不到大鱼，别说十四五斤的，五六斤一条的也难得，只能打些小鱼，"胡乱吃些个"。

酒店不是谈"大事"的地方。吴用见天色渐晚，提出要在阮小二家借住一宿，自己做东，"夜间同一醉如何？"并取出一两银子给阮小七，向酒家"沽了一瓮酒，借个大瓮盛了，买了二十斤生熟牛肉，一对大鸡"。——店中这顿酒食，说好由阮小二"买单"，阮小二临走不忘对店主人说："我的酒钱一发还你。"在这些细微处，总能做到滴水不漏，这正是说话的风格。

在阮小二家后面的水亭中，四人重新落座，天色已晚，点起灯烛，"阮小七宰了鸡，叫阿嫂同讨的小猴子在厨下安排。约有一更相次，酒肉都搬来摆在桌上"。吴用劝三人吃酒，又重提买鱼的话头。三兄弟述说梁山泊被王伦霸占，"不容打鱼"等事，言谈间对山寨强人颇有羡慕之意。吴用于是乘机游说，约三阮入伙，同取"一套富贵"。阮小二当即代表三人表态，并以"残酒为誓"，夺取生辰纲的惊天大动作，就这样在酒桌上敲定。

阮家三兄弟应该不是纯粹的穷苦渔民，日常除了打鱼，"亦曾在泊子里做私商勾当"。阮小五没家没业，还能有余钱去赌博。阮小二抱怨日子不宽裕，但来了客人，尚有钱请客。可谓比上不足，比下有余了。

家庭小酌与泼皮聚餐

《水浒》叙事不耐烦做细腻描摹，显然跟题材有关。豪杰故事，最适合洗练的笔墨。如第 3 回写鲁提辖与史进、李忠同登潘家酒楼，那虽是城市中有名的酒家，但酒桌筵席的描写，并不比村店酒务来得细致：

> 酒保唱了喏，认得是鲁提辖，便道："提辖官人，打多少酒？"鲁达道："先打四角酒来。"一面铺下菜蔬果品案酒，又问道："官人吃甚下饭？"鲁达道："问甚么！但有，只顾卖来，一发算钱还你。这厮只顾来聒噪！"酒保下去，随即盪酒上来。但是下口肉食，只顾将来，摆一桌子。
>
> （第 3 回）

急性子的鲁提辖连菜单都不暇问，小说作者若还一五一十地"报菜名"，怕也要遭提辖呵斥："这厮只顾来聒噪！"

不过城里小康之家的饮食小酌，比起乡村的农家饮馔，还是要精细不少。鲁提辖打死郑屠后逃到代州雁门县，巧遇被他救助的金氏父女。此刻金翠莲已被当地财主赵员外"收为外宅"，金屋藏娇，饮馔自然不同：

> 金老下来，叫了家中新讨的小厮，分付那个丫环一面烧着火，老儿和这小厮上街来，买了些鲜鱼、嫩鸡、酿鹅、肥鲊、时新果子之类归来。一面开酒，收拾菜蔬，都早摆了，搬上楼来。春台上放下三个盏子，三双箸，铺下菜蔬

果子下饭等物。丫环将银酒壶盪上酒来。子父二人轮番把盏。（第4回）

作者如此细写，意在表现金氏父女境遇改善，今非昔比。而类似的家庭小酌，又见于宋江外宅阎婆惜处。阎婆因察觉宋江与女儿不睦，那日在街上遇到宋江，硬是拖回家中，将宋江与女儿"锁"在楼上，自己忙着张罗酒食：

> 且说阎婆下楼来，先去灶前点起个灯，灶里见成烧着一锅脚汤，再凑上些柴头。拿了些碎银子，出巷口去买得些时新果子、鲜鱼、嫩鸡、肥鲊之类。归到家中，都把盘子盛了。……收拾了数盘菜蔬，三只酒盏，三双箸，一桶盘托上楼来，放在春台上。开了房门，搬将入来，摆在桌子上。（第21回）

《水浒》中的描写未脱说书本色，带有程式化的特色。如写到饮食、穿戴、景观、物态，多半是说书人烂熟于心的成套词句，信手拈来，随意拼装。类如"鲜鱼、嫩鸡、酿鹅、肥鲊、时新果子"，便是讲说细致饮食的"模块"，赵员外家如此，阎婆惜家仍如此。——书中还有一些韵文模块，被学者称为"书会留文"，后面还要说到。

当然，作为才子之书，《水浒》写吃喝，也有因人而异的地方。如书中第7回写鲁智深到东京大相国寺看守菜园，左近二三十个"赌博不成才破落户泼皮"要给他来个下马威。不料鲁智深早有警惕，一脚一个，将两个为头的踢下粪窖去。欺软怕硬的泼皮们于是"凑些钱物，买了十瓶酒，牵了一个猪，来请智深"。又亲睹花和尚"倒拔垂杨柳",于是"见智深匾匾的伏,每日将酒肉来请智深"。

鲁智深寻思还席,"叫道人去城中买了几般果子,沽了两三担酒,杀翻一口猪,一腔羊。那时正是三月尽,天气正热。智深道:'天色热!'叫道人绿槐树下铺了芦席,请那许多泼皮团团坐定,大碗斟酒,大块切肉。叫众人吃得饱了,再取果子吃酒"。——"大碗斟酒,大块切肉"是令底层小民垂涎的饮食境界,想来无论猪牛羊肉,都是大锅白煮,不待烂熟便蘸盐蘸酱,大快朵颐,是不暇细煎细做的。

"分例酒食"兄弟尝

书中也偶尔写到强人山寨的筵宴，依然是大刀阔斧式的简笔勾勒。如第 19 回写晁盖等人初到梁山，"山寨里宰了两头黄牛，十个羊，五个猪，大吹大擂筵席"。及至火拼王伦后，筵席再开，"杀牛宰马，山寨里筵会，自酝的好酒，水泊里出的新鲜莲藕，山南树上自有时新的桃、杏、梅、李、枇杷、山枣、柿、栗之类；鱼肉鹅鸡品物，不必细说。……"（第 20 回）

小说作者本无山寨生活的体验，自难写出那里的宴饮特色，只能凭借想象，罗列山水寨中的特产。——晁盖等上山时约在夏历八月，倒正是莲藕、山果收获的季节；只是作者将产于南方的枇杷也送到梁山好汉的筵席上，不免暴露了说话人的南人身份。

做强人、当喽啰，多半只是为了吃饱肚子。山寨杀牛宰马、大排筵席，喽啰们自然也人人有份。第 5 回写桃花山喽啰随寨主周通来到桃花村，刘太公殷勤招待，"小喽啰们每人两个馒头，两块肉，一大碗酒，都教吃饱了"。

士兵出征打仗，也要饱食，所谓"天子不差饿兵"。书中第 34 回，青州慕容知府派官兵攻打梁山泊，便"先在城外寺院里，蒸下馒头，摆了大碗，盏下酒，每一个人三碗酒，两个馒头，一斤熟肉"，饱食之后，方才列队出发。此外第 67 回写梁山兵马打破大名府，救了卢俊义，于是犒赏三军，"连日杀牛宰马，大排筵宴……虽无庖凤烹龙，端的肉山酒海"，也都是山寨的吃法。

山寨也有"三产"（第三产业之谓也），在山下水边开有酒店，掌柜的便是山寨头目朱贵。林冲雪夜上梁山，曾到此打尖。问有何"下酒"，也是"生熟牛肉，肥鹅嫩鸡"，与一般酒店无二。

据朱贵介绍："山寨里教小弟在此间开酒店为名，专一探听往来客商经过，但有财帛者，便去山寨里报知。但是孤单客人到此，无财帛的放他过去，有财帛的来到这里，轻则蒙汗药麻翻，重则登时结果……"（第11回）——原来如此。这里实为山寨的"情报站"，也称"做眼的酒店"，兼充接待站。

朱贵一旦得知林冲有入伙意图，"随即叫酒保安排分例酒来相待"。林冲推辞说："何故重赐分例酒食？拜扰不当。"朱贵说："山寨中留下分例酒食，但有好汉经过，必教小弟相待。既是兄长来此入伙，怎敢有失祗应！"

何谓"分例酒食"？"分（fèn）例"即常规，"分例酒食"便是按规定应当给予的酒食待遇。今天一些机关企业的免费工作餐或客饭，便可视为"分例"餐。林冲表达了入伙意愿，便是未来的"兄弟"了，自然有资格享此待遇。——只是不知这种"分例酒食"，有没有"四菜一汤"之类品种数量的规定？

小说中还有多次提及分例酒食，如晁盖等上山时，朱贵"忙叫酒保安排分例酒来管待众人……教去寨里报知，一面又杀羊管待众好汉"（第19回）。另一回是花荣、秦明等九个好汉带着三五百人马前来入伙，朱贵"迎接众人都相见了，便叫放翻两头黄牛，散了分例酒食……一面店里杀宰猪羊，管待九个好汉，把军马屯住在四散歇了"（第35回）。以后戴宗、萧让、金大坚等上山，也都享受过"分例酒"的待遇。梁山全盛时期，四方路口都开了"做眼的"酒店，也都有"分例酒"的规定。——"盗亦有道"，这大概就是小说家要告诉读者的。

好汉餐桌牛肉多

《水浒》的读者都有个鲜明印象：牛肉是梁山好汉的最爱。前举石碣村里"花糕也似好肥肉"，便是黄牛肉，阮小二张口就是"大块切十斤来"，何等豪迈！而好汉们登酒楼、下饭馆，不是"熟牛肉切三五斤来"，便是"铺下一大盘牛肉"。这也让人自然联想：牛肉是宋元百姓饭桌上的主打肉食，那时的百姓真是口福无边！

然而读史可知，宋元百姓要想吃点牛肉，并不容易。人们吃得最多的是羊肉和猪肉。翻翻宋人笔记《东京梦华录》（孟元老）、《都城纪胜》（耐得翁）、《西湖繁胜录》（西湖老人）、《梦粱录》（吴自牧）、《武林旧事》（周密），在繁华都市的酒肆食店中，羊肉的做法多得惊人：什么生熟羊肉、批切羊头、乳炊羊肫、羊闹厅、羊角、虚汁垂丝羊头、入炉羊头、羊脚子、羊腰子、点羊头、羊荷包、羊事件、羊血、糟羊蹄、羊杂烩四软……这样的菜名，还可举出几十种来！在北宋，皇上的御厨是"止用羊肉"的。（《续资治通鉴长编》）

猪肉的食用也极为普遍。如开封的南薰门，正对着"大内"（皇宫），一般殡葬车辆不准通行；"唯民间所宰猪，须从此入京。每日至晚，每群万数，止十数人驱逐，无有乱行者。"这些文字虽有夸大之嫌，但仍能见出猪肉用量之大。据记载，汴梁城中杀猪宰羊的作坊极多，不说肉铺，光是挑担、推车上街卖猪羊肉的，也"动即百数"！（《东京梦华录》）

南宋吃猪肉更普遍。南宋朝廷招待外国使者，食谱便是"猪、羊、鸡、鹅、连骨熟肉，并葱、韭、蒜、醋各一碟，三五人共浆水饭一桶而已"（《梦粱录》）。这应是接待外宾的"分例酒"吧。至于临安城中的地名，有南猪行、北猪行（《武林旧事》），应是生猪集中交易的处所。——然而无论北宋还是南宋，相关文献中极少有食用牛肉的记录。

蒙古人是游牧民族，总该顿顿有牛肉吧？然而元代驿站对官员正使的接待，是"日供米一升，面一斤，羊肉一斤，酒一升"（《经世大典》）。富家子弟一大早起床，"先吃些醒酒汤，或是些点心，然后打饼熬羊肉，或白煮着羊腰节胸子"（《老乞大》）。要举行宴会，则买"二十只好肥羊，休买母的，休要羯的"（《元典章》）。即便是官员贵族，也只在婚礼、庆典等隆重场合，才偶尔宰牛。

历代官府都严禁屠牛，元帝忽必烈就严申禁令：牛、马是"耕佃备战"的重要物资，"今后官府上下公私饮食宴会并屠肆之家，并不得宰杀牛马！"私自宰杀牛马是重罪，犯人要"决杖一百"，还要罚款二十五两（钞），用来赏赐告发人。如果邻居知情不报，也要"决（杖）二十七下"。"本管头目"则因失察罪须"决（杖）五十七下"。至于牛马"老病不堪为用者"，要由专职人员检验，记录在案，打上烙印，方许宰杀。牛马自行倒毙的，还要抬赴官府验看，才能"开剥"。（《元典章》）——反观梁山好汉的食案，牛肉来得太容易了吧？

笔者曾为此请教过许多人，答案可谓五花八门。有人认为：小说的特征是虚构，好汉吃牛肉不是写实，只是表达一种反抗精神：官府禁止的事，偏要去做！也有人说：平时吃不着，在虚构作品中，正不妨"可劲儿造（造：方言谓吃）"！还有的说：牛肉营养高，禁饱，是好汉食馔的最佳选择。或曰：牛有一股子蛮劲儿，跟好汉们的气质相类（这位一定信奉"吃什么补什么")……

笔者则认为：小说中多吃牛肉，很可能跟《水浒传》创作的乱世背景有关。

"水浒"故事的创作，经历了两宋、宋元、元明三次大规模社会动荡。数百年间，不是异族入侵，就是改朝换代。留在百姓记忆中的，尽是饥馑死亡的画面、兵荒马乱的图景。

小说中出现众多强人山寨及险恶去处：梁山泊、少华山、二龙山、桃花山、白虎山、清风山、登云山、饮马川、黄泥冈、野云渡、赤松林……这种"盗贼"遍地的现象是极不正常的。——哪儿来的这么多"强盗"？想来都是破产的农民，为活命而啸聚山林、藏身重湖，抱团取暖。战争破坏了农耕经济，农民也只好出此下策。

种田人放下锄头、拿起刀枪，粮食生产中断，社会上仅有的存粮，成为各阶层、团体舍命争抢的宝贵物资。官军的进剿、流寇的扫荡、义军的出击，从根本上说，都是为了抢夺社会上有减无增的有限存粮。吃粮保命，压倒了一切社会矛盾，"饥饿"也成为小说的隐性主题。

书中每逢写到饮馔，无不施以夸张的笔墨。这是否为了迎合人们对食物的渴求呢？好汉们即便上了山，也不可能顿顿有酒有肉，但免于饥饿，总还是能够做到的。而孙二娘卖人肉馒头等情节，在满足大众猎奇心理的同时，也在无意中留下历史的擦痕。——人吃人是许多饥馑时代都发生过的事；在宋江起义的宣和年间，江淮一带就发生过这样的惨剧。

回到主题上来：为何梁山好汉多食牛肉而少食猪羊？——猪、羊的饲养需要稳定的农业环境。这样的环境一旦被破坏，山村野店的餐桌上，自然也就不见了猪羊肉的踪影。而一向为农田生产所仰仗的耕牛，是最后被宰杀的。农业破产，耕牛失去了用武之地，其唯一的下场，便是入屠肆、下汤锅！

只可叹，"有好牛肉切三五斤"的豪放筵席，已是草泽英雄"最后的晚餐"！——人们读《水浒》，往往只看到"官逼民反"，"乱自上作"；其实在更深的层次中，还写着两行浸着血泪的字："宁为太平犬，不做乱离人！"

山寨群雄，吃粮靠抢

梁山武装在其全盛时期，应有十万之众。若连家属计算，少说也有三四十万，吃饭成了大问题！

语云："人多好干活，人少好吃饭。"每人每天即便忍饥挨饿，只吃半斤粮食，梁山一天也要消耗 20 万斤米粮，约合 100 吨。依此估算，山寨一个月的粮食消耗，便是 3 000 吨！

《水浒》是虚构作品，综合借鉴了历史上众多农民战争的素材，包括南宋洞庭湖起义的素材。洞庭农民军的规模，一度号称四十万，学者认为那是连家口都计算在内的。那么杨幺等人又是如何解决吃饭问题的呢？无非采用两条措施：一是化整为零，各自为战；一是"兵农相兼"，"陆耕水战"。

洞庭起义并非如小说中对梁山起义的描写，是集中驻扎的大部队。起义初起时，洞庭豪杰在湖中建起水寨七十余座，各寨相对独立，又保持密切联系。有大兵压境时，各寨统一听从杨幺的指挥，一致对敌。平日则各自为战，自然也包括各自解决粮食问题。

其实湖中的七十座水寨，便是湖区的七十处傍水村庄。义军成员本就是当地的农夫渔父，他们造反不离乡土，借水乡左近的岛礁沙碛构筑寨栅，以为自保之所。据官军报告称，杨幺等"春夏则耕耘，秋冬水落，则收粮于寨，载老小于船中，而驱其众四出为暴"（《中兴小纪》）。官军的报告不乏污蔑之词，却也透露了乱世农民艰难自保、抱团求活的严酷现实。

《水浒》的写作，吸纳了洞庭起义的素材，唯独没有采纳"水战陆耕"的"成功经验"。不过施耐庵也并未忽视吃饭问题，他为梁山好汉设计的筹粮方案很简单——抢！好汉们一次次冲州撞府，始终不曾占得一座城镇、一寸土地；他们出击的唯一目的，就是"借粮"。仅在小说前70回中，就有14次提到"借粮"的话头。而"借粮"的对象，既有华阴、济州、东平、东昌那样的大州府，也有祝家庄、曾头市那样的殷实村镇。

即如祝家庄，之所以刀枪上架、戒备森严，便是"惟恐梁山泊好汉过来借粮"（第46回）。而宋江解释攻打祝家庄的动机，也恰是"若打得此庄，倒有三五年粮食"（第47回）。——后来宋江打下祝家庄，果然"得粮五千万石"（第50回），奏凯而还。

有时候，为了强调抢粮成功所带来的喜悦，作者下笔难免夸张，乃至出现了计算错误。例如打下祝家庄"得粮五千万石"，就有些错得离谱。

古今衡制不尽相同，按宋、明衡制，"五千万石"粮食约合今天70多亿斤。以亩产200斤计算，种植这些粮食需要3 500万亩土地！而在当时，山东全省（当时叫京东东路、京东西路）良田加在一块，恐怕也没有这么多。

这些粮食折合成公制，约为350万吨！用载重十吨的卡车搬运，要运35万辆次！大家不妨设想一下八百里梁山泊笼罩在汽油烟雾中、车声轰鸣的景象！

按每人每天吃一斤计算，这些粮食足够40万梁山军民吃四五十年！梁山好汉打下一座祝家庄，完全可以坚壁深垒、一世无忧，何需再劳师远袭乃至寻求招安？而宋江战前估算可得"三五年粮食"，也真够糊涂。——难怪他连喽啰人数也数不清，常夸赞自己统领着"半垓来喽啰"！（《双献功》杂剧）

当然，错不在宋江，而在小说作者。别笑话小说家，一支饥饿大军经过艰苦鏖战终于获得宝贵的救命粮食，小说家替他们高兴，难免头脑发热，计算失误。我们从中看到的，是作者的立场和心情。

这一错误，被百二十回本延续，直至七十回本中，才被金圣叹发现并纠正。在他的"贯华堂古本"中，"五千万石"已改为"五十万石"——这还差不多。

讲到吃粮，顺带说说山寨群雄的"物质待遇"。——参加正规官军，有国家发放的粮饷；上山落草的"待遇"又如何？当个头领，是拿薪俸，还是靠"分红"？小说中恰巧有一处说到此事。

第 15 回，晁盖等初上山，听说山下有客商路过，便派了三阮去打劫。天亮时，三阮打劫成功，"领得了二十余辆车子金银财物，并四五十匹驴骡头口"回山。晁盖大喜，与众头领在聚义厅上"簸箕掌、栲栳圈坐定，叫小喽罗扛抬过许多财物在厅上，一包包打开。将彩帛衣服堆在一边，行货等物堆在一边，金银宝贝堆在正面。众头领看了打劫得许多财物，心中欢喜。便叫掌库的小头目，每样取一半收贮在库，听候支用。这一半分做两分。厅上十一位头领均分一分，山上山下众人均分一分"。（第 20 回）

晁盖还是有长远打算的，并没有"今朝有酒今朝醉"，全都吃光分净；而是将一半"收贮在库"，只分一半。——这一半又平分为两份，分别由十一位头领和七八百喽啰（当时山寨的人数）均分。也就是说，一个头领所得，是一个喽啰的 65 倍！可见在这支农民队伍中，还不能做到"经济平等"，当上头领，多吃多占是天经地义的。

梁山好汉的惬意生活，常被说成是"论秤分金银，异样穿绸锦。成瓮吃酒，大块吃肉"（第15回）。——这说的是头领们的生活。至于喽啰，尤其是后来发展到十万之众，能吃上饱饭，已属不易。

开花的炊饼与带馅儿的馒头

梁山打下祝家庄，得粮五千万石（或五十万石）。——这"粮"是什么粮？是米是麦，还是谷子、黄米？书中并未明示。不过就小说中一般描写来看，无论城乡，人们餐桌上的主食，总以米饭居多。

鲁智深由五台山前往东京，中途遇到寻师无果的史进，两人来到一处乡村酒店，"一面吃酒，一面叫酒保买些肉来，借些米来打火做饭"（第6回），吃的是米饭。林冲发配，每到打尖时，便"去包裹取些碎银两，央店小二买些酒肉，籴些米来，安排盘馔"（第8回），吃的也是米饭。此外，柴进对过往囚徒的施舍，也是十贯钱，一斗白米。公孙胜初登晁盖庄园，庄客打发他，先给他三五升米，后来涨到"三斗米"，他却执意要见晁盖。（第15回）——以上种种，再次证明"水浒"故事出于南人之手，米是人们惯用的主食。若是北人，主食则以面为主。

当然不是说南人不吃面食。《武林旧事》等记录南宋杭州市井生活的笔记中，就列有大量市卖面食的名目。至于《水浒》中的面食，我们首先想到武松之兄武大所卖的炊饼。小说第24回，写武松出差，临行不放心哥哥，特地嘱咐他："……假如你每日卖十扇笼炊饼，你从明日为始，只做五扇笼出去卖。……"——炊饼以"扇笼"计，想必是蒸制的。不错，炊饼最初名为"蒸饼"。

古人凡面食，多称"饼"。如胡饼、汤饼、蒸饼等。胡饼相当于今天的芝麻烧饼，因上撒胡麻（即芝麻）而得名。汤饼即今天所说的面条。至于蒸饼，其实就是今天北方人所说的馒头。

据《齐书》载，太庙四时祭祀，用"面起饼"，也就是蒸饼。"起者，入教（酵）面中，令松松然也。"——把酵母掺入面中，蒸出来"松松然"，显然是"发面"的。

西晋时，太尉何曾进爵为公，权倾一时。他生活奢侈，吃的用的，常常超越皇家。朝廷宴会，他吃不惯，很少动筷子。武帝让吃蒸饼，他呢，"蒸饼上不坼作十字不食"（《晋书·何曾传》）。——面发得好，蒸饼蒸熟后，顶上开裂如十字，这不就是我们所说的"开花馒头"吗？大约在晋代，蒸饼已属美味，何曾居然还如此挑剔，"不开花"的不吃，实在是奢侈得很！只是不知武大的手艺如何，能做到蒸饼个个"坼作十字"吗？

然而明明是蒸饼，为啥又叫"炊饼"呢？原来宋仁宗姓赵名祯，为了避"圣讳"，连音近的"蒸"也得改，于是"蒸饼"改称"炊饼"。不过《水浒》中也有直接称蒸饼的，见第73回，李逵、燕青替刘太公寻找被抢的女儿，叫庄客"煮下干肉，做起蒸饼，各把料袋装了，拴在身边"。——武松故事在宋代已有雏形，因而要避圣讳。李逵负荆的故事出自元杂剧，蒸饼大概已经恢复其本来名目。

《水浒》里也提到馒头。前面说过，桃花山头领周通要强娶刘太公之女做押寨夫人，太公招待喽啰们，便有馒头和酒肉。而青州慕容知府派兵攻打清风寨，犒军时也有每人"两个馒头"。

只不过《水浒》里所说的馒头，并非今天北方人所说的馒头（也就是武大卖的那种），这里的馒头是带馅儿的。如武松发配途中在孙二娘客店打尖，要了酒、肉和馒头。孙二娘"去灶上取一笼馒头来"。武松与孙二娘因馅子问题发生争论，"武松取一个（馒头）拍开看了，叫道：'酒家，这馒头是人肉的是狗肉的？'那妇人嘻嘻笑道：'客官休要取笑！清平世界，荡荡乾坤，那里有人肉的馒头，狗肉的滋味？自古我家馒头，积祖是黄牛的。'"——今天南方一些地方仍把带馅的发面食物称作"馒头"，在北方，这种食物叫"包子"。

古代的馒头确实是带馅儿的。相传诸葛亮征孟获时，有人说"蛮地"多邪术，须祈请神兵相助。不过请神兵要以人头上供，诸葛亮宅心仁厚、不肯杀人，于是"杂用羊豕（猪）之肉，而包之以面，象人头"（高承《事物纪原》），用来祭神，居然也得到神的认可。——此物最初称"蛮首""蛮头"，后来改称"馒首""馒头"。

南宋大学者朱熹谈学问，说有人在学习上浅尝辄止，"如吃馒头，只撮个尖处，不吃下面馅子，许多滋味都不见"，可见那时的馒头确实是带馅儿的。

据《梦粱录》记载，临安街市有"荤素从食店"，细数点心名称，便有四色馒头、生馅馒头、杂色煎花馒头、糖肉馒头、羊肉馒头、太学馒头、笋肉馒头、鱼肉馒头、蟹肉馒头。——这些都是荤馅儿的。素馅儿则有假肉馒头、笋丝馒头、裹蒸馒头、菠菜果子馒头、辣馅、糖馅馒头……

《水浒》中没出现包子。宋代是有包子的，各种笔记中便罗列了细馅大包子、水晶包儿、笋肉包儿、虾鱼包儿、江鱼包儿、蟹肉包儿、鹅鸭包儿……

馒头和包子区别，应该在面剂儿上。明人宋诩《竹屿山房杂部》详细记载了做包子的工序：先以水和面，制成小剂，擀得很薄，装上馅，"细蹙其缘，束其腰而仰露其颠"，也就是顺着边缘捏细褶儿，使之收束如细腰，上头敞口儿，露出馅儿来。然后在底部抹油，放到陶质蒸锅（甑）里蒸熟，其间还要不断在锅边洒水，以保证包子蒸熟而锅不干。至于馅料，则跟馄饨馅儿相同，吃时佐以姜、醋。——这应该是今天所说的"烧麦"吧？

至于"馒头"，先用"醇酵"（老百姓说的"面肥"）和面，擀成剂子，放上馅儿，裹严。蒸时要用荷叶或生芭蕉叶垫在笼屉上，先以"缓火微温"使面皮发酵变"肥"，再放到大火上蒸，"视不粘已熟"（看面皮不粘便熟了）。——这应当就是今天北方人吃的"狗不理"包子之属。而今天北方的馒头，在小说中称为炊饼、蒸饼，显示着古今、南北饮食文化的差异。

"河漏子""大辣酥"是啥东西

武大家的隔壁，住着开茶馆的王婆。书中说她"开言欺陆贾，出口胜隋何"，专门撮合男女私情，"甜言说诱，男如封陟也生心；软语调和，女似麻姑须动念"。西门庆看上潘金莲，借口吃茶，来向王婆探问消息。王婆擅讲"风话"，西门庆问她："干娘，间壁卖甚么？"王婆答道："他家卖拖蒸河漏子，热盪温和大辣酥……"西门庆笑说："你看这婆子，只是'风'！"

王婆说的虽是"风话"，这"河漏子""大辣酥"，却是两种实有的食物。——"河漏子"，即今天北方人还在吃的"饸饹"，也作"合酪""合落儿"。宋元时，被穷苦百姓视为美食。元杂剧《勘头巾》中，六案孔目张鼎向卖草的"庄家"问话，称对方作"孩儿"，吩咐差人张千："张千，休打休打，下合酪给孩儿吃！"那"庄家"说："哥，多着上些葱油儿。"此外，《西游记杂剧》里也有"我请他吃份合落儿"等语。

做饸饹的原料是荞麦。清人高润生撰有《尔雅谷名考》，内中讲到荞麦，介绍饸饹制法甚详：

> 荞麦实北方农家常食之品。作河漏法：系以水和面为团，用木机榨压而成。其木机则牝牡各一，联以活轴，可随手起落，外施以床。用时，置机釜上，实面团于牝机内，其牝机之底，则嵌以铁片，密凿细孔，面入牝机内，乃下牡机压之，则面随孔出，作细条落釜水中，煮熟食之，甚滑美也。其木机俗呼"河漏床"。

王婆貪賄
說風情

4-1 王婆贪贿说风情（选自容与堂本《水浒传》）

高润生所记的这种"河漏床"，距今五六十年前在农村还普遍使用。压饸饹是个力气活儿，要将木制的饸饹床子（即所谓"木机"）架在灶台上，由一壮汉借助杠杆原理用力压下，荞面条从床下铁片孔中扭曲而出。城里人烧炉子，即不能照搬此法。不过今天人吃饸饹，有手动的、电动的简单机械，架床灶上的蠢笨办法早就过时了。

　　至于王婆所说的"大辣酥"，乃是蒙古语"酒"的音译，在元杂剧中常见，也写作"打剌酥""打剌苏""打剌孙""答剌孙""答剌速"等。

　　王婆为啥在"河漏子"前加"拖蒸"二字，又以"热盪温和"来形容"大辣酥"？有学者认为，这是一种修辞手法，即把两种截然相反的词语放在一起，借以造成突兀而又相辅相成的"忐忡效果"。如河漏既经"拖"（油炸）过，就不必再"蒸"；而酒也不可能同时具有"热烫"与"温和"两种特质。（吴宗海《水浒王婆风话索解》，《寻根》2001 年第 6 期）王婆的风言风语，显然是对西门庆的挑逗，也是对潘金莲心性不定的描画吧。——是不是这样呢？还有待读者诸君自行体会。

"唯恐人不饮酒"的时代

　　提到"大辣酥"，就不能不说说《水浒》中的酒。——不但梁山好汉要"成瓮吃酒"，读宋代文献，酒在宋人生活中几乎无处不在。

　　宋末文人蒋捷有一首《贺新郎·兵后寓吴》词，记录词人在宋亡后的流浪生活。下片有几句写道："明日枯荷包冷饭，又过前头小阜。趁未发、且尝村酒。醉探枵囊毛锥在，问邻翁、要写《牛经》否？翁不应，但摇首。"

　　词人用枯荷叶包着冷饭，权充路上的"便当"。空行李里只有一支毛笔，想替村翁抄写《牛经》，赚几个钱糊口，人家却频频摇手。即便如此，他在出发之前，仍要"且尝村酒"，喝上一两杯。——我读此词的感想是：宋代人宁可食无粟，不能饮无酒！

　　没错，《水浒》中的好汉们哪怕寻常饮食，也顿顿不离酒。能敞开饮酒，甚至成为好汉造反的动机之一。——借助电子检索功能对《水浒全传》中的"酒"字作一番统计，在六十万言的文本中，"酒"字竟出现近两千次！

　　即如华阴县史家庄史太公招待落难的王进母子，饭桌上除了菜蔬牛肉，居然还有酒。此后史进捉住前来"借路"的少华山强人陈达，为表庆贺，"且把酒来赏了众人"。及至史进与少华山强人结盟，更要"置酒设席"，"轮流把盏"。双方往来频繁，常常饮酒到半夜。

　　史进寻师来到渭州，在茶坊遇到鲁提辖，好汉邂逅，意气相投，举步先上了潘家酒楼。以后鲁提辖在五台山剃度为僧，屡犯戒律，大闹文殊院，也都是酒惹的祸。

禁军教头林冲落难，当了看守草料场的配军，陪伴他的，是那只前任留下的酒葫芦。而杨志押解纲至黄泥岗，因天气炎热，士兵们凑钱买酒当水喝……

"饮食"之"饮"本可理解为饮水、饮茶，但最早是指饮酒。《尚书》中有《酒诰》一篇，是周公警告贵族子弟不可酗酒的文告，其中"尔乃饮食醉饱"中的"饮"，便指饮酒。而自周公之后，历代统治者对酒也多抱警惕态度，历朝都曾颁布禁酒令。究其原因，一是怕臣民酗酒作乱，有碍于社会秩序的稳定；二来酿酒需要粮食，人吃还不够，哪有多余的粮食酿酒？——不过从《水浒》的描述中，丝毫看不出官府对饮酒之风有所钳制，只觉得宋人饮酒成风，到了举国若狂的地步。

小说重虚构，但也总能或多或少反映现实生活的样貌。宋代官府对酿酒饮酒的态度，确乎与历朝不同。我们知道，宋代实行募兵制，日常养着一支庞大的军队。军队要吃饭，要关饷；而兵器衣甲、屯扎训练之费，同样是一笔惊人的数字。这样一笔巨款，只能由国库支给，用税收来填充。

跟许多朝代一样，宋代的盐、酒、茶属于特殊商品，由国家垄断经营，实行专卖，收取高额税金，称为"榷政"。而酒税又是其中的大头儿，征收机制称"榷酤"。宋代庞大的军费开支，便仰仗着酒税（"酒课"）的支撑。若赶上战争，酒课更成为雪中之炭。

据学者考证，北宋初年，一年的酒课收入为185万贯，约占国家全年货币收入的10％。到了庆历年间，朝廷跟西夏大动干戈，军费需求激增，酒课也飙升至1 710万贯，是宋初的九倍！所占货币收入的比例也升至38.9％，是宋初的近四倍！以后这个比例有所降低，但据估算，两宋期间的酒课始终维持在税收总额的 20％～25％。

在宋代，各州府军县都设有"酒务"，专管酒的酿制、发售及缴税等业务。据统计，在熙宁年间，北宋全境共设酒务 1 861个。单是开封府所辖州县，就有酒务 35 个！哪怕只有十几户人家的小聚落，也都有卖官酒的酒店。

其实"榷酤"初行，国家垄断酒浆生产，未尝没有"禁民饮"的动机。可是官府尝到酒课的甜头，一味扩大酒的酿造规模，不但不再提禁酒，反而明里暗里引导、鼓励酒水消费。

地方财政没有别的增收手段，也把手伸向酒税。南宋人陈亮就说："今郡县之利括之殆尽，能者无所用其力，惟酒为可措手，而一县之计实在焉。"（今日郡县的油水已经搜刮殆尽，即便有能力的长官，没钱也是枉然。只剩下酒税可以挪用，一县的财政，全靠它了。）（《龙川集·义乌县减酒额记》）

好在酒务随处皆有，税金取用方便，不像茶、盐，有专门的生产区域，还需长途贩运。于是酒税在负担沉重的军费开支之外，又成了地方政府的提款机。郡县预先规定了难以完成的税收额度，县吏催缴不力，是要挨板子、受黥刑的！

官府"唯恐人不饮酒"（吕祖谦《历代制度详谈·酒禁》），这不能不说是中国"酒文化"中绝无仅有的荒唐现象。——酒文化发展到宋代，已演化为名副其实的"酒经济""酒财政"！

酒的狂欢与悲泣

《水浒》第 39 回，讲述宋江发配江州时，一日独行江边，见一座酒楼，望竿的青布酒旗上写着"浔阳江正库"；另有一面牌额，是苏轼题写的"浔阳楼"三个大字。

这里所说的"正库"，是指酒库，即酿酒、储酒之所。之所以称"正库"，因为另外还有"子库"。酒库一般附设酒楼，此处便是浔阳楼。宋江不合登楼独饮，醉题"反诗"，由此引发一场风波，宋江也险些因酒送命。

据《武林旧事》《梦粱录》等书记载，宋代各大城市都设有酒库。单是杭州在户部挂号的大型酒库，就有十三座。酒库自行酿酒，于每年四月初开煮，到了秋高气爽的九月初，美酒出库。各酒库约齐日子，组织盛大游行，先把新酒样品呈送"提领所"检验品尝，然后游行至本地衙门解散。

各库游行队伍，多以竹竿挑起三丈多高的"布牌"，上书"某库选到有名高手酒匠，酝造一色上等浓辣无比高酒，呈中第一"等字样。随后是鼓乐队及民夫挑着的"样酒"担子。再后面是高擎的移动舞台，上面扮演着仙佛神鬼及"渔父习闲""竹马出猎""八仙故事"等百戏剧目；杂以各种杂技表演，还抬着放生的动物。

城中的妓女们这一天大出风头，无不浓装艳裹，骑着配了银鞍的骏马，招摇过市。马前有穿号服的皂隶引导，后面有罗伞羽扇相随。一些"浮浪子弟"、轻薄少年追着马头劝酒，牵马的、抬轿的也能分得不少赏赐……沿街酒楼张灯结彩，路边看客更是摩肩接踵，一时号称"万人海"！——谁说中国没有酒神节日？这就是中国人的酒神狂欢啊！

为了推销美酒，商家及官府想尽办法。例如，北宋官府有一项救济措施，即在春夏青黄不接之际，向农民发放贷款，称"青苗钱"。一些商家盯上了农民的救命钱，特地在放青苗钱的日子，于通衢酒店摆出美酒，"命倡女（妓女）坐肆作乐以蛊惑之"，引诱农民入肆买醉。农民一旦入内，到手的青苗钱往往"十费其二三矣"，更有空手而归者。

官府则派兵带着枷、杖等刑具到现场弹压，号称"设法卖酒"。这个"法"，是指刑法；而"设法"的目的，不是禁止商家过度推销，而是监督饮者要乖乖饮酒、痛快还钱，不得闹事。——官府自然也是要坐地分肥的。为了增加酒课收入，官商勾结，沆瀣一气，到了不择手段的地步！

宋代鼓励酿酒，还因当时农业生产效率提高，粮食进一步商品化。但利益所关，官府渐渐对酿造规模失去了控制。全国用来酿酒的粮食，有时竟要占到总产量的三分之一！酿酒占用粮食过多，搞得贫苦百姓没饭吃。

酒糟是酿酒余下的下脚料，堆积如山，酸腐糜烂，连猪狗都不吃，只好送去肥田。就是这种东西，每当酒务早上开门，总有穷苦百姓扶老携幼挤在门前争买，拿回去掺和着糠秕充饥。更有买不起的，只好向人乞讨。这样的悲惨景象，被诗人写在诗中，称这些可怜人为"食糟民"。（欧阳修《食糟民》）——如此一比，不时还能喝上两顿水酒的梁山好汉，境遇还不是最糟的。

"筛酒"究竟是啥动作

王进在史家庄借宿，史太公命庄客端出菜蔬牛肉，"先盪酒来筛下"。鲁智深到五台市井村店饮酒，招呼："大碗只顾筛来！"——何谓"筛酒"？查查词典，"筛"作动词时义项有二，一是"用筛子过物"，一是"斟酒"。筛酒之"筛"显然是指后者，不过斟酒与筛物（过滤）又不无联系。

原来，古人斟酒，最初确实要用筛罗过滤，以去除酒中的残渣。——据考中国有着八千年酿酒史，至迟夏人已经掌握了较成熟的酿造技术。考古学者还在殷墟发现了酿酒作坊的遗址，内有酿酒的缸瓮，可见商纣王"酒池肉林"的传说，并非空穴来风。而周公做《酒诰》痛陈酗酒之弊，也正因"殷鉴不远"。

中国传统的酿酒法，早先都是以谷物作原料的酿造酒，大致做法是，先将粮食浸泡、蒸熟，与麹（酒曲）混合搅拌，令其发酵成酒。此刻的酒浆是固体和液体的混合，还要放到酒床上压榨，令酒汁淌入酒槽。

榨出的酒浆称为醪，因为还带有酒糟残渣，饮用时还要用筛罗过滤，也就是所谓"筛"了。"筛"最初写作"酾"，《诗经·小雅·伐木》有"酾酒有藇""酾酒有衍"等句，意为"筛去了渣的酒这样美富""筛去了渣的酒这样丰满"（陈子展《雅颂选译》）。《后汉书·马援传》谓"（马）援乃击牛酾酒，劳飨军士"，唐人李贤于此注曰："酾，犹滤也。"

东晋陶渊明嗜酒如命，做彭泽令时，县里有三顷公田，他让人全都种上酿酒的秫米，经妻子力争，才拨出五十亩来种粳米。每到酿酒熟时，陶渊明等不及拿筛酒工具，摘下头上的葛巾滤酒豪饮。饮毕，把葛巾湿漉漉戴在头上，由此留下"葛巾漉酒"的典故。——"漉"即过滤，也就是"筛"或"酾"。即是说，"筛酒"最早应指滤酒，而非今天词典里解释的"斟酒"。

是不是后来酿酒技术提高，市售的酒足够清冽，不需要再经过滤，因而"筛酒"一词渐渐演变为单纯的"斟酒"了呢？似乎也不是。我们读《水浒》，发现"筛"与"斟"并存，二者应该是有区别的。

如第 24 回，潘金莲与武松对饮，"那妇人又筛一杯酒来，说道：'天色寒冷，叔叔饮个成双杯儿。'"武松饮罢，"却筛一杯酒，递与那妇人吃"；潘金莲吃过，"却拿注子再斟酒来，放在武松面前"。——前两杯皆用"筛"，后一杯却用"斟"。

再如第 26 回，武松请四邻饮酒，先吃了三杯，有人告退。武松不准，那人只好坐下。"武松道：'再把酒来筛。'士兵斟到第四杯酒，前后共吃了七杯酒过。"也是"筛""斟"有别的。

"筛""斟"混用的例子，其他小说中也有。如《西游记》第 75 回有这样的描述："那小妖真个将药酒筛了两壶，满满斟了一盅，递与老魔。"

又如《醒世姻缘传》第 72 回："周龙皋方才醒转，说道：'有酒筛来，我爽利再吃他两钟好睡觉。'孙氏将酒斟在一个大钟之内。"——以上两条，也都"筛""斟"有别。

此外，书中凡涉及"筛酒"，总要有人伺候。即如王进在史家庄用饭，是庄客替他筛酒。鲁智深在桃花村，也是由庄客"筛下酒与智深吃"。其后到桃花山，智深"唤这几个小喽啰近前来筛酒吃"（第 5 回）；而陆谦请董超、薛霸到酒店说事，也是"三人坐定，一面酒保筛酒"（第 8 回）。之后林冲到梁山朱贵店中，虽是乡村野店，也仍然服务周到，有酒保为之"筛

酒"。（第 10 回）

若在家中待客，也要有人筛酒伺候，如武松初到哥哥家，潘金莲又请来邻居王婆，则是"武大筛酒在各人面前"（第 26 回）。武松在家中摆酒请四邻，则是由随侍的士兵筛酒伺候（第 26 回）。

如果"筛酒"便是"斟酒"，如此简单的动作，食客完全可以自斟自饮，何须麻烦他人？想来其间还有些技术性、服务性的操作，需人代劳。我因此怀疑，宋、元、明所说的"筛酒"，是连同烫酒在内的一系列操作；而酒被烫热后，酒中悬浮物有所凝结，大约也真的需要过一下筛罗。"筛"好的酒灌入酒壶（注子），再倒入杯盏，便是"斟"了。

据宋人《都城纪胜·四司六局》记载："茶酒司专掌宾客茶汤，暖盪筛酒，请坐谘席，开盏歇坐，揭席迎送，应干节次。"这里所说的"茶酒司"，是贵族之家豢养的"酒席专家"；一般市民举行宴会，也可请他去张罗。所掌酒席等事，即有"暖盪筛酒"一项，那应该是个技术活，并非"斟酒"那么简单。

其实前举王进在史家庄受招待的例子，也有"先盪酒来筛下"的说法；又武松发配途中进了孙二娘的酒店，孙二娘也把酒"盪得热了，把将过来，筛做三碗"（第 27 回）。

更有一例出自清代小说《红楼梦》。书中第 63 回怡红院开夜宴，为宝玉过生日，"两个老婆子蹲在外面火盆上筛酒"。如果把这理解为两个婆子在外面火盆上"斟酒"，显然大谬！《汉语大词典》对此例做了特殊的处理，在"筛酒"词条下设了两个义项，一为"斟酒"，一为"谓将酒置壶内，放于火上使热"。——这种为个别例句特设解释的做法，实属无奈，也不够严谨。其实若将"筛酒"理解为"指古人饮酒前的烫酒、过滤等程序"，是否更为妥帖呢？

"茅柴"与"头脑"

　　一部《水浒传》，酒的名目颇多，有"透瓶香""出门倒""玉壶春""蓝桥风月"……应该全是酿造酒。此类酒在书中也称"白酒"，如白胜挑担上黄泥冈，军汉问他桶中何物，答曰："是白酒。"——当然不是今天的"老白干""二锅头"之类，而是乙醇（酒精）含量极低的水酒，军汉们是买来当水喝的。

　　《水浒》第32回，武松大闹孟州后，改作行者打扮，来到一家村店。店主人告知："实不瞒师父说，酒却有些茅柴白酒，肉却都卖没了。"

　　"茅柴白酒"又是何物？有一种解释说："茅柴（酒），恶酒也，谓苦硬之酒，如茅柴火易过也。"（《古今类书纂要·饮食部》）意思是说，这种酒酿得粗劣，没有劲道，犹如拿茅草当柴烧，一燎即灭，不能持久。

　　不过清人赵翼却给出不同说法，他在《陔馀丛考·茅柴酒》中考辨说：

　　　　酒之劣者，俗谓之茅柴酒。此语盖亦起于宋时。东坡诗："几思压茅柴，禁网日夜急。"……又苏叔党诗："茅柴一杯酒，相对奈愁何。"刘后村诗："茅柴且酌兄。"是茅柴酒宋人已用之于诗文矣。然曰"压茅柴"，盖酒之新酿，用茅柴压而醡之耳。

　　"压茅柴"是指用茅草过滤制酒的"土办法"，来源甚古，令人联想到春秋时的"包茅缩酒"。——据《左传》记载，鲁僖公四年，齐桓公出兵讨伐楚国，理由竟是楚国不能按时向周天子进贡一种叫"菁"的茅草，致使周天子无法用茅草捆（即"包茅"）"缩酒"（即过滤酒），以祭祀祖先。——这当然是齐桓公在找茬儿啦，但也说明"苞茅缩酒"之原始。

至于宋人所说的"茅柴酒"，应是乡下人土法自制的村酒，自然是粗劣浑浊的。不过在没有酒喝的日子里，东坡认为就是茅柴酒也能接受，以致考虑自己动手来"压茅柴"，却又担心触犯官府禁止自酿的法令（"禁网日夜急"）。

在《水浒》中，旅途中的武松没得选，为借酒"盪（搪）寒"，只好让店主人"便去打两角（茅柴）酒，大碗价筛来"。吃罢又添了两角，依旧是"大碗筛来"。——因茅柴酒寡淡无力，喝着不过瘾，又引发武松与人抢夺"青花瓮酒"、大打出手的纷争。

《水浒》中还有一种特殊的酒，只在第51回出现过。郓城县有个"帮闲"李小二，招呼都头雷横到勾栏去看诸宫调表演，他自己则撇下雷横，"自出外面赶碗头脑去了"。——所谓"头脑"，便是这种特色酒的名称。明人朱国桢《涌幢小品》卷十七《头脑酒》一则：

> 凡冬月客到，以肉及杂味置大碗中，注热酒递客，名曰头脑酒，盖以避寒风也。考旧制，自冬至后至立春，殿前将军甲士皆赐头脑酒，祖宗之体恤人情如此。想宫中进膳后出视朝，遍用之近侍，推己及人，无内外贵贱一也。景泰初年，以大官不充罢之，而百官及民间用之不改。

原来这是古代一种有着御寒功效的酒食，用不着摆桌布菜，只这一大碗，有酒有肉，热量颇高，既可解饥渴，又能御风寒。开头是明代宫廷中颁给冬日执勤将士饮用的，不过到景泰时，因"大官不充"（国库匮乏），殿前将士不再享有此种待遇，但上自百官，下到民间，仍普遍食用。

清人褚人获《坚瓠乙集》也有关于头脑酒的记载，书中一则说：瑞州敖铣去亲家吴山家祝寿，进门时已是饥肠辘辘。吴山偏偏要他对对子，出了个上联："暖日宜看胸背花。"敖铣应口答道："寒朝最爱头脑酒。"——可见头脑酒确是御寒佳品。

清初小说《醒世姻缘传》里也提到它，第35回写塾师汪为露放高利贷，特别善待那些来交利钱的，"让他婆子看小菜，留那送利钱的人吃酒。有留他不坐的，便是两杯头脑"。——头脑酒属于快餐，没功夫坐下慢饮的，马上调一两杯送上，便也尽了"债主之谊"。

这种头脑酒，二十世纪五十年代在一些地方还有人食用。据学者陆澹安记述，其法是将羊肉数块和藕根、生姜、煨面、曲块、莲菜、长山药、酒糟、腌韭菜等配合而成，又称"帽盒子""八宝汤"。——至于《水浒》时代头脑酒如何配方，已难确知。

两角酒等于一"大扎"

好汉们到酒店用饭，照例是先招呼上酒。如鲁提辖携史进、李忠登上潘家酒楼，酒保先问："提辖官人，打多少酒？"鲁达说："先打四角酒来。"然后酒保才问："官人吃甚下饭？"此外，林冲到朱贵酒店打尖，酒保也问："客官打多少酒？"林冲道："先取两角酒来。"然后再问"有甚么下酒"。可见这也是当时的惯例，城乡皆然。

那么"角"又是何种容器？一角酒究竟有多少？——"角（jué）"本为古代酒器名，形状类似爵，但沿口两侧没有短柱。又因前后有尖嘴，如同动物的两只角，因而得名。

《礼记·礼器》中说，宗庙祭祀时"尊者举觯，卑者举角"。郑玄注释说："凡觞，一升曰爵，二升曰觚，三升曰觯，四升曰角，五升曰散。"

爵的容量为一升，已不算小；角为四升，"卑者"举之，简直就是举着酒桶！不过战国时各国量制并不统一，一升的容积为170毫升到225毫升不等，取个中间数200毫升（这也是从秦到隋的量制标准），则当时角的容量仅为800毫升，仅相当于今天瓶装啤酒一瓶半的量（瓶装啤酒一般为600毫升装）；想来"卑者"举之，也是毫不费力的。

宋代量酒用的角，模样肯定已经发生了变化，但如果容量仍承袭古制，则揆之小说中的描写，也还合理。如好汉一入酒肆，大多先要两角酒，相当于1 600毫升。——今天的啤酒一大"扎"（jar）为1 500毫升，两角酒也不过相当于啤酒一大扎而已，应不难"对付"。

不过《水浒》中的"角"，在酒店中只作为量酒器。客人所要的酒，按角量出，打在酒桶里，摆在客官面前。如林冲在朱贵酒店用饭，"酒保将个桶儿，打两角酒，将来放在桌上"，接着才铺下牛肉菜蔬，拿大碗筛酒。

这样的待客程序，在武松大闹快活林酒店时，写得尤为细致。武松此番是前去寻闹的，进店后，先"不转眼"地盯看当柜的蒋门神小妾，接着又嚷着要酒：

> ……武松却敲着桌子叫道："卖酒的，主人家在那里？"一个当头的酒保过来，看着武松道："客人要打多少酒？"武松道："打两角酒，先把些来尝看。"那酒保去柜上，叫那妇人舀两角酒下来，倾放桶里，盏一碗过来，道："客人尝酒。"武松拿起来，闻一闻，摇着头道："不好，不好！换将来。"酒保见他醉了，将来柜上道："娘子，胡乱换些与他。"那妇人接来，倾了那酒，又舀些上等酒下来。酒保将去，又盏一碗过来。武松提起来，呷了一口，叫道："这酒也不好。快换来便饶你！"……那妇人又舀了一等上色好的酒来与酒保。酒保把桶儿放在面前，又盏一碗过来。武松吃了道："这酒略有些意思。"……

跟任何商品一样，酒也是分等级的。据《宋史·食货下·酒》记载，宋代的商品酒有"小酒""大酒"之分。"自春至秋，酝成即鬻，谓之小酒，其价自五钱至三十钱，有二十六等。腊酿蒸鬻，候夏而出，谓之大酒，自八钱至四十八钱，有二十三等。"——快活林酒店的货色不可能有二三十等，但武松连换三回，酒保都能应付，可见也是个有规模的酒店。

镟子、注子与椰瓢

除了"角",《水浒》中提到的酒器,还有"镟子"(或"旋子")和"注子"。如鲁智深到五台山受戒为僧,一日出寺闲逛,在半山亭遇一卖酒汉子,挑着一副加盖的桶,手里拿着一个"镟子",唱着山歌走上山来。鲁智深与那汉子因买酒发生争执,动粗打人,抢了酒桶,"地下拾起镟子,开了桶盖,只顾舀冷酒吃"。

镟子原是一种温酒器,由金属制成。元戴侗《六书故》解释:"镟,温器也,旋之汤中以温酒与泊者也。""旋之汤中"是指在开水(汤)中旋转以温酒;"泊(jì)"有灌水之意。也就是说,镟子既可烫酒,也可用来舀酒。鲁智深因在半山亭"野饮",镟子就临时充当了酒勺兼杯盏。

小说第 82 回写宿太尉到梁山招安众英雄,"叫开御酒,取过银酒海,都倾在里面。随即取过镟杓舀酒,就堂前温热,倾在银壶内"。——这里的"镟杓",当即镟子,可见确有舀酒的功能。《汉语大词典》解释"镟子"为"温酒时盛水的金属器具",疑非。

至于小说中屡次提到的"注子",其实就是酒壶,有金属的,也有陶瓷的。壶身较高,细脖大肚,有盖,有嘴,有柄。另有注碗相配,内盛热水,将注子坐于注碗中,可以保温。

小说第 21 回有一段阎婆烫酒筛酒的描写,提到镟子和注子。阎婆那日哄宋江与阎婆惜在楼上相会,自己在楼下"取酒倾在盆里,舀半旋(镟)子,在锅里汤热了,倾在酒壶里"。

注子始于晚唐,盛行于宋元。也有去柄拴绳的,又名"偏提"。施恩派人给武松送酒食，那军汉便是"手里提着一注子酒"进来的，这里的注子可以用手提着，应即"偏提"。

小说中还有一种临时替代的饮酒器具，乃是椰瓢。第10回林冲在山神庙杀了陆谦等，连夜逃走，在一处草屋借火烘衣，因抢酒喝，打跑了庄客，"土坑上却有两个椰瓢，取一个下来，倾那瓮酒来吃了一会"。又第16回晁盖等七人在黄泥冈松林中向白胜买了一桶酒，"只见两个客人去车子前取出两个椰瓢来……七个人立在桶边，开了桶盖，轮替换着舀那酒吃……"而吴用向另一桶酒中下药，用的也是椰瓢。随后这两只椰瓢还借与杨志等用来舀酒喝。——椰瓢在这里既是酒具，也成为犯罪的物证。

然而林冲抢酒闹事的沧州，以及黄泥冈所在的太行山，全属北方，哪里来的椰瓢？椰树种植于南方，分布于热带、亚热带。我国的海南岛、台湾、广东、广西、云南等地，方有种植。所结椰实果壳坚硬，一剖为二，刚好用来舀水舀酒。北方民间也有天赐的制瓢材料，却是葫芦。

古代交通不便，很难想象椰瓢这种东西会被大量运往北方，普遍使用。——小说家的南方人身份，只因"拿"错了酒具，又被无意间泄漏了出来。

酒能惹祸，亦可参禅

在梁山好汉中评"酒星"，前三甲大概不出鲁智深、武松、李逵三位，尽管三人排名先后还有待斟酌。

没什么能挡得住鲁智深喝酒，哪怕当了和尚，身处戒律森严的五台山文殊院。头一回酗酒闹事，便是在半山亭打倒卖酒汉子、强抢酒桶那一回，他一口气就喝光了一桶酒！回寺后，又不肯接受惩罚，大打出手，"三二十人都赶得没路"。若非被长老喝住，不知还要闹到何等地步。

第二次闹事，是三四个月后。他独自下山，事先"取了些银两揣在怀里"，已存犯戒之心。来到五台山市井，他先在铁匠铺里订制了禅杖、戒刀，又因各酒店不肯接待五台山僧人，特地走到"市稍尽头"一家小酒店，谎称自己是游方僧人。一旦入座，便又拿出当年的"提辖范儿"来，呵斥店家："休问多少，大碗只顾筛来！"先吃了十来碗，要了"半只熟狗肉"，又吃了十来碗，嚷着"再打一桶来"。

这一回，鲁智深醉得更厉害，先在半山亭使拳，打塌了半边亭子，又打坏山门金刚。入得文殊院，在僧堂呕吐狼藉，还强迫身边和尚吃狗肉，直闹得"卷堂大散"。最终他难在五台山栖身，被打发去了东京。

不过对鲁智深犯戒酗酒，历来的读者和评论家却都抱着宽容乃至赞赏的态度。托名李卓吾批评的容与堂本，在此回尾评中说：

此回文字分明是个成佛作祖图。若是那班闭眼合掌的

鲁智深大闹五臺山

4-2 鲁智深大闹五台山（选自容与堂本《水浒传》）

和尚，决无成佛之理。何也？外面模样尽好看，佛性反无一些。如鲁智深吃酒打人，无所不为，无所不做，佛性反是完全的，所以到底成了正果。……

不仅一位评点者这么说。书中写众僧到智真长老跟前告状，长老说："休说坏了金刚，便是打坏了殿上三世佛，也没奈何！……"金圣叹于此有夹批道：

真正善知识，胸中有丹霞烧佛眼界！

"善知识"为佛教语，是梵文音译，意为好伴侣，能导人向善者。至于"丹霞烧佛"，则是著名的禅宗公案。——禅宗是高度中国化的佛教宗派，后来发展出"顿修"一派，强调"不立文字""直指心源"。这一派索性经也不念，佛也不参，视一切清规戒律为蔑如。乃至饮酒吃肉、呵佛骂祖，据说反比日日念经拜佛的，更接近佛法的真谛。

金圣叹提到的丹霞，是个唐朝禅宗和尚，法名丹霞天然。据《五灯会元》记载，他在慧林寺修行，一日天寒，竟搬来木佛像，烧了取暖。院主喝问：为何烧我木佛？丹霞一面用禅杖拨灰，一面说：我烧木佛，好取舍利（舍利即高僧骨灰中的结晶体，被视为佛宝）。院主问：木佛哪里来的舍利？丹霞说：既然木佛没舍利，待我再烧他两尊！ ——金圣叹称赞智真长老"胸中有丹霞烧佛眼界"，显见是在夸奖智真长老深通禅宗三昧；而鲁智深的醉酒胡闹，也因此有了深邃的宗教哲学寓意。

不过平心而论，鲁智深上五台山为僧，被动"戒酒"，两次相加足有八九个月。平日喜欢饮酒的朋友都能体会：一个嗜酒如命的人大半年滴酒不沾，这需要多大毅力？——综观鲁智深在五台山的表现，如果没有这两次酒后闹事，完全有资格当选"戒酒标兵"！

"酒神"投票选武松

武松也是小说中的"酒星",观其一生,无论打虎除害还是惩处恶人,总离不开酒的参与。

武松酒量惊人,有两个典故可以证明:一是"三碗不过冈",一是"无三不过望"。前者是武松在景阳冈前酒店连饮十八碗烈性酒,醉后打死猛虎的典故。后者发生在大闹快活林时,武松事前向施恩提出的要求:出得城去,"但遇一个酒店,便请我吃三碗酒。若无三碗时,便不过望子去"。——"望子"是指酒店门前高高挑起的酒旗,也称"酒帘""酒旆"。乡村酒店再简陋,也要挑出个草帚儿来代替。

武松是个有头脑的人,喝酒还有一番理论呢。他总结说:"你怕我醉了没本事,我却是没酒没本事。带一分酒,便有一分本事;五分酒,五分本事。我若吃了十分酒,这气力不知从何而来。若不是酒醉后了胆大,景阳冈上如何打得这只大虫!那时节我须烂醉了好下手,又有力,又有势。"(第29回)

话虽如此说,武松在人生的关键时刻,却能控制酒量,甚至滴酒不沾。如第26回,武松为审问潘金莲和王婆,摆下"鸿门宴",邀请各位高邻来作证。他也只是象征性地陪众人饮了几杯。去狮子楼斗杀西门庆前,也不曾饮酒。

武松江湖经验丰富,警惕性极高。发配孟州,途经十字坡酒店,天热口渴,两个解差见了酒,"哪里忍得饥渴,只顾拿起来吃了"。武松在江湖行走,对此店早有耳闻,因而故作轻松,说些"风话"挑逗老板娘(孙二娘),内心则高度戒备。孙二娘递酒过来,他"张(看)得那妇人转身入去,却把这酒泼在僻暗处，口中虚把舌头来咂道： '好酒！还是这酒冲得人动！'"两个解差倒地时，他也假作昏厥，趁孙二娘上前来拖拽，突然出手，将其制伏。（第27回）

"英雄难过美人关。"嗜酒的武二郎又是如何对待"女色"的呢？书中第24回，嫂子潘金莲对他有非分之想，趁雪天独处之机，与他把盏，卖弄风情。武松心知其意，劈手夺过潘氏递过来的半杯酒，泼在地上，义正辞严地发出警告，愤然离去。那么热爱杯中物的武松，在"醇酒妇人"面前仍保持清醒头脑，严守道德边界，以礼自持，这并非每个"酒徒"都能做到的。

以上数事可证，武松饮酒，可谓收放自如、节之以礼。水泊梁山若选举酒神，我愿投武松一票！

不过武松饮酒也有"走麦城"的时候。他在柴进庄上初见宋江，便自我介绍说："小弟在清河县，因酒后醉了，与本处机密相争，一时间怒起，只一拳打得那厮昏沉。小弟只道他死了，因此一径地逃来，投奔大官人处躲灾避难。……"（第23回）这要怪他太年轻。另一次是在孔家庄，因酒与孔亮发生争执，醉后追一条黄犬，绊倒在溪水中，被孔氏兄弟捉去，险些丧命。——那是在血溅鸳鸯楼、连杀十九人之后；巨大的心理压力，需要寻找宣泄的出口，因此也是可以理解的。毕竟这种酗酒失控的事，在武松身上属于小概率事件。

有个小问题，是关于武松酒量的。武松在景阳冈下"三碗不过冈"的酒店中，到底喝了几碗酒？我们都知道是十八碗。可是翻看百回本《水浒传》，上面明明写着"前后共吃了十五碗"。

金圣叹读书仔细，他利用批点之便，一碗一碗地点数。于"只见店主人……满满筛一碗酒来"处批道："第一碗。"又于"（店主人）随即再筛一碗酒"处批："第二碗。"以下是"第三

4-3　母夜叉孟州道卖人肉，武松与孙二娘初
　　　识。注意武松所食的馒头（状如今天北方
　　　的包子）以及柜台上的注子（酒壶）。
　　　（选自容与堂本《水浒传》）

碗""第四碗"……一直数到"第十八碗"。——七十回本的表述，遂改为"前后共吃了十八碗"。又因此本是后来最为流行的本子，十八碗也便成为确定不疑的数字。

　　《水浒》作者大概对数字确实不敏感，前述三打祝家庄所得的粮食，就发生了计算错误，全赖金圣叹予以更正。金圣叹删削《水浒》，功过难评；但至少在认真读书这一点上，他为我们树立了榜样。

李逵戒酒与宋江贪杯

说到饮酒，不能不提宋江和李逵。——梁山好汉中有几对异姓兄弟赛过血缘之亲，如鲁智深与林冲，朱仝与雷横，杨雄与石秀……宋江与李逵也应算作一对。

照金圣叹的看法，作者让李逵与宋江常在一处，是要拿李逵的"朴诚"反衬宋江的奸诈："只如写李逵，岂不段段都是妙绝文字？却不知正为段段都在宋江事后，故便妙不可言。盖作者只是痛恨宋江奸诈，故处处紧接出一段李逵朴诚来，做个形击（对照，反衬）。其意思自在显宋江之恶，却不料反成李逵之妙也。"（《读第五才子书法》）

拿饮酒来说，在读者印象中，李逵是出了名的酒徒，"酒性不好"，最爱惹事。宋江则是温雅君子，凡事知止有度。然而事实又如何呢？

在小说中，李逵很少像鲁智深、武松那样，痛痛快快地喝他一场，倒是有不止一次被强制戒酒的经历。

在江州与宋江结识不久，宋江即因酒后题反诗下了大牢。身为押牢阶级的戴宗要出差，不能亲自照顾宋江，便将此事托付给身为牢卒的李逵，千叮咛万嘱咐："兄弟小心，不要贪酒，失误了哥哥饭食。休得出去噇醉了，饿着哥哥！"李逵见戴宗不放心，便说："哥哥，你自放心去。若是这等疑忌时，兄弟从今日就断了酒，待你回来却开。早晚只在牢里伏侍宋江哥哥，有何不可！"李逵说到做到，果然断了酒，一直坚持到戴宗回来。（第 39 回）

李逵随宋江上山后，也曾多次被迫戒酒。一次是回乡接老母，宋江提出三个条件，第一条便是"径回，不可吃酒"。李逵慨然允诺，去时一路上真的不吃酒；但也因为没酒吃，"路上走得慢了"。——李逵此番独行无侣，这"慎独"的功夫，你不能不佩服！

不过他一到家乡沂水县，又见到尾随而来的好汉朱贵，便开了戒。又因替老母报仇、力杀四虎而成为"新闻人物"，结果被人指认、算计。当地财主曹太公得知李逵是梁山好汉，让人"一杯冷，一杯热"地劝酒，"李逵不知是计，只顾开怀畅饮，全不记宋江分付的言语"，大醉后束手被擒，幸被朱富等设计救出。（第43回）

李逵随戴宗下山寻公孙胜那一回，虽然没断荤酒，却喝得极少。入店打尖，两个人只沽一角酒，润喉而已。且因赶路时使用"神行术"，不得茹荤，每日只是素饭、菜汤伺候。李逵耍小聪明，背着戴宗"讨两角酒，一盘牛肉"独吃，被戴宗发现，第二天故意耍弄他，让他腿拴甲马、一路狂奔，不能少停。李逵狼狈已极，只好承认偷吃酒肉，保证不敢再犯。（第53回）

另一回是李逵自告奋勇，要随吴用下山"智赚玉麒麟"。吴用提出三个条件，第一条便是"你的酒性如烈火，自今日去便断了酒，回来你却开"。吴用又让李逵做道童打扮，"只做哑子一般"，一路别开口。害得李逵要在口中"衔着一文铜钱"（第61回），憋屈异常。

大聚义后，李逵嚷着要跟宋江去东京看灯，宋江倒没说啥，送行的吴用却再三叮嘱："你闲常下山，好歹惹事；今番和哥哥去东京看灯，非比闲时。路上不要吃酒，十分小心在意，使不得往常性格。若有冲撞，弟兄们不好厮见，难以相聚了。"（第

72回）一句话，仍是不准吃酒。——正因如此，李逵除了沂水县那一回，还真的很少因酒误事。

而从未在饮酒上受人疵议的宋江，其实倒屡屡因酒惹事。发配江州后，他因结识了戴宗、李逵两位新朋友，"心中欢喜"，在酒桌上多喝了几盅，想吃酸辣鱼汤醒酒，却又嫌鱼是腌过的，不新鲜；由此引发李逵去讨鲜鱼，跟渔牙张顺从陆上打到水里，几乎闹出人命。（第38回）——虽是李逵闹事，账却要记在宋江身上，且因酒而发。

在众多好汉中，宋江并不以善饮见称。不能饮则易醉，所以更容易误事。"鱼汤事件"后，一日宋江登浔阳楼饮酒，"独自一个，一杯两盏，倚阑畅饮，不觉沉醉"。酒入愁肠，不禁"临风触目，感恨伤怀"。于是"乘其酒兴"，在酒楼白粉壁上挥毫题写诗词两首，内有"他年若得报冤仇，血染浔阳江口""他时若遂凌云志，敢笑黄巢不丈夫"等语。（第39回）

清醒时的宋江，虽然也有"豪侠"之举，如为朋友两肋插刀及怒杀阎婆惜等，但骨子里却是个忠臣孝子。观其此前屡次拒绝落草，不肯自处于"不忠不孝之地"；日后做了一寨之主，又立即提出寻求招安的设想，其潜意识里何尝有效法黄巢、血染浔阳江的野心？这纯粹是人在醉酒状态下的胡言乱语，然而恰恰是这两首诗词，险些要了他的性命！——饮酒误事，数此例最为典型。宋江害己害人，还连累了戴宗，却从来没人说他"酒性不好"，劝他戒酒。

去东京看灯那次，吴用命李逵断酒，却不曾叮嘱宋江。宋江谋求招安，不择手段，要走名妓李师师的门路，先派燕青去接洽。宋江则以"燕南、河北第一个有名财主"的名义，拿黄金开路，去见李师师。

浔阳楼宋江吟反诗

4-4　浔阳楼宋江吟反诗（选自容与堂本《水浒传》）

每饮辄醉的宋江"酒行数巡"后，吃得"口滑"，"揎拳裸袖，点点指指，把出梁山泊手段来"。旁边作陪的柴进不得不替他掩饰："表兄从来酒后如此，娘子勿笑。"宋江吃得性起，索性说："大丈夫饮酒，何用小杯。"让人取来"赏钟"，连饮数钟，乘着酒兴索来纸笔，写下"借得山东烟水寨，来买凤城春色"的词句。若非徽宗突然驾临，打断这场会面，宋江不知还要做出何等出格的举动来。（第72回）

宋江喝的最后一顿酒，却是毒酒。那是接受朝廷招安，率众征辽、征方腊之后，众英雄或死或走，回到京城，只剩二十七位！宋江等几个头面人物被封了官，仍不为奸臣所容。蔡京等在御酒中下了"慢药"。

宋江得知中毒后，第一时间想到的却是："我死不争，只有李逵见在润州都统制，他若闻知朝廷行此奸弊，必然再去啸聚山林，把我等一世清名忠义之事坏了！只除是如此行方可。"（第100回）——从来告诫李逵不可酗酒的宋大哥，这回竟主动将李逵招来，请他喝酒。直到第二天，才告诉李逵，酒中有毒，已无药可救！

回顾李逵的饮酒史，因一开始便担着饮酒惹事的恶名，在山寨中颇遭歧视。宋江、吴用、戴宗等人，从不曾将李逵平等相待。在东京李家，宋江向李师师介绍李逵时，便说："这个是家生的孩儿小李。"——"家生的孩儿"即"家生子"，指家中奴隶所生子女，生下来便是没有人身自由的奴隶。这虽是遮人耳目的话，却多少透露出李逵在他心中的位置。

此刻，宋江只为维护自己的"忠义之名"，便擅自决定了李逵的生死，看来，李逵在他心中的分量，也确实是奴仆徒隶之辈。——当然，厘清两人的关系，还得看李逵的态度。听了宋

江的"死亡通知",脾气暴烈的李逵竟垂泪说:"罢罢罢!生时伏侍哥哥,死了也只是哥哥部下一个小鬼!"(第 100 回)

宋江与李逵同饮毒酒,可谓"不愿同年同月同日生,但愿同年同月同日死",然而两人始终只是主仆,不是兄弟!

王婆茶水品种多

茶和酒一样，也是《水浒》中多见的饮品，尤其是在城镇背景、家庭故事中。

阳谷县武大家隔壁便是王婆开的茶坊，不过茶坊生意清淡，书中叙及的茶客，不算前来串门的潘金莲，似乎只有西门庆一个。

客虽少，吃茶却不重样。西门庆头一回来，王婆问他："大官人吃个梅汤？"西门庆道："最好。多加些酸。"——梅汤应该就是酸梅汤，"多加些酸"应是多放酸梅的意思吧。不过有人质疑说，酸梅汤是消暑佳品，此刻却是"冬日将残"，岂是喝梅汤的时候？他不知道，小说作者的用意，无非是借梅汤之"梅"，引出说媒之"媒"。此等地方，自不必较真儿。

这天傍晚，西门庆又来茶坊中坐。"王婆道：'大官人吃个和合汤如何？'西门庆道：'最好。干娘放甜些。'王婆点一盏和合汤，递与西门庆吃。"（第24回）这里的"和合汤"应如何调配，已难确知。然而作者在此，仍是取象征意义。

明人田汝成《西湖游览志》说："今婚礼，俗祀和合，盖取和谐好合之意。"——"和合"是两位仙人寒山和拾得。寒山原是隋末贵族，避乱山中，结识了火头僧拾得。两人游走于民间，扶困济危，颇得"和合"之道，民间因此奉之为喜神。王婆早已看出西门庆对潘金莲有意，故意为他推荐和合汤，西门庆要她"放甜些"，也正是心领神会。

第二天西门庆再来，王婆"便浓浓的点两盏姜茶，将来放在桌子上"。——茶里难道还可以放姜吗？古人确实有这种吃法，不但放姜，还放盐呢。

苏轼《东坡杂记》就说过："唐人煎茶用姜，故薛能诗云：'盐损添常戒，姜宜著更夸。'据此，则又有用盐者矣。"薛能是晚唐诗人，有位蜀州郑史君寄茶给他，他写诗答谢，这是其中一联，意思是说煎茶时盐一定要少放，姜倒可以多搁些。看来晚唐时还有此种煎茶方法。但据苏轼讲，宋人已没有这种习惯，"近世有用此二物者，辄大笑之"。苏轼认为："然茶之中等者，用姜煎信佳矣，盐则不可。"

《水浒》中的故事，最早可以上溯到南宋，那时仍有饮用姜茶的习惯。或许饮茶习惯南北有别，北人"辄大笑之"，南人却照饮不误吧？

更有意思的是，茶中还要放各种佐料。如王婆勾引潘金莲到茶坊来裁衣，"接入房里坐下，便浓浓地点姜茶，撒上些松子胡桃，递与这妇人吃了"。——这种茶，古代有个专名，叫"擂茶"。《事林广记别集》卷七《茶果类·擂茶》：

> 将茶芽汤浸软，同去皮炒熟芝麻擂细，加入川椒、末盐、酥糖饼，再擂匀细。如干，旋添浸茶汤。如无糖饼，以干面代之，入锅煎熟，随意加生栗子片、松子仁、胡桃或酥油同擂细，煎熟尤妙。如无草茶，只用末茶亦可，与芝麻同擂，亦妙。

如此饮茶，跟我们今天所理解的"品茗"已全然不同。茶中除了茶芽（或茶末），还有熟芝麻、川椒、盐末、酥糖饼、栗子、松子仁、胡桃……甜、咸、麻、香，五味俱全。尤其是，没有糖饼的，干脆以"干面"代替。这哪里还是茶水，这不是

"面糊涂"吗？——没错，我们今天还有这种食品，确实以"茶"相称，叫作"茶汤"或"杏仁茶"。

茶汤的原料，有糜子面，也有油炒面的。先用少量热水将炒过的糜子面或油炒面调成糊状，再加滚水冲成糊。——必须用滚水冲，茶汤才能呈现半透明状，香味才能出来。冲好后撒上红糖、白糖、糖桂花等，也可加青红丝。另有一种用牛骨髓油炒的油炒面，加核桃碎、青红丝、白糖，味道更美，营养价值也高。

从前北京各大庙会，以及今天春节公园里的游艺活动（仍叫"庙会"），在各种饮食小摊中间，总会有茶汤摊。中间炉子上是一把标志性的大铜壶，上面雕龙凿凤，擦得光可鉴人。铜壶有细长的嘴。卖茶汤的伙计有一手绝活，即一手拿着调好糊的碗，另一手搬动壶把儿，离着一二尺远，一股滚烫的开水直冲碗中，一滴都不会溅出！

据学者邓云乡先生分析，茶分两个系统，陆羽《茶经》中的"雨前""明前""一旗一枪"以及明人张岱《陶庵梦忆》中讲茶、讲水的"闵老子茶"，直到我们今天所说的饮茶，属于一个系统；而王婆撒了胡桃、松子的姜茶及临安茶肆中冬日所卖的"七宝擂茶"，直至今天的北京茶汤，又是一个系统。二者是茶文化的不同分支。（邓云乡《燕京乡土记·饮食风尚录》）

不过擂茶的灵魂是茶芽、茶末，今天的茶汤（还有"杏仁茶"等）已与茶叶脱钩，变得有名无实。

泡茶、煎茶与点茶

《水浒》中说到茶，又有"泡茶""煎茶""点茶"等不同煎泡方式。

"泡茶"应即今天所说的沏茶，将茶叶放在茶盏中，用沸水冲泡。"煎茶"是要上茶炉煎煮的。在小说中，王婆建议西门庆吃个"宽煎叶儿茶"。——这里的"宽"，是水多的意思。

煎茶至迟在唐代已形成一套繁复而成熟的程式，文人雅士把它当作艺术看待。唐人陆羽撰有《茶经》，对煎茶（煮茶）有专门记述，其中"讲究"极多，如先要将采摘的茶叶经蒸制压成茶饼，再用火炙烤，冷却后研为细末。煎茶还有一套专门的用具，而风炉、茶釜则必不可少。

水用山泉，以"乳泉石池慢流者"为上。煮水时，掌握火候最难，要煮沸三次，火候视水泡而定；水泡或如"鱼目"，或如"连珠"，沸腾时则如"腾波鼓浪"……第一沸要撇去水膜、略加食盐。第二沸先要舀出一瓢水待用，然后以竹制的茶筅圆转搅动沸水。这时将茶末从中间放入，待水沸腾，用刚才舀出的水浇入止沸，于是茶末、气泡在水面形成美丽的"华"。

在煎茶者眼中，此刻才是煎茶活动的高潮：但见釜中水面似画，"如枣花漂漂然于环池之上，又如回潭曲渚青萍之始生，又如晴天爽朗有浮云鳞然；其沫者，若绿钱浮于水湄，又如菊英堕于樽俎之中"。较厚的华叫"饽"，同剩余的茶滓一同煮沸，"则重华累沫，皤皤然若积雪耳"……一升水可煎五盏茶，要趁热饮啜，才能尽得其精华！

到了宋代，煎茶已为"点茶"所取代。即先将茶末放入茶瓯中调成膏状，然后将茶瓶中的沸水"点"入盏中；一面点，一面用竹制茶筅"击拂"，让茶面产生"乳花"——即前面所说的"枣花"，也叫"玉花""琼花""雪瓯花"或"云脚"。

点茶也叫"分茶"，陆游诗句有"矮纸斜行闲作草，晴窗细乳戏分茶"（《临安春雨初霁》）；杨万里诗句有"分茶何似煎茶好，煎茶不似分茶巧"（《澹庵坐上观显上人分茶》），仍把这当作一种风雅游戏。

不过在《水浒》中，点茶只是一种泡茶方式，王婆是在做生意，当然无暇欣赏什么"汤发云腴""盏浮花乳"。——只是"点茶"之说屡屡出现在武松故事中，侧面印证这段故事流脉悠远，可以上溯到宋代。

明清时，饮茶方式发生了变化，茶叶不必研磨成末，这一套繁复而颇具艺术韵味的饮茶方式，也逐渐式微。如《红楼梦》第38回写史湘云在大观园请客，于藕香榭栏杆外安放两张竹案，"一个上面设着杯箸酒具，一个上头设着茶筅、茶盂各色茶具。那边有两个丫头煽风炉煮茶……"脂砚斋解释"茶筅"说："破竹如帚，以净茶具之积也。"这里的"茶筅"只做清洁茶具的工具，应该已无"击拂"的功用了。

辑

范阳毡笠江州车

五

衣饰描写多"留文"

"人仗衣装马仗鞍。"小说塑造人物，衣饰是个看点。且看史进外出寻师时的一身装束：

> 头戴白范阳毡大帽，上撒一撮红缨，帽儿下裹一顶混青抓角软头巾，项上明黄缕带，身穿一领白纻丝两上领战袍，腰系一条搀五指梅红攒线搭膊，青白间道行缠绞脚，衬着踏山透土多耳麻鞋，跨一口铜铗磬口雁翎刀……（第3回）

头戴范阳毡帽，是远行人的打扮。帽内照例要衬着软头巾。身上的战袍用料讲究，为"纻丝"，也就是缎子。所谓"两上领"，是指袍领内另缝衬领，便于拆洗。

腰间系着搭膊，宽如搀开的五指。搭膊是一种长条形布袋，开口在中间，两端可装钱物，又称"搭连""搭裢""搭包"，也叫"缠袋"。行路之人必备，既可当腰带，又是万无一失的腰包，也可前后装物搭在肩上，紧要时还可以代替绳索绑人哩。

至于"行缠绞脚"，是指绑腿。从前走长路多要打绑腿，用来防止腿部长时间运动造成的充血肿胀，行动起来也更利索。脚下的"踏山透土多耳麻鞋"，又轻便又透气，最适合走路。

有心的读者已注意到服饰的色彩搭配：红缨白帽，白缎袍，明黄色的领带，梅红色的搭膊；青白相间的绑腿，足踏黄褐色麻鞋，色彩鲜明而和谐。这样的小伙儿走在路上，本身就是一道移动的风景！

史进在渭州茶坊遇上鲁提辖，对方的打扮又有不同：

> 头裹芝麻罗万字顶头巾，脑后两个太原府纽丝金环。
> 上穿一领鹦哥绿纻丝战袍，腰系一条文武双股鸦青绦，足
> 穿一双鹰爪皮四缝干黄靴。……

鲁达是军官，装束自与华阴县的少庄主有所不同：芝麻罗
是丝织物名称，万字头巾是一种上狭下阔的头巾，因形如繁体
的"萬"字而得名。金环、绿袍、青带、黄靴，透着英武之
气。——一位红缨白袍的小哥与一位金环绿袍的大汉在茶坊邂
逅叙话，画家若为此作图，色彩已被小说家搭配好了！

前面讲饮食时说过，《水浒》的文字，往往带有说话艺术的
语言特征，譬如描摹人物装束，自有一套程式化写法：头戴什
么、身穿什么、腰系什么、足登什么。从头到脚，依次写来，
自然还要照应到人物的身份地位。如书中第9回，从林冲眼中
看柴进的相貌穿着：

> 那簇人马飞奔庄上来，中间捧着一位官人，骑一匹雪
> 白卷毛马。马上那人，生得龙眉凤目，皓齿朱唇，三牙掩
> 口髭须，三十四五年纪。头戴一顶皂纱转角簇花巾，身穿
> 一领紫绣团龙云肩袍，腰系一条玲珑嵌宝玉绦环，足穿一
> 双金线抹绿皂朝靴，带一张弓，插一壶箭，引领从人，都
> 到庄上来。

柴家是前朝宗室，身为金枝玉叶，其穿戴自然要与平民拉
开距离。如他的头巾是"皂纱转角簇花"的，袍子为华贵的紫

色，绣着团龙，配有"云肩"（披肩）。——腰间所系，既非"搭膊"，也非一般的丝绦，而是"玲珑嵌宝玉绦环"（应是"玉环绦"），也就是玉带。脚下的"金线抹绿皂朝靴"，也非史进的麻鞋和鲁达的皮靴可比。

劳动者的穿戴又如何？且看第 15 回阮家三兄弟的出场。阮小二是"头戴一顶破头巾，身穿一领旧衣服，赤着双脚"。阮小七则"头戴一顶遮日黑箬笠，身上穿个棋子布背心，腰系着一条生布裙"。相比之下，阮小五的穿戴最有个性："斜戴着一顶破头巾，鬓边插朵石榴花，披着一领旧布衫，露出胸前刺着的青郁郁一个豹子来，里面匾扎起裤子，上面围着一条间道棋子布手巾。"虽然破旧，但斜戴的头巾透着桀骜不驯，胸前"青郁郁"的刺青豹子显示着勇悍，而鬓边插着的那朵石榴花，尤能显出对生活的热爱。阮小五的形象，也因这身装束打扮而格外生动！

《水浒》作者深谙话本写作之三昧，能熟练运用"书会留文"——那是说话领域师徒相传的一些文字模块，形式或为名人诗词，或为联语，也可能是一段骈俪文字；内容则涉及饮食、穿戴、景观、物态乃至哲理论说等。说话人自诩"说收拾寻常有百万套"（《醉翁谈录·小说开辟》），指的便是这个。

例如，小说中若遇"浪子"形象，说话人马上搬出一套现成的说词，滔滔不绝又恰到好处。《水浒》第 61 回写燕青登场，便有一篇骈语留文：

> 六尺以上身材，二十四五年纪，三牙掩口细髯，十分腰细膀阔。带一顶木瓜心攒顶头巾，穿一领银丝纱团领白衫，系一条蜘蛛斑红线压腰，着一双土黄皮油膀胛靴。脑

后一对挨兽金环，护项一枚香罗手帕，腰间斜插名人扇，鬓畔常笋四季花。

燕青虽是卢俊义家的仆人，却颇受主人倚重，又兼"百伶百俐，道头知尾"，吹拉弹唱，"拆白道字，顶真续麻"，无所不能；"诸路乡谈""诸行百艺市语"，也都会说能懂。这样的年轻人，穿戴起来自然是"时髦青年"模样，其"浪子"绰号不是白来的！

为啥说这番描摹是书会留文呢？因为在小说《三遂平妖传》（也题"罗贯中编次"）中，形容一个"浮浪子弟"的穿戴，用的就是同一套文字：

> 六尺以下身材，二十二三年纪。三牙掩口细髯，七分腰细膀阔。戴一顶木瓜心攒顶头巾，穿一领银丝似白纱衫子，系一条蜘蛛斑红绿压腰，着一对土黄色多耳皮鞋。背着行李，挑着柄雨伞。（第5回）

两者相比，同中有异。如燕青的身材是"六尺以上"，此人则是"六尺以下"；燕青是"十分腰细膀阔"，他却只有"七分"；两人的年龄、头巾项帕等装饰以及所携什物也有所不同，但结构及核心语句则基本一致。可见说话人在运用留文时，常能见景生情，有所添减，并非一成不变。

此外，同一部书内，也有一则留文几处运用的情形。列位披读小说，自当留意。

不戴头巾非男儿

《水浒》第24回，潘金莲当着武家兄弟自诩说："我是一个不带头巾男子汉，叮叮当当响的婆娘……"——"说者无心，听者有意"，我们由此了解到，戴不戴头巾，是古代男人和女人的重要区别；换言之，一领头巾，成了男子的性别标志。

不错，《水浒》中男性人物出场，很少不戴头巾的。史进头戴白毡大帽，帽底下仍衬着"抓角软头巾"。——"抓角"是以头巾裹发髻，"角"即发髻。鲁智深在桃花村怒打小霸王周通，便是"劈头巾带角儿揪住（连头巾带发髻一把揪住）"。柴进所戴是"皂纱转角簇花巾"，"转角"之"角"这里大概不是发髻，而是指系巾的带子了。

史进还戴过"一字巾"，那是配合一身戎装所戴。为了防范少华山强人来犯，史进组织起庄园武装，自己则"头戴一字巾，身披朱红甲，上穿青锦袄，下着抹绿靴，腰系皮搭膊，前后铁掩心，一张弓，一壶箭，手里拿一把三尖两刃四窍八环刀，庄客牵过那匹火炭赤马"（第2回）。此刻的史进，除了未戴头盔，与上阵的武将无异。

一字巾又称"幅巾"，其实就是一条布带，两端有扣，可以系结成圈。最早原是道士的头饰，又名"太极巾"。此巾的用处是约束周遭的短发。据说南宋名将韩世忠出行时常戴一字巾。

鲁达戴的万字顶头巾，是市井中最常见的一种。小说中张顺、杜兴、燕顺、王英、郑天寿等，都戴过。武松打蒋门神时，也是头裹一顶万字头巾。

吴用登场时，"戴一顶桶子样抹眉梁头巾"，那应是秀才的打扮。小说作者看不起文士，称秀才为"穷酸饿醋"，也叫"大头巾"。不过吴用是秀才中的异类，这里的巾饰描写，显然无贬低之意。

　　石勇和杨雄所戴，都是"猪嘴头巾"。燕青则戴一顶"木瓜心攒顶头巾"。艺人白秀英的爹爹在勾栏主持表演，"裹着磕脑儿头巾"。山大王陈达出场时，头戴"干红凹面巾"。——书中各路强人无论头领还是喽啰，总以戴红巾、穿红袄的居多。

　　天子及豪贵也戴头巾，如徽宗和端王都戴"软纱唐巾"。唐巾原为唐代帝王所戴，后世士人也多有佩戴。其巾状如幞头，也就是寻常所说的乌纱帽，后面两脚下垂。柴进所戴"皂纱转角簇花巾"，应该也属此类吧。

　　劳动者、小人物，也都个个戴头巾。除了阮小二、阮小五戴着"破头巾"，阮小七的"遮日黑箬笠"底下，肯定也带着头巾。洪教头也是"歪戴着一顶头巾"。蓟州报恩寺和尚裴如海与潘巧云勾搭，为掩人耳目，出寺时也要戴一顶头巾，遮住光头。

　　书中男子外出或见客不戴头巾的情况极少见。只有第26回写何九叔闻听武松找他，知道武大事发，"吓得手忙脚乱，头巾也戴不迭。急急取了银子和骨殖藏在身边"，迎了出去。再就是泼皮牛二登场时，但见他"夹脑连头，尽长拳拳卷螺发"，没有头巾及服饰的描写。

　　除了这一两例，书中男子从不披头散发见人。如晁盖从雷横手中救下刘唐，第一时间即"取几件衣裳与他换了，取顶头巾与他带了"（第14回），然后才询问姓名来历。小说第31回，武松血溅鸳鸯楼后，被十字坡酒店的伙计误捉，剥了衣裳绑在柱子上。幸得张青、孙二娘及时救下，先拿衣服给他穿了，"头巾已自扯碎，且拿个毡笠子与他戴上"，然后才叙礼相见，细问由来。——如此这般，均可见头巾、帽子对男子而言系尊严所在，意义重大。

巾环故事寓意长

男子戴帽裹巾，在古代确实有着特殊意义。《礼记·曲礼上》称："男子二十冠而字。"男孩子到二十岁要举行冠礼，戴帽子，取表字，代表成年，从此要担负起家族和社会的责任来。

儒家重视头上的帽子，甚至超过生命。子路是孔子的弟子，作战时冠带断了，为了系带正冠，竟死于刀剑之下。（《史记·仲尼弟子列传》）孟子甚至认为，一个人的帽子若戴不正，正人君子就要离他远点，怕被他污染！（"思与乡人立，其冠不正，望望然去之，若将浼焉。"《孟子·公孙丑上》）

不过在宋代以前，戴冠是士人的专利，庶民只配裹巾。《释名·释首饰》就说："二十成人，士冠，庶人巾。"

宋人普遍裹巾，相传始于司马光和程颐。这两位大儒都因体弱畏风，"裁帛绸包首"，当时只是那么随便一裹，别人见了，便称为"温公帽""伊川帽"。以后则花样翻新，有了圆顶、方顶、砖顶、琴顶等不同的样式。到了南宋，风气所及，百姓官员、帝王权贵也都以巾裹首。需要著冠的，则著于巾上。——小说中所反映的，正是南宋以后的服饰特点。

巾帻名目繁多，其形制今天已不能尽知。不过一般巾子都有两根或四根带子，多半系结于脑后，也有系于头上的。系带处又有巾环，书中每每提及。如鲁达脑后是两个"太原府纽丝金环"，林冲的是两个"白玉圈连珠鬓环"，石勇是两个"太原府金不换纽丝铜环"，杨雄则是两个"金裹银环"。

其他话本中也有，如话本《白娘子永镇雷峰塔》（《警世通言》二八）中，许宣是"戴一顶黑漆头巾，脑后一双白玉环"。而《郑节使立功神臂弓》（《醒世恒言》三一）中的张员外，是"裹四方大万字头巾，带一双扑兽匾金环"。——这些巾环材质不同，但系结的功能却是一致的。

宋人张端义《贵耳集》记述一则与巾环有关的故事：南宋绍兴初年，大将杨存中驻军建康，军旗上绣有"双胜交环"图案。"双胜"是常见吉祥图案，即两个圆环相错叠交。而杨氏军旗上的"双胜交环"，则隐含着"二圣还"之意。——当时徽、钦二帝被金人掳到北方，迎接两位"圣人"还朝，成为激励军队斗志的口号。

不久杨存中得到一块美玉，命人琢成一对帽环，献给高宗。高宗欣喜之余，拿给身边的伶人看，说是杨太尉进献的"二胜环"。伶人接口说：可惜把"二圣环"掉在脑后了。高宗听了，脸色顿时变得很难看！

这个故事还有另一版本：绍兴十五年（1145），高宗赐给秦桧一座宅邸，百官全来祝贺捧场。两个伶人在席间表演，其中一人吹捧秦桧，刚要坐下，忽然头上的幞头掉落，露出脑后系巾的"双叠胜环"来。另一人问：这是什么环？回答：二胜环。另一人说：你只知坐太师椅，向今上讨取恩泽，却把"二圣环（还）"掉在脑后，这怎么行！在座百官听了，莫不大惊失色。秦桧恼羞成怒，将伶人下狱，杖责而死。（《山堂肆考》）

巾环多为武人所佩，或谓起于辽金。不过由宋及明，已相当普及。洪武六年（1373），朝廷还曾颁布禁令："庶人巾环不得用金、玉、玛瑙、珊瑚、琥珀。未入流品者同。"（沈从文《中国古代服饰研究》）——《水浒》中男子大多裹巾带环，反映的正是从南宋到明代的服饰特征。

5-1 宋《杂剧图》中女扮男装的戏剧人物，
帽侧有巾环，巾带穿过巾环，系于额上。

范阳笠与牛仔帽

当代画家刘继卣画过一套彩色的《武松打虎》组画，画中
的武松头戴白色宽沿儿毡笠，上面是一朵红缨，身穿一领鲜红
的袍子，下面打着绑腿，斜挎包裹，手拿哨棒，英气逼人！

画家是仔细研究了小说文字才动笔的。《水浒》第 23 回，
武松回乡探亲，向柴进、宋江告辞，装束正是"穿了一领新纳
红䄂袄，戴着个白范阳毡笠儿，背上包裹，提了杆棒"。

从组画看，武松在景阳冈酒店喝酒后，步上山冈，在大青
石上睡觉时，那顶范阳毡笠儿被摘下来放在一边，露出头上裹
着的湖蓝色头巾来。——这一点小说中没提，但画家显然对古
人服饰做过深入研究，知道冠冕之下，一定是要裹巾的。

按书中描写，待老虎被打死，武松坐在石头上歇息半晌，
才"就石头边寻了毡笠儿"，一步步"捱"下冈子去。因此，组
画中被猎户们簇拥着坐在轿子上的武松，头上仍戴着那顶红缨
白毡笠儿。——曾看过一册描绘武松故事的连环画，画中武松
打虎时还戴着毡笠，画者显然没认真阅读原著。

范阳毡笠儿也叫"范阳毡大帽"。——毡是用兽毛揉压捶制
而成的特殊材料，用来制作帽子，四周出宽沿，形似笠，又称
"毡笠"；以范阳出产的最有名，因称"范阳毡笠"。又以白色的
居多（也有青色的），顶上饰以红缨，远看最为醒目。

武松在阳谷县做都头，每日早上到县上画卯，头上只裹
"巾帻"。遇上风雪天，则要戴上毡笠。十一月间下了一场大雪，
这日武松到县里画卯，踏着"乱琼碎玉"回来。入得家门，"便
把毡笠儿除将下来"。潘金莲献殷勤，双手去接，"武松道：'不

劳嫂嫂生受。'自把雪来拂了，挂在壁上。解了腰里缠袋，脱了身上鹦哥绿纻丝衲袄，入房里搭了。……脱了油靴，换了一双袜子，穿了暖鞋，掇条杌子，自近火边坐地。"（第24回）

就在这一天，潘金莲引诱武松不成，恶人先告状，反诬武松调戏她。武松并不解释，"寻思了半晌，再脱了丝鞋（即前面的'暖鞋'），依旧穿上油膀靴（即前面所说的'油靴'，这是雨雪天穿的靴子，木底带钉，靴腰儿涂以桐油，可以防水），着了上盖（上衣，即那件'鹦哥绿纻丝衲袄'），带上毡笠儿，一头系缠袋（入门时解下的），一面出门"，武大叫也不应，"一直地只顾去了"。——武松头上脚下，都是雪天的装束。毡笠适于远行及野外活动，取其毡质厚重且略具油性，可以遮风日、搪雨雪。而白帽红缨，配着"鹦哥绿"的纻丝衲袄，由画家画出，同样好看！

若从小说描写中选一种服饰，或衫或帽，足以作为英雄气质的象征，我愿选择这顶撒着一朵大红缨的雪白范阳毡笠！

史进登程寻师时，戴的便是这样一顶"范阳毡大帽"。再如林冲风雪山神庙时，也戴着毡笠。林冲杀死陆谦等三人，回庙中穿了白布衫，把葫芦里的冷酒吃尽，提枪出门，仍不忘戴上毡笠，因为天上还飘着雪。（第11回）

戏曲舞台上展示林冲"逼上梁山"的形象，是花枪上挑着酒葫芦，这与小说所写不合。在书中，酒葫芦和被子都被林冲丢弃在庙中。——不过舞台上的林冲是戴着毡笠的，而且是经过美化、画着花纹图案的毡笠。

杨志在小说中首次出现时，也戴着范阳毡笠。——林冲上山后，寨主王伦逼迫他献"投名状"。林冲在山下等了三日，才抢得一担行李，却被后面赶来的汉子拦住厮杀。"只见那汉子头戴一顶范阳毡笠，上撒着一把红缨，穿一领白段子征衫，系一条纵线绦……"；见有人抢行李，那汉"把毡笠子掀在脊梁上，坦开胸脯，带着抓角儿软头巾，挺手中朴刀，高声喝道……"（第12回）来者正是青面兽杨志，他带着一担财货，正要去东京谋求复官。

《水浒》中戴毡笠的好汉还有不少，如宋江、刘唐、孔亮、欧鹏、陶宗旺、李逵、杨林、汤隆、石秀、燕青等，都曾戴过。再如卢俊义受吴用欺骗，出门避祸，上路时也是"头戴范阳遮尘毡笠，拳来大小撒发红缨"。路经梁山时，他不自量力，要独自去捉宋江，被花荣"飕地一箭"，正射中头上的"毡笠红缨"，吃惊不小。

《水浒》作者对毡笠情有独钟，每每着意描摹，如说"白范阳笠子，如银盘拖（托）着红缨"（第44回）。又将毡笠的软沿儿比作荷叶，形容远处一群戴着青、白两色毡笠的人，"粉青毡笠，似倒翻荷叶高擎；绛色红缨，如烂熳莲花乱插"（第9回）；"青毡笠儿，似千池荷叶弄轻风；铁打兜鍪，如万顷海洋凝冻日。"（第84回）——毡制品起于北边游牧民族，是畜牧业的副产品。毡笠的形制宋代已有，盛行于元代，入明后仍为人们普遍佩戴。

《水浒》写好汉装束，看似随意，实则笔笔有根据。例如，凡有毡笠出现的场合，不是野外活动，就是天降雨雪。范阳毡笠儿因此也成为行动的象征、游侠的"标配"。

有意思的是，美国西部主题的艺术影片中，那些独行侠的形象，往往是跨下骏马，双枪在腰，头上同样是一顶毡质宽沿儿牛仔帽。这帽子可为驰骋旷野的好汉遮尘挡日，御雪搪风，极端情况下甚至可以用来取水。不管现实中的情况如何，影片中常以牛仔帽的颜色区分善恶，而一顶白色牛仔帽，也正是英雄人物的标志性冠冕。

　　跟中国的范阳毡笠相比，美国西部流行牛仔帽，已是四五个世纪以后的事。而一顶式样、质地、功用如此相近的帽子，同被东西方游侠好汉所钟爱，不禁令人称奇。

小贩居所与少妇闺房

《水浒》中的人物，底层出身的居多。他们生活困窘，谋生不易，或浪迹江湖、居无定所，或穷居陋巷、屋室逼仄。——活动于市井中的说书人，对市井小民的居处状况是最为熟悉的。

说到人物居所，人们首先会想到武大家。从书中叙述看，他家位于阳谷县城紫石街上，是一座两层小楼。底层前后开门，室内有"胡梯"连通上下。楼下有厨房，楼上有"客位"（客房）；武大与潘金莲的卧室也在楼上。

武松当了阳谷县都头，受兄嫂之邀搬来同住。武大"叫个木匠就楼下整了一间房，铺下一张床，里面放一条桌子，安两个杌子，一个火炉"（第24回）。从此兄弟同门而居，共案而食，度过一段平静和谐的日子。

武大的小楼，书中明说是"赁"的，赁价几何，没有披露。就是小楼的结构，也是这里一笔、那里一笔，在读者脑海中渐渐凑成的。——英雄传奇不同于世情小说，本不屑于琐事细节的描述。

果然，世情小说《金瓶梅》对武大这座小楼的描述多了不少细节，说是武大"凑了十数两银子，典得县门前楼上下二层四间房居住"。有这样一句话，房屋的赁资、结构便已了然。然而作者似乎意犹未足，又逞其笔墨，添枝加叶，说："第二层是楼，两个小小院落，甚是干净。"——这么补了一句，反倒成了"不说倒好，越说越糊涂"了。

《金瓶梅》中凡说到"层"，往往指房屋的进深层次。如，李瓶儿在狮子街灯市新买的院落，即"门面四间，到底三层，临街是楼"（第 15 回）。再如，同书丁二官人逛妓院，老鸨让桂姐陪他到"后面第三层一间僻静小房坐去"（第 20 回）。这类例子书中尚多，"层"都是指院落层次。

唯独说到武大的居所，先说"楼上下二层四间房屋"，分明将"层"理解为楼层（当然，"第二层是楼"也便成了废话）；可是"两个小小院落"又该如何理解？武家小楼本应临街，这才有潘金莲叉打西门庆的后话，若有两个院落，必然一前一后，隔着院落，那挑帘的叉子又如何能飞到西门庆头上？——《金瓶梅》的着意刻画，反成蛇足；倒不如《水浒》不经意点染，令读者有更多的想象余地。

《水浒传》中另一处民居，是宋江纳阎婆惜时所购，"就在县西巷内，讨了一所楼房，置办些家火什物，安顿了阎婆惜娘儿两个那里居住"。读者可以借宋江之眼，巡视室内布置：

> 原来是一间六椽楼屋。前半间安一副春台桌凳，后半间铺着卧房，贴里安一张三面菱花的床，两边都是栏干，上挂着一顶红罗幔帐。侧首放个衣架，搭着手巾，这边放着个洗手盆。一张金漆桌子上放一个锡灯台，边厢两个杌子。正面壁上，挂一幅仕女，对床排着四把一字交椅。（第 21 回）

古人建房屋，有一定法度。"六椽"即"六椽栿"式，也就是三架梁，上面横架七根檩条（古代称"桴"），形成六个架椽子的空间。这样的屋宇，进深必然是宽大的。——宋押司的藏娇之屋，当然要比卖炊饼小贩的居室（不用问，那至多是

"四椽"式）宽敞得多。也正因宽大，才能分出前后间来。

室内的家具陈设也更为讲究，有三面菱花、带栏杆挂罗帐的床，鎏金漆的桌案，壁上高挂的仕女画，一字排开的四把交椅……这应是市井小康之家对财主、富商乃至妓院狭邪之室的模仿吧？

有关阎婆惜的身份，书中写得吞吞吐吐。据阎婆自诩："我这女儿长得好模样，又会唱曲儿，省得诸般耍笑。从小儿在东京时，只去行院人家串，那一个行院不爱他？有几个上行首要问我过房几次，我不肯。……"（行院：妓院。上行首：即上厅行首，指名妓或老鸨。）不过接下来的叙述，又有"这婆惜是个酒色娼妓""阎婆惜是个风尘娼妓的性格"等语。这些陈述，至少说明阎婆惜对"行院"的生活是熟悉的、向往的。

再看京师名妓李师师家的陈设布置。宋江等到东京拜访李师师，先派燕青去探路。

> 却说燕青径到李师师门首，揭开青布幕，掀起斑竹帘，转入中门。见挂着碗鸳鸯灯，下面犀皮香桌儿上，放着一个博山古铜香炉，炉内细细喷出香来。两壁上挂着四幅名人山水画，下设四把犀皮一字交椅。燕青见无人出来，转入天井里面，又是一个大客位，铺着三座香楠木雕花玲珑小床，铺着落花流水紫锦褥，悬挂一架玉棚好灯，摆着异样古董。燕青微微咳嗽一声，只见屏风背后转出一个丫鬟来……（第 72 回）

郓城县押司外室的住所陈设，与京师名妓之家的陈设大致相仿，却又有雅俗、贵贱之别。小康之家的"金漆桌子"，在这里换作"犀皮香桌儿"("犀皮"是一种高档髹漆方式),桌上的"锡灯台"也换作"博山古铜香炉"(这是铸为峰峦状的镂空铜香炉)。李家壁上悬挂着"名人山水画",取代了市井民居俗气的"仕女图"。这里也有一字排开的四把交椅,同是高档的"犀皮"装饰。阎婆惜的雕花挂帐卧床,在这里被客位中"铺着落花流水紫锦褥"的"三座香楠雕花玲珑小床"所取代。其他如"斑竹帘""鸳鸯灯""玉棚好灯""异样古董"……也非外省小民所能想象。

这两处文字,是《水浒》中仅有的民居室内环境描写,世情小说详描细画的风格,在这里已初露端倪。

渔家草屋和财主庄院

乡下的民居屋宇又如何？自然，也有贫富之分，且看阮小二家。阮小二在阮家兄弟中年龄最长，也是三人中唯一成家的。吴用到石碣村诱说三阮入伙，先奔阮小二家。"到得门前看时，只见枯桩上缆着数只小渔船，疏篱外晒着一张破鱼网，寄山傍水，约有十数间草房"。

虽是草房，却有十数间之多，屋后尚有一座水亭，有客人来，便引到水亭中把盏叙话。阮小二之妻下厨时，帮忙做饭的还有"讨的小猴子"（指买来的小厮），说明王伦占据梁山泊之前，阮家靠水吃水，日子还过得去。——说到底，阮家三兄弟并不能代表纯粹的劳动者；勤劳朴实的农夫渔父，在山寨中顶大当个喽啰，他们的茅屋，远没有这么宽敞。

那么像晁盖那样的乡间财主，庄园又是什么样子？第14回写刘唐到东溪村送信，被下乡巡逻的郓城县都头雷横拿住，押往晁盖庄上歇脚。读者也可借此一睹晁家庄院的面貌：前有门楼、门房，刘唐押来时，便吊在门房内。这里还摆列着"枪架"，插着各种兵器。刘唐后来追赶雷横，便从这架上取的朴刀。庄院内有草堂，相当于客厅，有客人来，先请到这里见礼叙话。晁盖设酒款待雷横，则是在"后厅轩下"，那是招待亲朋要客的地方。跟随雷横的士兵也吃杯酒，则是被引到"廊下客位里管待"。后经晁盖说情，刘唐获释，则去"廊下客房"歇息。——从前后记述中，大致可以看出一个乡间财主的居处环境。

前朝天潢贵胄柴进，也有大片良田在乡间。林冲、武松、宋江等都曾先后造访。庄园又分东西两处，相距四十多里。两庄之间是否都是柴家田土？书中未表，却给读者留下丰富联想的空间。

远看柴进庄园，掩映在绿柳丛中，"四下一周遭一条阔河，两岸边都是垂杨大树，树阴中一遭粉墙"。林冲等来到庄前，"见条阔板桥上坐着四五个庄客，都在那里乘凉"（第9回），未进庄门，已见雍容气象。——清代吴敬梓《儒林外史》写大盐商万雪斋的豪宅，"（牛浦郎随牛玉圃）一直来到河下，见一个大高门楼，有七八个朝奉坐在板凳上，中间夹着一个奶妈，坐着说闲话……"还能明显看出《水浒》的影响。

《水浒》写柴进庄园，还借助韵语咏赞，说庄内有"聚贤堂""百卉厅"，一派"朱甍碧瓦""画栋雕梁"。——虽是套话留文，却显见高于一般"太公"土财主的庄院。

日后宋江避难，是在柴进的东庄。宋江与弟弟宋清先在庄门外山亭等候，柴进听到通报，大开"中间庄门"，亲自出迎，在亭中见礼，然后携手进门，在"正厅"分宾主落座叙话。待宋江和弟弟洗浴更衣后，又在"后堂深处"摆下筵席，由"十数个近上的庄客并几个主管，轮替着把盏、伏侍劝酒"。厅堂之宽敞，自不待言。

席间宋江要去"净手"，有庄客提灯引导，"大宽转穿出前面廊下来，俄延着走，却转到东廊前面"（第22回）。——书中并未展示庄园的布局，读者自能从东鳞西爪的点染中，体会出豪门宅邸的富贵气象。

一个有意思的现象是，书中介绍晁盖的庄院、柴进的府邸，都没写楼。而县城中无论武大郎的蜗居，还是宋押司的外室，则全是二层小楼。此外，鲁提辖救助的酒楼卖唱女金翠莲，后

来嫁给代州雁门县的赵员外。鲁提辖逃亡至此，金老父女"留住鲁达，在楼上坐地"，他家也住楼。（第3回）

林冲的八拜之交陆谦卖友求荣，将林娘子骗来家中。他家在东京"太府前小巷内"，也是楼居，有胡梯直达二楼。（第7回）杨雄是蓟州的两院押狱，家中住的也是小楼。和尚裴如海与杨雄之妻潘巧云偷情，派头陀来传递消息，潘巧云叫迎儿去楼上取铜钱来布施他。（第45回）

徐宁是京城中金枪班的教师，算是中下层军官。"（金枪）班门里，靠东第五家黑角子门"就是徐宁家。隔着高墙，能看见"两间小巧楼屋，侧手却是一根戗柱"。"戗柱"是斜立着加固屋体的柱子，时迁特别注意此柱，入夜后便由此柱攀爬上去，直爬至"博风板"（也就是屋檐），观察徐宁屋内动静，终于在破晓时，将徐宁的"赛唐猊"宝甲盗走。（第56回）

城市中地皮金贵，建楼原为降低造屋成本。不过从宋人张择端的《清明上河图》上看，东京这座北方大都市中，民居商铺多为普通瓦屋。除了一家酒肆为楼房，住家居楼的只有一处，挂着"久住王员外家"的招牌。

笔者由此怀疑，《水浒》所述家家居楼的情景，应是江南民居的写照。江南地湿，起楼多半为了防潮。今天乘火车南行，北方农村新房不少，但仍以平房居多。不过愈往南，农居小楼愈多。过了长江，已是楼屋林立了。

小说中多处提到"胡梯"，或以为即"扶梯"的吴语发音，可证故事中的环境，应是对江南风景的写生。

行人正在红尘道

假如我们回到古代，有什么是最不能适应的呢？衣、食、住、行中，最不能适应的大概便是"行"了。人们要有足够的心理准备，把人生的十分之一乃至更多时间，消磨在路上。

那时的许多行当，都要从迈开双脚开始：进京赶考的举子、离京赴任的官员、搬有运无的商贩、远戍边塞的将士……更别提卖苦力的脚夫、充军发配的囚犯……恶劣的气候，摧残着人们的肉体；漫长的道路，考验着人们的耐心！——在蒸汽机发明之前，全世界的情形也都大抵如此。即便借助车马舟船，也都效率低下，耗费光阴。

就以宋江为例吧，他本来是郓城县押司，自从杀了阎婆惜，便开始东躲西藏，再没消停过。他最先投奔河北沧州的柴大官人，下一站是白虎山孔太公庄上。此后又奔清山寨，那里是山东地面，归青州管辖。此后他随三山人马投奔梁山，中途接到家书，赶回家中，结果因旧案牵连，在郓城县被捉住，刺配江州——即今江西九江，距郓城千里之遥！

这以后，他因在浔阳楼醉题反诗，再度入狱。被梁山好汉劫了法场，先去穆太公庄上，又随众打下无为军。书中地理错讹之处极多，如穆太公庄在揭阳镇，揭阳古代有两处，一在广东，一在赣南，都离江州甚远；而无为又在江州东北的长江北岸，两地相距四五百里。宋江偷袭无为军，入夜出发，初更时就到了，真是错得离谱。

宋江上山后，回乡搬取太公家眷，又经历一番周折。至于上山之后的远征近讨，所行之路又数倍于上山前的奔波之途。

有兴趣的读者朋友不妨做个统计，看看《水浒》有多少故事发生在旅途中？除了宋江浪迹江湖的故事，还有王教头私走延安府、史大郎夜走华阴县、鲁智深避祸五台山、花和尚痛打小霸王、林教头刺配沧州道、豹子头雪夜上梁山、青面兽刺配大名府、杨提辖押送生辰纲、武二郎夜走孟州道、戴宗千里传假信、黑旋风沂岭杀四虎、戴院长智取公孙胜……这张单子还可以拉得很长。这还不包括梁山兵马一次次出征，最远一次横跨数路（省），从东岳出发，远袭西岳华山。而受招安后，又北征辽国，南讨方腊，征尘滚滚，遍及华夏……

长途跋涉，空身走路已不轻松。若是劳动者，还要肩挑背荷，以人力代畜力，就更加悲惨。书中智取生辰纲一回，写晁盖、吴用与杨志斗智斗勇的曲折故事，也从侧面写尽行旅之苦。说书人所引"公子犹嫌扇力微，行人正在红尘道"，以及白胜所唱"赤日炎炎似火烧，野田禾稻半枯焦"，都反映出小说家对劳苦大众的同情，有学者论证宋江起义的正义性，即引此为证。

至于囚徒的悲惨，就更不用说。作为"流刑"，长途跋涉本来就是变相折磨犯人的惩罚方式。试想囚犯一路要披枷戴锁，负担着自己乃至解差的行李。遇上董超、薛霸之流的恶差，收受贿赂，对被押解者进行非人折磨乃至蓄意杀害，这样的行程，也便成为地狱之旅！

江州车是木牛流马吗

同是行路，若借助交通工具，可以走得轻松些。那时的交通工具，或为驴马，或为车轿船只，无非依仗畜力、人力、水力、风力，效率也仍是低下的。

《水浒》中乘车坐轿的例子不少。除了官员和妇女，好汉也有乘轿的时候。如鲁达上五台山受戒为僧，便是与赵员外分乘两轿，抬上山去的。以鲁达的体重，不知两名脚夫能否胜任？鲁达另一次乘轿，是在当和尚之后。他路经刘太公庄，教训了小霸王周通。事后李忠请他上山住几时，刘太公便叫庄客"安排轿子，抬了鲁智深，带了禅杖戒刀行李"（第5回）上山去。

晁盖等七人初上梁山时，受到王伦款待。王伦在山南水寨摆宴，请七人赴席，叫"小喽啰抬过七乘山轿，七个人都上轿子，一径投南山水寨里来"（第19回）。——山轿也叫兜轿、兜子、兜笼、便轿，是一种只有座位、没有轿厢的简易轿子。兴起于唐代乾元年间。一开始只是巴蜀妇女乘坐，后来蕃将们也喜欢乘坐。（高承《事物纪原》）

武松在景阳冈打死大虫（老虎），众猎户欢呼雀跃，"将一乘兜轿，抬了武松，径投本处一个上户家来"。后来去县上报捷时，则改乘凉轿。（第23回）凉轿是官员及富绅所乘的轿子，轿身较小，以纱作帷幕，取其凉爽通风。另有暖轿，轿身宽大，以厚实的织物装衬，轿内还可放置火盆，适于冬季乘坐。——小说中华州贺太守所乘的，便是暖轿。（第58回）

除了轿子，小说中还提到两种车子，一为江州车，一为太平车。江州车也是靠人力推挽的。书中第16回，杨志押解生辰纲，在黄泥冈赤松林中遇到一伙贩枣客人，"只见松林里一字儿摆着七辆江州车儿，七个人脱得赤条条的在那里乘凉"，车上装的全是枣子。

江州车子实即手推独轮车。宋人曾敏行《独醒杂志》卷九对此有描述：

> 江乡有一等车，只轮两臂，以一人推之，随所欲运。别以竹为箦载两旁，束之以绳，几能胜三人之力。登高度险，亦觉稳捷，虽羊肠之路可行。

"江乡"一般指长江流域。"只轮两臂"是说车子有一只车轮、两条车辕。"以竹为箦"即用竹子编成筐篓，用绳子固定在车子两侧。这样一辆车子，可以装载三人徒步负荷的重量。又因是独轮，对道路的要求不高，"登高度险""羊肠之路"都可以应付。

有人说，"江州车子"始出巴蜀，为诸葛亮所创，实即所谓"木牛流马"。宋人高承在《事物纪原·舟车帷幄》中说：

> 小车。蜀相诸葛亮之出征始造木牛流马以运饷。盖巴蜀道阻，便于登陟故耳。木牛即今小车之有前辕者，流马即今推者是。而民间谓之"江州车子"。按，《后汉·郡国志》："巴郡有江州县，是时刘备全有巴蜀之地，疑亮之创始，作之江州县，当时云然。后人以为名也。"

据《三国志·蜀书·诸葛亮传》记载："（诸葛）亮性长于巧思，损益连弩，木牛流马，皆出其意。"本是一句简单的记录，却被后人无限神化。裴松之注《三国志》，引《诸葛亮集》，详述木牛流马的构造及尺寸，说什么"木牛者，方腹曲头，一脚四足，头入领中，舌著于腹……"又说："流马尺寸之数，肋长三尺五寸，广三寸，厚二寸二分……"洋洋洒洒数百言，看似严谨，实则故弄玄虚。而高承《事物纪原》寥寥数语，已将此谜破解：诸葛亮所创，不过是适宜山地运输、省工省力的江州车而已。所谓"木牛"，即木制小车；而"流马"是指推车人。

宋代江州车子的使用十分普遍，不但载物，也可乘人。相传王安石于熙宁、元丰间赋闲，寄情山水，最爱骑驴。后来又转喜乘车，所乘正是江州车。又因车是独轮，必须两边受力才能平衡，于是"（王安石）坐其一箱，其相对一箱不可虚，苟无宾朋，则使村仆坐焉"（吕希哲《吕氏杂记》）。——试想当年这位退休高官悠然坐在独轮车上，车子的另一侧由"村仆"压车；车夫推着二人，吱吱扭扭行走在湖山之间，此情此景，实可入《世说新语》。

独轮车直到近世仍在城乡普遍使用。当代作家汪曾祺回忆他和姐姐乘坐独轮车时的情景："那年我已经十七岁，读高二了。父亲写信给我和姐姐，叫我们去参加他的婚礼。任家（将要入门的继母姓任——引者）派一个长工推了一辆独轮车到邵伯码头来接我们。我和姐姐一人坐一边。我第一次坐这种独轮车，觉得很有趣。"（《我的母亲》）—— 时间过去近千年，王安石的体验仍未过时。

江州车虽小，同样承载过历史的沉重。北宋时，广南西路转运司曾上书朝廷，请求从京西南路"借江州车一二千两（辆）以备运粮"。后来果然征集了一千辆，送往广南西路。（《续资治通鉴长编》）

吴用智取生辰纲

5-2 江州车当为独轮车,插图中的江州车显然
是画错了。(选自容与堂本《水浒传》)

5-3 《清明上河图》中的江州车、太平车

《独醒杂志》的作者曾敏行还建议将江州车用于战争，说："余谓兵家可仿其制而造之，行以运粮，止以卫阵，战以拒马。若凿池筑城，非仓卒可办，得此车周遭连比，则人马皆不能越，或进或退，惟我所用，欲名之曰'活城'。"（曾敏行《独醒杂志》）——"拒马"是一种木制路障，装有铁刺，用以护卫营地，阻断道路。而将江州车连排摆列，同样能起到阻挡敌方兵马的功效，一物多用，确实是好主意。

　　在《水浒传》第16回中，七个贩枣客商见杨志等被药酒麻翻，立即"从松树林里推出这七辆江州车儿，把车子上枣子都丢在地上，将这十一担金珠宝贝，却装在车子内，叫声：'聒噪！'一直望黄泥冈下推了去"。——若按一辆江州车可承载三人的重负，则七辆车装载十一担货物，应是绰绰有余的。

　　为容与堂本《水浒》做插图的画师，大概没弄明白江州车子的样式，小说第16回的插图中，晁盖一行所推的人力车，是双轮双臂带车厢的。

　　宋人张择端的《清明上河图》中，出现了江州车。有一人推的，也有车排宽大，后面一人推，前面一人挽的，另外还套着头小驴，车上货物装载得如同小山一般。无论哪一种，中间那只独轮都特别大，几乎有一人高。——以二人一驴为动力的这种，有人称之为"串车"，不知何据。

太平车用于太平时

另有一种太平车，是靠骡、驴、牛等牲口牵引的。太平车在小说中出现两处，一处是在押送生辰纲时，依梁中书之见，"着落大名府差十辆太平车子，帐前拨十个厢禁（军卒）监押着车，每辆车上各插一把黄旗，上写着：'献贺太师生辰纲。'每辆车子，再使个军健跟着"（第16回）。——这计划当场被杨志否决，自然是因为太过张扬。

太平车到底是什么样子？《东京梦华录·般载杂卖》有细致的描述：

> 东京般载车，大者曰"太平"，上有箱无盖，箱如构栏而平，板壁前出两木，长二三尺许，驾车人在中间，两手扶捉鞭鞍驾之。前列骡或驴二十余，前后作两行；或牛五七头拽之。车两轮与箱齐，后有两斜木脚拖拽；夜中间悬一铁铃，行即有声，使远来者车相避。仍于车后系驴骡二头，遇下峻险桥路，以鞭唬之，使倒坐缒车，令缓行也。可载数十石。官中车惟用驴，差小耳。

原来太平车是古代各种车辆中的"巨无霸"，牵引时需用二十余头骡、驴或五七头牛，车后还要"系驴、骡二头"作为下坡时制动之用。其载重量也是惊人的，"数十石"即数千斤，可顶得上一辆现代"皮卡"了！此外还有一种"官中车"，只用驴拉，比较轻便。

小说中第二次说到太平车，是在第61回。卢俊义受吴用欺骗，要出门避祸，吩咐管家李固："你与我觅十辆太平车子，装十辆山东货物。你就收拾行李，跟我去走一遭。"李固于是"讨了十辆太平车子，唤了十个脚夫，四五十拽车头口，一个个都分付了，行货拴缚完备"。

小说中两次说到太平车，以卢俊义这一次比较接近现实。十辆车子用"十个脚夫，四五十拽车头口"，相当于《东京梦华录》中型号较小的"官中车"。至于梁中书说要用十辆太平车装载生辰纲，可谓"外行"。这些财宝最终被杨志"打拴"成十一担，只用十一个军汉即可负担。若装在车上，一两辆也就足够了，何用十辆？——小说如此写，是要凸显梁中书不晓俗务，但江州车究为何物，作者恐怕也不甚了了。

在张择端《清明上河图》中，太平车也出现了。确如《梦粱录》所说，"车两轮与箱齐"、驾车人在两辕之间赶车。不过图中的太平车是由四骡或二驴牵引，是型号较小的。至于《东京梦华录》中所谓"前列骡或驴二十余，前后作两行"且后面还要"系骡、驴二头"的大型太平车，画中未见。

话说回来，这种车为啥叫"太平车"呢？宋人《邵氏见闻录》记载了一段对话，从中可见端倪。北宋熙宁年间，传言"北虏"将要入侵，宋神宗派太监到两河地区征集民间车辆，以为备战之用，一时闹得人心惶惶。

一次神宗问沈括：你知道征用车辆的事吗？沈括说：不知道啊，征车做何用？神宗说：北虏以骑兵取胜，要阻挡他们，只能用车。不过朝中反对的很多，这又是为何？

沈括缓缓说：古代的车战确实厉害，不过那时用的是兵车，由高手驾驭，回旋轻捷，所以能打胜仗。如今民间的辎重车又大又笨重，用牛牵引，一天走不上三十里；碰上雨雪天气，干脆寸步难行。这种车因此也叫"太平车",天下太平时搞搞运输还可以,上了战场,恐怕不适用啊。神宗听了,恍然大悟,说:从来没人跟我讲得这么明白,看来此事还要从长计议啊。

沈括(1031—1095)是北宋人,著有《梦溪笔谈》,书中涉及自然科学、工艺技术等内容,被英国科学史家李约瑟评价为"中国科学史上的里程碑"。——他对太平车的描述,应该是准确的。

甲马神话有来历

　　人在旅途，不积跬步无以致千里，难免羡良驹、慕飞鸟，催生出种种奇思妙想。如孙悟空的"筋斗云"，哪吒三太子的"土遁"以及土行孙的"地行术"之类，便都是这类幻想结出的果实。不过其中又以《水浒传》中戴宗的"神行术"，似乎更具"可操作性"。

　　据《水浒》："原来这戴院长有一等惊人的道术，但出路时，赍书飞报紧急军情事，把两个甲马拴在两只腿上，作起神行法来，一日能行五百里。把四个甲马拴在腿上，便一日能行八百里。因此人都称做神行太保戴宗。"（第38回）

　　"甲马"一词有多重意思。一是指披挂护甲的战马，如书中第9回联语有"宛子城中屯甲马，梁山泊上列旌旗"。在古代各类铠甲中，有一种马铠，就是专给战马披挂的。

　　"甲马"的另一含义是道教符箓，也叫"纸马"。清徐珂《清稗类钞·物品类》有"纸马"一条：

　　　　纸马，即俗所称之甲马也。古时祭祀用牲币（祭祀用的牲畜及布帛——引者注），秦俗用马，淫祀浸繁（指祭祀过多——引者注），始用禺马（即木马——原注）。唐明皇渎于鬼神，王玙以纸为币，用纸马以祀鬼神，即禺马遗意。后世刻板以五色纸印神佛像出售，焚之神前者，名曰纸马。或谓昔时画神于纸，皆画马其上，以为乘骑之用，故称纸马。

　　王玙是唐代高官，少习礼学，"博求祠祭仪注以干时"（广博探究祭祀礼仪的学问，用以求得时君的任用），深得玄宗、肃宗的倚重，所习装神弄鬼，近于巫术。（《旧唐书·王玙传》）这里说，用纸马祀鬼神，始于他的提倡。此条讲解，将纸马的来历说得很清楚。至于为何称纸马，他提出一种解释，是早期纸马上都画着马。

清人虞兆漷对甲马之称另有解释。他在《天香楼偶得》中说：

> 俗于纸上画神佛像，涂以红黄彩色，而祭赛（祭祀酬神）之。毕即焚化，谓之甲马。以此纸为神佛之所凭依，似乎马也。

虞先生认为画着神佛像的那张纸，就相当于神佛所骑的马，倒也可备一说。——那么戴宗所用的甲马上画着哪家神佛，又是否画着马？书中故作神秘，读者自然也无从猜测。书中只说戴宗行神行法时，唯敬唯谨。且看他替蔡九知府送信，收拾停当后，"出到城外，身边取出四个甲马，去两只腿上每只各拴两个"，然后"口里念起神行法咒语来"，即行走如飞，日行八百。傍晚住店时，则"解下甲马，取数陌金纸烧送了"，算是结束了一天的行程。次早离店，依然"拴上四个甲马"，又是一日行程。施用神行法期间，要戒荤腥，只用些"素饭、素酒、点心"。（第39回）

没有神行术的人，能不能借"甲马"之力呢？也可以，但需戴宗代施法术。李逵随戴宗下山寻公孙胜，两人同行时，戴宗替他拴了甲马，"念念有词，吹口气在李逵腿上"，不谙法术的李逵照样能行走如飞。只是李逵不守戒律，半路偷偷吃肉饮酒。戴宗发现后，故意"调理"他，让他一路狂奔，收脚不住，飞奔一日，饭也没吃一口。直到他嚷着认错，戴宗才将他喝住。（第53回）

戴宗神行法是否纯粹出于小说家的想象呢？恐怕不是。清人昭梿《啸亭续录》有"甲马"一条，对此有考证：

> 甲马。《水浒》小说言戴宗善使甲马，日行千里之语，固属妄诞。然《金史》载金将乌谷与突合补征宋，遇步军转战，突合补欲令军士下马，乌谷云"闻宋人有妖术，画马缚于足下，疾甚奔马，我军岂可步战"之语。是当时有此术，非耐庵之妄造也。

查《金史》卷八十，对此确有记载，见《突合速传》。突合速当即突合补，传中说他是"宗室子"。此前金将乌谷与宋军战，屡败。突合速提议下马步战，乌谷说："闻贼挟妖术，画马以系其足，疾甚奔马，步战岂可及之？"突合速不信邪，令诸军下马步战，结果大获全胜。

古人迷信，常有将巫术施于战阵者，然而成功的例子，却只出现在小说中。

都邑风光市井人

渭州何曾有潘楼

说话艺人在都邑中讨生活，最熟悉市井好汉，连同他们居处活动的都市环境。

《水浒》为读者展示的城镇环境，既有东京、杭州那样的大都会，也有大名、渭州、济州、江州等州府城邑；此外还有诸多县城市井，如郓城县、阳谷县、雁门县乃至清风寨、揭阳镇等。

这些城镇同多异少，大都人烟稠密，店铺林立。又有行商坐贾、胥吏军卒、财主小厮、闲汉赌徒、妓女媒婆，熙熙攘攘，活动其间。

在英雄故事的背景中，酒楼茶肆格外多。小说开篇写渭州提辖鲁达刚刚在茶肆内外结交了史进、李忠两个新朋友，话未多讲，抬脚先上了潘家酒楼，"拣个济楚阁儿里坐下"。——所谓"阁儿"，指的是雅座儿、包间；"济楚"也作"齐楚"，这里有装潢出众之意。

渭州在哪里？恐怕多数读者都不曾想过。渭州最早为北魏所设，治所在襄武，也就是今天的甘肃陇西。那里是渭河上游，渭州也由此得名。不过到了唐中后期，受到吐蕃的挤压，渭州的治所不得不东徙至甘肃的平凉。那里是泾水上游，仍称"渭州"，已是名不副实。

至于潘家酒楼，熟悉宋代笔记的朋友都知道，那本是北宋京城的有名酒店，也称"潘楼"，地处东京最繁华的地段。楼下即闹市，各种珍玩犀玉、衣物书画、小吃野味、佐料点心、首饰头面、日常器具……在楼下轮番登场售卖，终日不歇。

据《东京梦华录》记载，每年正月初一，东京城士庶庆贺新年，数潘楼下及马行街最为热闹，"皆结彩棚，铺陈冠梳、珠翠、头面……"而年年七夕，东京城张灯结彩、售卖时令玩具及新巧饮食，也仍以"潘楼街东"和"马行街内"人气最旺！

潘楼还是历史悠久的百年老店，五代时已十分有名。其陈设装潢有别于他处，乃是"门设红杈子、绯绿帘、贴金红纱栀子灯之类"，这还是五代"郭高祖"到此"游幸"时的排场呢。（耐得翁《都城纪胜》）——"郭高祖"即后周开国皇帝郭威。

渭州属边陲重镇，除非潘家酒楼开了"全国连锁"，在这里设了分号，否则鲁达三人绝不会在此饮酒，并遇到金翠莲。——是何原因，让《水浒》出了"纰漏"？笔者以为，移花接木，李戴张冠，本来就是说话艺人的惯用手法。笔者又怀疑，拳打镇关西的早期背景，大概是东京，而非渭州。譬如书中写潘家酒楼位于"州桥"附近，这州桥也是东京有名的桥梁，正对着皇宫，称"天汉州桥"。杨志东京卖刀，便在此桥上。

捎带说说在酒楼卖唱的金翠莲。据潘楼酒保介绍，"是绰酒座儿唱的父子两人"。——"绰酒座儿"又称"打酒坐"或"擦坐"。《东京梦华录》介绍活动于京城酒楼茶肆的各色人物，说："又有下等妓女，不呼自来筵前歌唱，临时以些小钱物赠之而去，谓之'札客'，亦谓之'打酒坐'。"（卷二《饮食果子》）

《武林旧事》卷六也说："又有小鬟，不呼自至，歌吟强聒，以求支分，谓之'擦坐'。"——"擦坐（座）"当即"绰酒座儿"。《水浒》中鲁提辖所救金翠莲，以及后面李逵在琵琶亭中误伤的宋玉莲，皆属此辈。

鲁提辖拳打镇关西的故事，脱胎于五代郭威怒惩恶屠的传说（详见辑八《鲁达的"前身"是皇帝吗》）；而郭威恰恰与

"汴京潘楼"有过一段因缘。作者将这些因素"捏合"在一起，嫁接到鲁提辖身上，这又是说话中的常见做法，可以见怪不怪。

小说中出现的另一座有名酒楼——樊楼，却没有搁错地方。樊楼位于东京，是后起的大酒楼，声势压过潘家酒楼。这里原来是堆放白矾的货栈，改做酒楼后，称"白矾楼"，又称"樊楼"，后改名"丰乐楼"。楼高三层，五座相连，有飞桥、复道勾连，可同时招待上千人。入夜后灯火通明，照同白昼，成为东京的地标式建筑。

《宣和遗事》也提及樊楼，说楼上有御座，"徽宗时与（李）师师宴饮于此，士民皆不敢登楼"。虽为小说家言，却也不为无据。照《东京梦华录》的解释，樊楼"内西楼后来禁人登眺"，原因是登楼可直窥"禁中"。

《水浒》中第7回及第72回两次提到此楼，前次是陆谦约林冲登楼饮酒，后面是宋江、柴进到东京观灯，曾登此楼。

天下闻名的酒楼，还有江州的浔阳楼。书中第39回写宋江登临赋诗，对酒楼及江景都有所描摹。——然而说一句"大胆假设"的话，说话人很可能并未到过江州，连同东京、渭州、大名、济州、郓城、阳谷……也统统不曾到过。作为临安说话人，其对各处城邑景观的描述，很可能是以临安街景为模特，或干脆套用写景留文。

再说句题外话：我们说"水浒"故事的作者最早是宋代临安的说话人，并非信口开河，可以从小说中找到诸多证据。例如，书中每逢讲到杭州，字里行间便透出一股抑制不住的热情。且看第94回写"张顺归神"，因背景涉及西湖，作者先引苏轼的两首绝句"湖光潋滟晴偏好""山外青山楼外楼"，又录了一曲无名氏的《水调歌词》："三吴都会地，千古羡无穷。……"接着又是一篇《临江仙》："自古钱塘风景，西湖歌舞欢筵。……"及至下一回《宋江智取宁海军（即杭州）》，开篇又是二诗一词及一篇韵文，反复咏赞西湖的"天生佳丽，水秀山明"，钱塘的"名实相乎，繁华第一"。甚至说杭州"正是帝王建都之所"，后面还讲到"高宗车驾南渡之后，唤作花花临安府"。

　　然而书中此刻的杭州，不是方腊农民军的据点吗？作者显然是找错了歌颂对象。不过我们马上联想到，"吴读本"中的"张顺之没"正是发生在杭州，这一大串诗词韵语，很可能是从"吴本"系统的说话中继承来的。——也正是从这些地方，作者露出临安说话人的"马脚"。

好一座大酒店

跟潘楼、樊楼、浔阳楼等有名酒楼相比，小说中几处无名酒店，描写更为真切。如孟州城外被蒋门神霸占的那座快活林大酒店：

> （武松）又行不到三五十步，早见丁字路口一个大酒店，檐前立着望竿，上面挂着一个酒望子，写着四个大字道："河阳风月。"转过来看时，门前一带绿油阑干，插着两把销金旗，每把上五个金字，写道："醉里乾坤大"，"壶中日月长"。一边厢肉案砧头，操刀的家生；一壁厢蒸作馒头，烧柴的厨灶。去里面一字儿摆着三只大酒缸，半截埋在地里。缸里面各有大半缸酒。正中间装列着柜身子，里面坐着一个年纪小的妇人，正是蒋门神初来孟州新娶的妾。（第29回）

说到"快活林"，那原是东京近郊一处热闹场所。据《东京梦华录》记载，"快活林"在"州东宋门外"，每年灯节收灯后，"都人争先出城探春"，快活林便是"园馆"集中的场所之一。——可见小说中的孟州快活林，也像渭州的潘家酒楼一样，是从东京搬来的。

至于酒望上所写"河阳风月"四字，含义已不可考。有人认为河阳是孟州古称，也有人认为泛指黄河以北，因为据记载，当时京师汴梁的"酒家望"上，大多写着"河阳风月"字样。（《汴都记》）——至于"风月"二字，大概还带有"醇酒妇人"

的隐喻吧。清人怀古诗《南宋杂事诗》咏南宋临安"酒库"的"开沽"典礼，即有"河阳风月依然是，况有如花傄酒伶"等语。

看小说中的叙述，酒店中的厨房是"明厨"："一壁厢肉案砧头，操刀的家生。"——这是"红案"。"一壁厢蒸作馒头，烧柴的厨灶。"——这是"白案"。这种敞开式厨房，便于食客监督，即便在今天，也是先进的。

最让人感兴趣的，是那三只半截埋在地里的大酒缸。有了这三只酒缸，方见出快活林酒店的不凡气势。不过武松不为饮酒，原为寻衅而来，因而一上来便让酒保连换了三回酒，又故意用言语激怒对方。待女掌柜冲出柜台来争论时，武松脱掉布衫、泼了酒，抢入柜身，接住那妇人，"一手接住腰胯，一只手把冠儿捏做粉碎，揪住云髻，隔柜身子提将出来，望浑酒缸里只一丢，听得扑同的一声响，可怜这妇人正被直丢在大酒缸里"。

年幼时看连环画，见武松将那小妾头朝下、脚朝天扔进酒缸里，只觉得"好玩"；年长后读"字书"，不觉心生悲悯："冤有头债有主"，欺负一个弱女子，算不得好汉！

写村镇小酒店，作者也有一套"程式"，总要描写一下店内桌凳（"座头"）。如第39回写戴宗到东京送信，路经一处临水酒肆：

> 戴宗拈指间走到跟前看时，干干净净，有二十副座头，尽是红油桌凳，一带都是槛窗。戴宗挑着信笼（装信的函套——引者注）入到里面，拣一副稳便座头，歇下信笼，解下腰里搭膊，脱下杏黄衫，喷口水，晾在窗栏上。戴宗坐下，只见个酒保来问道："上下，打几角酒？要什么肉食下酒？或鹅猪羊牛肉？"……

这一家"傍水临湖"的酒肆中,有"座头"二十副,"尽是
汇油桌凳"。而书中写杨志到曹正的酒店用饭,店中是一水的
"桑木桌凳座头"(第17回)。武松发配途经十字坡张青店,店
内则是"柏木桌凳座头"(第27回)。

座头又分大小。大座头即可供多人聚餐的大餐桌,小座头
只能坐一两人。第35回宋江、燕顺带着十几个喽啰到酒店用
饭,燕顺与人争"大座头",险些动武。古代酒店的设置,由此
略见一斑。

戴宗来到的这一处,原是梁山头领朱贵开的"作眼"酒店,
"一带都是槛窗",槛外便是梁山泊。只要在水亭射一支号箭,
对面芦苇丛中就会有小船摇过来,载来人入泊上山。

这一段写行路之人打尖,最为亲切。如写戴宗如何解搭膊,
脱衣衫,喷水晾衣,生动如画,一看就是个久惯行路人的做
派。——久惯行路的人,也有"大意失荆州"的时候,戴宗不
茹荤,要的是"加料麻辣熬豆腐"。谁知所加的"料"有些"不
妥",戴宗吃罢,"天旋地转,头晕眼花,就凳边便倒"。

幸亏朱掌柜搜检信笼,得知戴宗的身份,给他灌了解药;
命人"备分例酒食"款待,将他送上山去。——这是"梁山泊
戴宗传假信"故事中的一个小插曲,却也叙述得别有风致。

郑屠肉铺与王婆茶坊

除了酒肆，《水浒》还有两三处写到肉铺。一处是第 3 回渭州状元桥下郑屠所开的肉铺，"开着两间门面，两副肉案，悬挂着三五片猪肉。郑屠正在门前柜身内坐定，看那十来个刀手卖肉"。

另一处是第 45 回，石秀与杨雄的丈人潘公合伙开了一处屠宰作坊。潘家后门小巷中有一间空屋，又有水井，用水方便。潘公寻个旧时相识做副手，由石秀管账目。计议已定，"叫了副手，便把大青大绿，妆点起肉案子，水盆砧头，打磨了许多刀仗，整顿了肉案，打并了作坊猪圈，赶上十数个肥猪，选个吉日，开张肉铺"。——原来那时的肉铺，主要用青绿色"妆点"肉案门面。只是这爿肉铺的规模不如郑屠的，"刀手"想来也只有一两人。

大都市的肉铺要大得多，《梦粱录》介绍杭州城的肉铺，说是：

> 杭城内外，肉铺不知其几，皆装饰肉案，动器新丽。每日各铺悬挂成边猪，不下十余边。如冬年两节，各铺日卖数十边。案前操刀者五七人，主顾从便索唤剜切。且如猪肉名件……肉市上纷纷，卖者听其分寸，略无错误。至饭前，所挂之肉骨已尽矣。盖人烟稠密，食之者众故也。

"成边猪"即成片猪。卖肉时，"操刀者"要听凭"主顾"吩咐，选哪里，如何切，一从客便，"略无错误"。——不知杭城的肉铺伙计若遇上故意找碴儿的鲁提辖，又该如何应对？

《水浒》的描写略有疏漏：杭州城每日卖"数十边"猪的大铺面，也只用"操刀者"五七人；郑屠肉铺只挂着三四片肉，肉案内却站着"十来个刀手"。作者如此写，大概要显示郑屠生意红火，也写其店大欺客之势。其实又是反衬：你伙计再多，我鲁提辖照样要去为弱者讨公道。——"虽千万人吾往矣"！

除了酒楼、肉铺，《水浒》中展示的街市店铺，还有客店、茶坊、药铺、铁匠铺、银铺、棺材铺、纸马铺乃至勾栏、妓院，等等。

史进初到渭州，便是在一处小小茶坊内向茶博士打探王进的消息。——"茶博士"是宋时对茶肆服务人员的独特称呼。——卖酒的也有叫"博士"的。《东京梦华录》中即说："凡店内卖下酒厨子，谓之茶饭量酒博士。"（卷二《饮食果子》）

有一种解释，认为"博士"即"把式"的谐音，有行家、里手的意思；也写作"把势"。《西游记》第 32 回，值日功曹化作樵子，向悟空报告平顶山妖魔的消息。悟空问："那魔是几年之魔，怪是几年之怪？还是个把势，还是个雏儿？"意思是：是老手，还是稚嫩没经验的新手？

书中的茶坊，有时也称"茶局子"。读者最熟悉的，无过于阳谷县王婆所开的那一家。这间茶坊格局不大，只由王婆一人经营，平日挂着"水帘"，王婆在坊中"生炭，整理茶锅"，有客时出来招待。由于生意清淡，使得王婆有暇"多管闲事"，如撮合西门庆与潘金莲的奸情等，从中获利不少。

《梦粱录》专辟《茶肆》一节，介绍杭州城中的茶肆。有一类茶肆，光顾者多为富家子弟及各衙门职员，来此演习乐器，练习唱曲，犹如近世借茶馆雅集的戏迷、票友。另有茶肆是

"五奴打聚处"，应该是各行业的行会据点。也有几处茶肆，"楼上专安着妓女，名'花茶坊'"。《水浒》中的王婆茶坊虽非专营的"花茶坊"，所为却与此近似。

临安"中瓦"还真有一处王婆茶坊，叫"王妈妈茶肆"，另有个瘆人的名字，叫"一窟鬼茶坊"。此茶坊还被写入小说，宋元话本中有《西山一窟鬼》故事，讲一吴姓小伙儿经开茶坊的王妈妈介绍，娶得美妇，还带着个丫环。日后发现，连王妈妈带妻子、丫环，全都是女鬼！——《水浒》中王婆伙同西门庆、潘金莲的所作所为，又何异于鬼魅！想来阳谷县的王婆茶坊，便是由临安城的"王妈妈茶肆"演化而来的吧？

打尖住店须登记

　　行路之人，少不了打尖住店，投宿歇脚。——不过鲁达出家后第一次住店，却别有目的。

　　前一天，鲁智深离寺下山，在五台山市井铁匠铺里订制了禅杖、戒刀。作者于此处闲闲添上一笔："（铁匠铺）间壁一家门上，写着'父子客店'。"当天鲁智深酗酒闹事、醉打山门，受到众僧排挤；第二天被智真长老发遣去东京。他拜别长老，"背了包裹、腰包、肚包，藏了书信，辞了长老并众僧人，离了五台山，径到铁匠间壁客店里歇了，等候打了禅杖、戒刀，完备就行"。

　　精湛的兵器，是要反复锤炼的。鲁智深也因此在客店里连住了几日，"等得两件家生都已完备，做了刀鞘，把戒刀插放鞘内，禅杖却把漆来裹了……背了包裹，挎了戒刀，提了禅杖，作别了客店主人并铁匠，行程上路"（第5回）。

　　作者考虑得周详：这两件"家生"也只有离开文殊院时才好收取，否则平白打了两般兵器，雄赳赳地拿回寺中，不知又要引起何等轩然大波！

　　就此说说客店。客店又称旅店、客舍、逆旅、庐舍，书中的芸芸众生为生计奔波于路途，每每要住店安歇。昔时小客店多有不备饭食的，来投宿的人用餐，要旋买旋做。如林冲发配沧州，晚间到客店投宿，林冲"不等公人开口，去包里取些碎银两，央店小二买些酒肉，籴些米来，安排盘馔，请两个防送公人坐了吃"（第8回）。至于烧水洗浴等，也需客人自己动手。更有一些简陋客店，连做饭也是"自助"式的。

那时住店，条件极差，免不得"吃癫碗，睡死人床"，聊胜于露宿街头。好在董超、薛霸押解林冲属于公事，住店无须花钱。因为"宋时途路上客店人家，但是公人监押囚人来歇，不要房钱"（第8回）。

即便要房钱，却也不贵。看《老乞大》明清版，四个客商赶着一群牲口住店，称了三斤面（三十个钱）、一斤猪肉（二十个钱），连同四人的房钱、火钱（每人十个钱），合计九十个钱。倒是十几匹马的草料要贵得多，一夜共吃黑豆六斗（共三百个钱）、草十一束（共一百一十个钱），连人带马总共收了五百个钱。

《水浒》中燕青和李逵去泰安州打擂，客店都住满了。两人好说歹说，花了五贯铜钱，才租得一间客房。（第74回）这属于特殊情况。

住店除了要交店钱，照例还要受盘查，并登记在簿。晁盖等人作案后被侦破，便因住店时留下了踪迹。

书中第18回写济州缉捕使臣何涛奉命捉拿劫夺生辰纲的"贼人"，何涛的弟弟何清向他提供了线索。原来何清在济州北门外安乐村的王家客店里赌博，"为是官司行下文书来，着落本村，但凡开客店的，须要置立文簿，一面上用勘合印信。每夜有客商来歇宿，须要问他那里来，何处去，姓甚名谁，做甚买卖，都要抄写在簿子上。官司查照时，每月一次去里正处报名"。

店小二因不识字，便央求何清替他登记簿子，一登就是半个月。刚巧六月初三那日，来了七个贩枣子的客商。何清认得打头的是晁盖，然而登记时，旁边有个"三髭须白净面皮的"（应即吴用）抢着回答说"我等姓李"。何清因此疑心。第二天，七人离去，何清又遇见白胜挑着担子，说是给财主家送醋去。

不久就听说有贩枣客人用药酒将人麻翻、劫夺生辰纲的事。何清把前后几件事联系起来，多了个心眼儿，将客店的登记簿抄在一个经折（一种可折叠的册页）上；此刻他将这副本拿给哥哥何涛，由此认定了嫌疑人。

住店登记的簿子，又称"店历""店簿"，早在汉代就有。有官吏住店，店历要记录几时到的，中间是否出门拜客，何时离开、何时归来，都一一记录在案。

这种"簿历"制度，宋时也有，不过一般只限于官办的驿站、递铺等。到了元代，所有旅店无论官民，都要登记。意大利人马可·波罗所撰《马可·波罗游记》便说："一切客栈和旅店的老板，也同样将寄宿客人的姓名，登记在一本簿子上，说明他到来的日期和时刻。这种登记本，每天要备一份，送交前面提到的驻在方形市场的那些官吏。"

明代继承了"店历"制度，据《明会典·大诰》规定："其客店亦令各立一簿，每夜宿客姓名、人数、行李、牲口几何，作何生理，往来何处，逐一登记明白。"这种簿子，是要定期交给上司查验的。《明史·食货志》也有记述说："凡纳税地，置店历，书所止商（估）民名物数。"大概一为治安，二为方便收税吧。

《水浒》中多次写到客舍旅店，如金老父女被羁縻于旅店，郑屠着店小二看管，逼他们偿还"典身钱"。杨志被高俅斥逐，也是困在旅店，花光了盘缠，只得将家传宝刀拿来售卖。林冲住店时则被两个恶差役迫害，用开水烫坏了脚，叫天天不应……

小说于本回末尾，卖了个"关子"：董、薛二人在野猪林中意欲"结果"林冲，水火棍举起，叙述却戛然而止；此处有联语云："万里黄泉无旅店，三魂今夜落谁家？"让读者的心一下子提到了嗓子眼儿。——此语化用唐人江为的《临刑诗》："衙鼓侵人急，西倾日欲斜。黄泉无旅店，今夜宿谁家。"

当然，董、薛的恶行未能得逞，是鲁智深及时赶来，将林冲救起。然而这副联语所带来的愁云惨雾始终弥漫在书中。——那是每个羁旅漂泊者都抱有的惶恐心态，又何必是水火棍下待毙的林教头！

无所不在的烧纸习俗

说到市井中的店铺，《水浒》中还提到一两处药铺。一处是高俅一度投奔的"东京城里金梁桥下"董将仕所开的"生药铺"。——据《东京梦华录》载，东京确有金梁桥，桥附近有不止一家药铺，如"荆筐儿药铺""熟药惠氏西局"及"盖防御药铺"，只是未提这家"董将仕药铺"。

小说中另一处药铺，即阳谷县西门庆开在"县前"的"生药铺"。——"生药铺"是指售卖草药的店铺，所售药料均为"原生态"，供人按方抓取，自行煎煮。另有"熟药铺"，是制售丸散膏丹的。

开药铺的目的是治病救人，掌柜的本应有一副"菩萨"心肠。而西门庆药铺做的却是"阎王"生意，在小说中，他的药铺开出的唯一一剂药，便是毒死武大郎的那剂砒霜！

阳谷县街市上还有几处买卖，书中是用侧笔写出的。如武松摆下"鸿门宴"，要审问潘金莲和王婆，事先邀请四邻来作证。客人中便有"下邻开银铺的姚二郎姚文卿"，街对面"开纸马铺的赵四郎赵仲铭""卖冷酒店的胡正卿"以及王婆茶坊隔壁"卖馉饳儿的张公"。

银铺即打制、售卖银器的作坊，若有碎银子，也可到银铺倾浇成银锭。纸马铺专卖纸钱、纸马之类的祭祀用品。卖冷酒的应是小酒馆，卖酒之外，供应些凉菜，与供应热菜热酒的大酒店不同。至于'馉饳儿'，应即饺子、馄饨之类的带馅面食，宋人笔记中多有提及。如《东京梦华录》中便有"旋切细料馉饳儿"的记述。

阳谷县城还有棺材铺。武大死后，便是由西门庆出钱，让王婆去买棺材。——棺材是送死之具，与酒楼、药铺一样，稍有规模的生民聚落，便有棺材铺。阳谷县有，郓城县也有。宋江做善事，常常施舍棺材，因与棺材铺有约，凭条便可领取。王婆除了买棺材，另为武大送殡买了"香烛纸钱之类"。——倒无须远去，对门赵四郎的纸马铺就有。

　　关于纸马，不免多说两句。前头讲戴宗的神行法说到"甲马"，便是纸马。纸马铺除供应纸马，也出售纸钱，那是作为真钱的替代物，烧（献）给鬼神用的。

　　《水浒》中有关焚化纸钱（也作"钱纸"）的描写不少。如王进出逃，先让张牌李牌到岳庙准备三牲，说"我买些纸烛随后便来"。庙中往往设有"纸炉"（孟州天王堂中便有纸炉，郓城还道村的玄女庙中也有），专门用来焚化纸钱。

　　后面史进召集庄农杀牛摆酒，"先烧了一陌顺溜纸"，然后动员庄客共同对付少华山强人。（第 2 回）——烧"顺溜纸"，应是乞求神佛保佑做事顺当，不致节外生枝。

　　林冲发配沧州，一日路经山神庙，乃"顶礼道：'神明庇佑，改日来烧钱纸。'"后来他雪夜栖身庙中，见神像"侧边堆着一堆纸"，便是此物。（第 10 回）

　　晁盖等劫取生辰纲，与几位好汉设誓，也是"宰杀猪羊，安排烧纸"。次日在后堂"列了金钱纸马，摆了夜来张的猪羊、烧纸……六人都说誓了，烧化钱纸"。（第 15 回）

　　至于武大之死，潘金莲、何九叔也都烧纸钱祭奠。武松归来，更是"把酒浇奠，烧化冥用纸钱"，痛哭祭祀。后来武松杀潘金莲时，也是先"叫士兵把纸钱点着"。（第 26 回）

　　此外，书中显示，清明时人们上坟要"化纸"（第 32 回）；

江边开舱卖鱼也要先烧纸。（第 38 回）每至"月尽夜"，狱卒还要"买贴孤魂纸来烧"。（第 69 回）

梁山英雄大聚义，请得道高士做法事，也要预备"一应香烛纸马，花果祭仪、素馔净食"（第 71 回）。官军攻打梁山泊，也要"宰乌牛白马，果品猪羊，摆列金银钱纸，致祭水神……焚香赞礼已毕，烧化楮帛（即纸钱）"，然后出发。（第 80 回）……

烧纸习俗由来久远，但显然不是三代古制，早不过蔡伦发明造纸术的东汉年间。学者考证说，在汉代，逝者多以真钱陪葬，但常遭盗掘。后来人们试着以纸钱取代真钱，也算是一种"丧葬改革"吧。

至于纸钱的发明权，有人归于唐代王玙，也有人说魏晋时已有。至迟到唐代，民间清明上坟烧纸，已成风气。白居易诗中即有"清明寒食纸钱飞"之句。传至宋代，风气更盛，史载宋仁宗"驾崩"时，京师"虽乞丐者与小儿，皆焚纸钱哭于大内之前"；洛阳军民则举城号泣，"纸烟蔽空，天日无光"。（《宋史》）

宋代名臣廖刚曾有《乞禁焚纸札子》，力陈烧纸之弊，说"南亩之民"（指农民）十分之四都转而从事造纸业，造出的纸张"连车充屋"，却在瞬息间付之野火！此类习俗既有害于经济，又无补于教化，理应下令禁绝。

明人李濂写过一篇《纸说》，说江浙一带的纸张贸易，车载船装，几乎一半是"冥纸"。"十室之邑，数家之村"，也必定有卖纸钱纸马的店铺。至于焚纸活动，则庙坛祭祀、斋醮墓葬，随处皆有，无时无之，言之令人痛心。

《水浒》的创作经历宋、元、明三朝，正是烧纸盛行的年代。书中介绍的不多几家店铺中，便有一家是纸马铺。这也印证了明人关于"十室之邑，数家之村"必有纸马铺的说法。通过小说看历史，以了解我们民族的过去，弃旧图新，继往开来，也正是我们读书的目的之一。

桑家瓦中说关公

《水浒》中还几次提到"瓦子""三瓦两舍""勾栏瓦舍"。——"瓦舍"的名称从何而起，连宋人也说不大清了。《梦粱录》说瓦舍有"来时瓦合，去时瓦解"之义，形容其"易聚易散也"，似乎也是望文生义。

总的说来，瓦舍是宋代大都市中"妓乐游艺"聚集的场所。北宋都城东京便有不止一处瓦舍，南宋临安就更多。据《梦粱录》作者的分析，杭州瓦舍兴起的原因，是因南渡之后，军人中有许多"西北人"，背井离乡，容易成为不安定因素；官府于是在"城内外创立瓦舍，招集伎乐，以为军卒暇日娱戏之地"。不过"今贵家子弟郎君因此荡游，破坏尤甚于汴都也"。瓦舍也便成为公认的"士庶放荡不羁之所""子弟流连破坏之门"。

《水浒》开篇写高俅获罪，便因"帮了一个生铁王员外儿子使钱，每日三瓦两舍、风花雪月"，结果被王员外告到开封府，"断了四十脊杖"，赶出京城。

据《东京梦华录》记述，东京潘家酒楼附近就有三处"瓦子"：

> 街南桑家瓦子，近北则中瓦，次里瓦。其中大小勾栏五十余座。内中瓦子莲花棚、牡丹棚，里瓦子夜叉棚、象棚最大，可容数千人。……瓦中多有货药、卖卦、喝故衣、探搏、饮食、剃剪、纸画、令曲之类。终日居此，不觉抵暮。

潘家酒楼地处东京闹市,桑家瓦子、中瓦和里瓦都在附近。——凡提瓦舍,必说勾栏。勾栏即艺人演艺之所,相当于今天的剧场。单是《梦华录》中提到的三座瓦子内,就有五十多座勾栏,且各有名目。如中瓦的勾栏,便有"莲花棚""牡丹棚""夜叉棚""象棚"……勾栏之大者,可以容纳数千观众,堪比今天的大剧场。说话、杂剧、傀儡(木偶)、影戏等,便在勾栏中表演。

《水浒》第90回,写宋江征辽归来,驻扎在东京城外。李逵与燕青扮做客人,私自进城看灯。

两个手厮挽着,正投桑家瓦来。来到瓦子前,听的勾栏内锣响,李逵定要入去,燕青只得和他挨在人丛里,听的上面说评话。正说《三国志》,说到关云长刮骨疗毒当时是有云长左臂中箭,箭毒入骨。医人华陀道:"若要此疾毒消,可立一铜柱,上置铁环,将臂膊穿将过去,用索拴牢,割开皮肉,去骨三分,除却箭毒,却用油线缝拢,外用敷药贴了,内用长托之剂,不过半月,可以平复如初,因此极难治疗。"关公大笑道:"大丈夫死生不惧,何况只手!不用桐柱铁环,只此便割何妨!"随即叫取棋盘,与客弈棋,伸起左臂,命华陀刮骨取毒,面不改色,对客谈笑自若。——正说到这里,李逵在人丛中高叫道:"这个正是好男子!"众人失惊,都看李逵。燕青慌忙拦道:"李大哥,你怎地好村!勾栏瓦舍,如何使的大惊小怪这等叫!"李逵道:"说到这里,不由人不喝采。"燕青拖了李逵便走。……

这里所讲关云长刮骨疗毒的故事，比元代话本《三国志平话》的相关叙述更为细致，却又不如《三国志通俗演义》的详赡生动，似乎是直接从民间说话人口中记录下来的，因此格外宝贵。

东京城中瓦子还有不少，像州西瓦子、州北瓦子、朱家桥瓦子、保康门瓦子、梁家桥瓦子……杭州的瓦子就更多，一说"城内外合计有十七处"（《梦粱录》），一说单是城外就有二十处。（《西湖老人繁胜录》）

其他城市有没有呢？在小说中，似乎孟州也有个"西瓦"。武松醉打蒋门神时，在酒店中当柜的"年纪小的妇人"，便是"蒋门神初来孟州新娶的妾，原是西瓦子里唱说诸般宫调的顶老"。（第 29 回）"顶老"是妓女的别称，在古代，演员地位低下，女演员更与娼妓无异。

一个"行院"女子的悲剧

说到女演员，到郓城县"巡回演出"的白秀英，也是一位。《水浒》第51回，写郓城县都头雷横出差回来，帮闲李小二向他介绍说："都头出去了许多时，不知此处近日有个东京新来打趿的行院，色艺双绝，叫做白秀英。那妮子……如今见在勾栏里，说唱诸般宫调。每日有那一般打散，或有戏舞，或有吹弹，或有歌唱，赚得那人山海价看。都头如何不去睃一睃？端的是好个粉头。"

这里说的"打趿（xué）"，是指演员四处游走表演，即今天所谓"走趿"（俗称"走穴"）是也。"行院"即妓院，也指妓女或女演员，又称"粉头"。"诸般宫调"简称"诸宫调"，是用北曲演唱长篇故事的一种曲艺形式。"打散"即正剧之后所唱的散段。

以下描述勾栏的排场，"只见门首挂着许多金字帐额，旗杆吊着等身靠背（靠背即戏装）"。——从一些元曲描摹中还能得知，勾栏中的座位是在一木坡上，前低后高，以便后面的人观看。而雷横所坐的"青龙头上第一位"，应当是头排的最佳座位。

只见戏台上正演"笑乐院本"。——"院本"即杂剧，笑乐院本有点像今天的小品，一般只说不唱，是垫场的喜剧。正戏开演之前，先由白秀英的爹爹白玉乔登场，其身份应是班主，照例先将女儿介绍一番："老汉是东京人氏白玉乔的便是，如今年迈，只凭女儿秀英歌舞吹弹，普天下伏侍看官！"接着才是白秀英登场做戏。

白秀英"参拜四方，拈起锣棒，如撒豆般点动。拍下一声界方，念了四句七言诗，便说道：'今日秀英招牌上，明写着这场话本，是一段风流酝藉的格范，唤做《豫章城双渐赶苏卿》。'"——诸宫调是连唱带说的形式，"话本"即脚本。一切表演形式的脚本，都可称"话本"。

　　《豫章城双渐赶苏卿》是个传统段子，讲说书生双渐与妓女苏小卿的恋爱故事。白秀英在台上"说了开话又唱，唱了又说。合棚价众人喝采不绝"。

　　且看下面白秀英收取报酬的一段描写：

　　　　那白秀英唱到务头（按，艺人行话，指关键词句，引人喝彩处），这白玉乔按喝道："虽无买马博金艺，要动聪明鉴事人。看官喝采道是过去了，我儿且回一回。下来便是衬交鼓儿的院本。"白秀英拿起盘子，指着道："财门上起，利地上住，吉地上过，旺地上行。手到面前，休教空过。"白玉乔道："我儿且走一遭，看官都待赏你。"白秀英托着盘子，先到雷横面前。雷横便去身边袋里摸时，不想并无一文。雷横道："今日忘了，不曾带得些出来。明日一发赏你。"白秀英笑道："头醋不酽彻底薄。官人坐当其位，可出个标首。"雷横通红了面皮道："我一时不曾带得出来，非是我舍不得。"白秀英道："官人既是来听唱，如何不记得带钱出来？"雷横道："我赏你三五两银子，也不打紧。却恨今日忘记带来。"白秀英道："官人今日见一文也无，提甚三五两银子！正是教俺望梅止渴，画饼充饥。"白玉乔叫道："我儿，你自没眼，不看城里人、村里人，只顾问他讨甚么？且过去，自问晓事的恩官告个标首。"雷横道："我怎地不是晓事的？"白玉乔道："你若省得这子弟门庭时，狗头上生角。"众人齐和起来。雷横大怒，便骂道："这忤奴，怎敢辱我！"白玉乔道："便骂你这三家村使牛的，打甚么紧！"有认得的喝道："使不得！这个是本县雷都头。"白玉乔道："只怕是驴筋头。"雷横那里忍耐得住，从坐椅上直跳下戏台来，揪住白玉乔，一拳一脚，便打得唇绽齿落。众人见打得凶，都来解拆开了。又劝雷横自回去了。勾栏里人一哄尽散了。

古今读《水浒》，人们大多注目于"拳打镇关西""风雪山神庙""杨志卖刀""智取生辰纲""景阳冈打虎"……对"枷打白秀英"等情节，则往往不大措意，一翻而过。其实此处记述的古代勾栏演出实况，十分宝贵；而描摹底层社会的矛盾纠纷，又是如此逼真。双方言来语去，唇枪舌剑，包括张口就来的村谚、行话，都是最为生动的民间语言，真如现场用录音机录下的一般。

艺人的地位是低微的，不过大城市中来"走蓬"的艺人，又自觉高人一等，在他们眼里，小县城勾栏中的观众，全是"三家村使牛"的乡下人。而雷横作为本县都头，随处受人奉承，一入勾栏，便大模大样地坐上"青龙头上第一位"，大概根本没想过看戏还要花钱（当然，小说家替他遮掩，说是被人请来的，那人又刚好没在身边）。当两种"傲慢"碰撞到一起，悲剧的发生便不可避免。——几个回合之后，白秀英终于死在雷横的枷下！

除了城乡文化的隔阂，这场矛盾的后面，还有权力的参与。白氏父女之所以有恃无恐，还因白秀英"和那新任知县旧在东京两个来往"，是知县的"表（婊）子"。——笔者早年读《水浒》至此，不免嗤之以鼻，以为这只是"小说家言"：一个堂堂县令，怎么会公然庇护一个在京师私下结识的烟花女子呢？然而读洞庭湖起义的史料，发现类似的事还真有。

洞庭起义军最凶恶的敌人，是朝廷委派的鼎、澧镇抚使程昌寓。此人还没到任，已与义军结下深仇。原来，程昌寓上任时，连同"官司金银、物帛"以及"先在京城权开封府大尹日所得露台弟子小心奴，同作一船载着"。而"小心奴姿色妖丽"，为程昌寓的正妻所不容，所以"顿在别船"。结果一入鼎州境内，即被义军连同财物一同劫去，"小心奴"则被献给钟相之子钟子仪，做了押寨夫人！程昌寓与义军有此"夺妻之恨"，在此后的征伐中，又如何不发狠呢！

这里所说的'露台弟子'，是宋元时勾栏女艺人的俗称。据《东京梦华录·元宵》载："教坊钧容直，露台弟子，更互杂剧。"由此看来，"小心奴"与《水浒》中的白秀英身份相当，她与程昌寓的关系，也正跟白秀英与郓城新任知县一样。此类素材，无须加工便是十分生动的小说坯料。而《水浒》后文还讲到清风寨知寨刘高的妻子曾被劫上清风山，差点当了山大王矮脚虎王英的押寨夫人，也都不是空穴来风。

市井小厮唐牛儿与郓哥

《水浒传》中宋江杀惜、武松杀嫂两段情节，无论主题、结构还是叙述风格，都颇为相似，无非是英雄豪杰忍无可忍，杀了"淫妇"。这里暂不讨论此类故事的思想、社会背景（已经有无数学者讨论过），且看看两故事的结构吧。

宋江所杀的是亲人，准确地说，是他的外室。与事件相关的还有三人，一是阎婆惜之母阎婆，一是阎婆惜的新欢张文远，还有一个是小贩唐牛儿。阎婆惜因结新欢，所以厌恶、冷淡宋江；一旦发现宋江"通贼"的证据，便借机敲诈，表现得格外无情，结果断送了自己的性命。在宋江与阎氏母女的纠葛中，唐牛儿也参与了其中。

唐牛儿原是郓城县"卖糟腌"的（书中显示，他卖过腌姜），"如常在街上只是帮闲，常常得宋江赍助他。但有些公事去告宋江，也落得几贯钱使。宋江要用他时，死命向前"（第21回）。他这身份，有点像县衙胥吏的"线人"。

这日唐牛儿因赌输了钱，打听得宋江在阎婆处，便一路寻来，想要"寻几贯钱使，就帮两碗酒吃"。宋江正被阎婆缠住，不得脱身，见了唐牛儿，便向他使眼色。唐牛儿心领神会，当场编谎话，说知县有急事找宋江。阎婆哪里肯信？"跳起身来便把那唐牛儿劈脖子只一叉，浪浪跄跄直从房里叉下楼来。"两人口角起来，阎婆又乘着酒兴，"叉开五指，去那唐牛儿脸上连打两掌，直搧出帘子外去"。唐牛儿吃了亏，立在门前叫骂："贼老咬虫不要慌！我不看宋押司面皮，教你这屋里粉碎。……我不结果了你，不姓唐！"拍着胸，大骂着去了。

第二天一大早，唐牛儿就遇上了报复的机会。宋江杀死阎婆惜，被阎婆在县衙前扭住喊冤，唐牛儿不问青红皂白，上前一掌打晕阎婆，放走了宋江。待唐牛儿被阎婆扭上公堂时，还不知自己摊上多大事儿。最终的结果，是宋江没逮着，唐牛儿先被问了"故纵凶身在逃"之罪，"脊杖二十，刺配五百里外"。（第22回）

书中未提唐牛儿的年龄，但看阎婆一个老妇人便可将他"叉"下楼下，施以掌掴，可知唐牛儿只是个半大孩子。——无独有偶，武松故事中也有个"小猴子"，叫郓哥。

在武松报仇的案件中，出轨妇人也跟杀人者挂着亲，是他的嫂子潘金莲。只是奸夫换作了西门庆，王婆取代了阎婆，与婆子做对的小贩，则由郓哥替代了唐牛儿。

郓哥姓乔，只有十五六岁，"那小厮生的乖觉，自来只靠县前这许多酒店里卖些时新果品"。——《东京梦华录》中说东京酒店中常有几种人出入，其中一种人"卖药或果实、萝卜之类，不问酒客买与不买，散与坐客，然后得钱，谓之'撒暂'"，指的正是郓哥这类人。

郓哥"如常得西门庆赍发他些盘缠"。这日他提着一篮雪梨，四处打听西门庆的踪迹，想"赚得三五十钱养活老爹也好"。因听人说西门庆在王婆茶坊与潘金莲幽会，便一路寻来。王婆将他拦住，两人发生口角，王婆"揪住郓哥，凿上两个栗暴……这婆子一头叉，一头大栗暴凿，直打出街上去。雪梨篮儿也丢出去。那篮雪梨，四分五落，滚了开去"。郓哥拾了梨儿，指着那王婆茶坊里骂道："老咬虫！我教你不要慌！我不去说与他，不做出来不信！"——郓哥口中的"他"，是指武大。他要向武大告发此事，以图报复。这才有武大捉奸遭打，又被潘金莲等合伙毒杀等事。

6-1 郓哥不忿闹茶肆（选自容与堂本《水浒传》）

《水浒》第 26 回回目为"郓哥大闹授官厅"，颇有些"标题党"的味道。因为所谓"大闹"，不过是郓哥受武松委托，在堂上据实作证。嗣后武松杀了潘金莲和西门庆，到官府自首。郓哥等作为证人，也跟着被监押、传唤。武松没亏待郓哥，先给了他五两银子，后来又给了他老爹十二三两银子。武松被判充军，郓哥等想来也便随堂开释了。

　　与宋江故事不同，在武松故事中，懦弱的丈夫被妇人与奸夫等合谋害死，杀掉妇人的则是丈夫的弟弟，连同奸夫、老妇也没能逃脱。——故事中，"小猴子"郓哥急着找平日"赍发"他的官人，并因此遭老妇人又打，这一点与唐牛儿完全一致。只是要找的这位官人不是遭背叛的丈夫，而是"奸夫"，显示着说书人对同一故事题材的灵活处理能力。

　　宋江杀惜与武松杀潘都是经说话人千锤百炼的故事，连唐牛儿、郓哥这样的小角色，也都塑造得栩栩如生，一言一动散发着市井气息，远比许多"正牌"好汉来得形象生动。

　　有意思的是，被卷入阳谷县武松复仇案件的"小猴子"乔郓哥，原是"做军的在郓州生养的"，按说他本应参与郓城县宋江杀人的案件。这一错位，是否也印证了两个故事间存在着某种微妙的借鉴关系？

　　同为市井人物，王婆在开茶坊的同时，还兼带做媒和助产。她曾笑对西门庆说："老身为头是做媒，又会做牙婆，也会抱腰，也会收小的，也会说风情，也会做马泊六。"（第 24回）——"牙婆"一般指买卖人口、从中拉纤获利的女性。"抱腰""收小"，者助产和接生。"说风情"是指撮合不正当男女关系。"马泊六"是媒婆的别称，也带有"拉皮条"之意；至于名称的由来，连古人也搞不清了。

说到市井小商贩，有个"卖汤药的王公"，在书中虽只是镜头一瞥，却也给人留下印象。那日宋江一大早离了阎婆惜家，"却从县前过，见一碗灯明，看时，却是卖汤药的王公，来到县前赶早市"。听说宋江醉酒，"那老子浓浓地奉一盏二陈汤，递与宋江吃"。（第21回）

　　"二陈汤"是用半夏、陈皮、茯苓、甘草、姜等煎成的饮品，有祛痰、醒酒等功效。此时因天色早，才蒙蒙亮，远远望见的那"一碗灯明"，连带写出清晨冷雾寒气中的一丝温暖，亦是神来之笔。

五行八作，山寨市井

就小说论小说，梁山义军十万之众，当然是以本地农民、渔民为主。这些散居在田野水泽的百姓，一旦丧失本业，保据山林，被集中到一个相对狭小的区域内，梁山本身就成了一座人口密集的"城镇"。

山寨核心区域称"宛子城"，有城墙城门，是名副其实的小城。而这一实行军事管理的庞大人群，同样有生活需求，有经济活动，有对五行八作的需要。从前活跃于市井中的各种专门人才，在山寨中也依旧不可或缺。

据小说描述，梁山先后有过几次军事部署和建设规划，其中规模较大的有两回。一回是在第44回，宋江上山不久，吴用因见山寨兴旺、人员渐多，于是在山寨原有的"山东酒店"外，于梁山另三面加开三家酒店，作为探听情报、接待上山义士之用。

又安排专人掘港修路、整理城垣，掌管库藏、出纳银钱，设计"行移关防文约"，雕造兵符印信，营造衣袍铠甲旗号，建造房舍、厅堂，修造战船以及"管收山寨钱粮"；连筵宴也有专人掌管，如此"肥缺"，刚好给了宋江的弟弟宋清。

第二回规划，则在第71回大聚义之后，除了对前次安排有所调整，分工也更细密。如四面酒店的人员重做安排：东山酒店由孙新、顾大嫂夫妇掌管，西山酒店由张青、孙二娘夫妇主持，南山酒店由朱贵、杜兴负责，北山酒店的掌柜是李立、王定六。——这几位，孙立、顾大嫂曾开酒肉店，并兼营赌场。张青、孙二娘的酒店开在十字坡，恐怖的"人肉包子"江湖知名。朱贵是山寨中开店的前辈，不过原来一直执掌金沙滩李家道口的东山酒店，如今调到南山，与杜兴搭伙。北山酒店的李立、王定六也都是开店出身。

此外，圣手书生萧让仍然掌管"行文走檄调兵遣将"，因为他写得一手好字；玉臂匠金大坚也仍然"专造一应兵符印信"，是因他的篆刻功夫了得。蒋敬绰号"神算子"，"精通书算，积万累千，纤毫不差"，由他掌管"考算钱粮支出纳入"。至于筑城修路、建造房屋，也仍由九尾龟陶宗旺和青眼虎李云分工负责。

又派裁缝出身的通臂猿侯健监制"一应旌旗袍袄"的制作，而"一应军器铁用"的监造任务，则分给铁匠出身的金钱豹子汤隆。修造大小战船原来由马麟掌管，如今换作孟康。孟康本是能工巧匠，"善造艨艟越大江"。

此番又增添了"专攻医兽一应马匹"的紫髯伯皇甫端、"专治诸疾内外科医士"的神医安道全、"专造一应大小号炮"的轰天雷凌振、"专一屠宰牛马猪羊牲口"的曹正、"监造供应一切酒醋"的朱富等人员。

想来这些活动都有专门的经营处所、匠作工场，鳞次栉比的作坊、店铺，让根据地看起来市井气象更浓。

好汉绰号龙虎多

活动于市井底层的好汉们，无一例外都有个绰号，也称诨名（或"混名"）。——古人常有不止一个名字，如宋代苏轼字子瞻，弟弟苏辙字子由……"字"即"表字"，是指在本名之外另取的名字，用以表达对道德修养的期待，或阐发本名的含义。

前面说过，古人"男子二十冠而字"（《礼记·曲礼》）；取表字即冠礼的组成部分，行过此礼，则喻示男子成人。以后人家就要称他表字，直接称名则为不敬。当然，文人在名和字之外还可取号，如苏轼号"东坡居士"，苏辙号"颍滨遗老"。

这里说的是士大夫，不是老百姓。老百姓地位低微，不要说表字、别号，许多人连个名字都没有。学者考证说，宋元百姓无官无职又不读书者，名字常常是姓氏加上数字，如"赵小二""钱小五"——这是以排行为名；也有叫"孙四六"或"李五九"的——则是以其出生时父母年龄相加而得名。例如，名孙四六者，有可能出生时父亲二十四，母亲二十二。而李五九，则可能父母那年分别为三十二及二十七。据记载，就是明太祖朱元璋的大号，也是发迹后另取的。他本名"朱重八"——是八十八呢，还是八八六十四，就不得而知了。而朱元璋的老爹朱世珍本名"朱五四"。

这也让我们理解，为什么江湖好汉个个都要取个响亮的绰号、诨名。试想，假若梁山好汉的聚义名单只是一堆四十九、六十七之类数字，岂不成了账房先生的账单，让读者多扫兴！

取绰号与取名字不尽相同。名字由父母、家族所取，多用贞吉字眼；绰号则由大众喊出，多与好汉的形体、才能、性情乃至兵器有关。

即如从形体着眼的，便有"豹子头"林冲、"青面兽"杨志、"赤发鬼"刘唐、"金钱豹子"汤隆、"中箭虎"丁得孙、"白面郎君"郑天寿等。

"豹子头"，是说林冲头颈如豹，那原是一种凶猛之像。"青面兽"，则因杨志"面皮上老大一搭青记"。"金钱豹子"，是因汤隆"浑身有麻点"，如同金钱豹的花纹。"赤发鬼"，因刘唐"鬓边一搭朱砂记，上面生一片黑黄毛"。"中箭虎"丁得孙得名于"面颊连项，都有疤痕"。郑天寿是苏州人，"为他生得白净俊俏"，因此人称"白面郎君"。——形体特征也有后天形成的，如鲁智深绰号"花和尚"、史进绰号"九纹龙"，都因身上所刺"花绣"而得，后面还要单讲。

以才能本领为绰号的，如"浪里白跳"张顺，据张横介绍，这张顺"浑身雪练也似一身白肉，浮得四五十里水面，水底下伏得七日七夜，水里行一似一根白条……因此人起他一个异名唤做'浪里白跳'张顺"（百回本第 37 回）。——此绰号与龚开《画赞》中的相同，但在《宣和遗事》的不同版本中，又作"浪里百跳"或"浪里白条"。在七十回本中，金圣叹径改为"浪里白条"，似更接近描写中的"水里行一似一根白条"。白条应即白鲦鱼。

时迁诨名"鼓上蚤"，颇不易解。或说跳蚤能在鼓上跳跃，取其轻巧灵活又悄无声息之义。或说"蚤"指鼓上固定鼓面皮革的钉子，取其"小而易入"之义。（程穆衡《注略》）也有人说蚤在这里借指一种鼓的名称，夜间击鼓行更，那正是时迁活跃之时。

另有"操刀鬼"曹正、"圣手书生"萧让、"神算子"蒋敬、"铁叫子"乐和，乜都是以一技之长获得的绰号。

性情类的，如"霹雳火"秦明，是说他性如烈火、声若雷霆；再如"急先锋"索超、"拼命三郎"石秀，也都是从性格急躁、好勇斗狠上着眼。此外，"双枪将"董平在《画赞》中绰号"一直撞"，在《宣和遗事》中为"一撞直"，也都有性情莽撞、一往无前的意思。到《水浒》中，董平的绰号改为"双枪将"，但书中赞词却还有"万马怎当董一撞"等语，显示着董平的本来面貌。

董平绰号改成"双枪将"，这属于军器类绰号。此类绰号还有"大刀"关胜、"金枪将"徐宁、"双鞭"呼延灼、"没羽箭"张清等……而"黑旋风""小旋风"等绰号，有人认为也应归于此类。据考宋金时期有一种炮，即以"旋风"命名。

各种绰号中，以动物（包括神物）为名的不少，看看水浒寨中有多少只虎？"插翅虎""锦毛虎""跳涧虎""矮脚虎""花项虎""中箭虎""笑面虎""青眼虎""母大虫"……

龙也有若干条，如"入云龙""混江龙""出林龙""独角龙""出洞蛟""火眼狻猊（狻猊为龙之子，状若狮子）"……此外，还有地上跑的、天上飞的、水里游的，如"锦豹子""金钱豹子""旱地忽律（忽律即鳄鱼）""扑天雕""摩云金翅""通臂猿""金毛犬""两头蛇""白花蛇""白日鼠""双尾蝎""九尾龟""翻江蜃"……

错把小五当"二郎"

各种绰号中，还有借用古人或神道名号的，如"小霸王"（项羽）周通、"小温侯"（吕布）吕方、"赛仁贵"（薛仁贵）郭盛、"小李广"（李广）花荣、"病尉迟"（尉迟恭）孙立、"小尉迟"孙新，以及"立地太岁"阮小二、"活阎罗"阮小七、"八臂哪吒"项充、"险道神"郁保四、"母夜叉"孙二娘、"催命判官"李立，等等。

花荣绰号"小李广"，自然因其善射，被比作以善射闻名的汉将李广。其实张清的"没羽箭"绰号，也来自李广。"没"在这里应读为 mò，有"中石没镞"之意。据《史记·李将军传》记述，李广曾射一卧虎，结果一箭射去，却发现是一块石头。但这一箭射得太狠，连箭头（镞）都没进石头中。又据《史记》裴骃集解引晋徐广曰："一作'没羽'。"则连箭羽都射进石中，力量之大，无以复加！唐人诗有"平明寻白羽，没在石棱中"（卢纶《塞下曲》），即咏此事。

《水浒传》作者不明典故，把"没（mò）"理解为"没（méi）"，认为"没羽箭"就是无羽之箭，应属石子之类，于是张清堪比李广的箭术，化作"飞石打人，百发百中"的本领。（第 70 回）——说话人文化素养便是如此，不足为怪。

其实梁山好汉李忠的"打虎将"绰号，也应与李广有关。他出场时，伴随着一首诗赞，称他"打虎将军心胆大，李忠祖是霸陵生"（第 57 回）。

很少有人追问：李忠并无打虎之实，为什么人称"打虎将"？这个绰号，不是应该送给武松或李逵吗？其实从诗意可

6-2　小李广梁山射雁（选自容与堂本《水浒传》）

知，李忠的祖上是"霸陵生"，也就是李广。据《史记·李广传》讲述，李广一度免职赋闲，在蓝田南山射猎，夜归时被霸陵尉拦住。李广说，我是"故将军"（前任将军），要求放行。不料霸陵尉说："今将军尚不得夜行，何乃故也！"李广只好委屈自己，在霸陵亭下露宿。如前所说，李广有射虎之举，李忠的"打虎将"绰号，正是从乃祖继承来的。——英雄沉沦，家谱漫灭，李忠空有一身本事，却沦落到使枪棒卖药的地步，他的不平，是有代表性的。

借古代名人为绰号的还有"病关索"杨雄，不过"关索"是谁，却有点让学者犯难。连大学者余嘉锡也无从判断，只推测关索是"关帅"的讹称，那是指三国时关羽之子关平，他曾当过带兵统帅。

这个谜，余先生只猜对了一半。关索确系"关羽之子"，不过不是历史真人，是说书人杜撰的。二十世纪六十年代，考古学者在一座明代古墓中发掘出几册成化年间的"词话"唱本，其中就有一篇《花关索传》，完整讲述关索的"生平"。

故事中的关索是关羽之妻胡金定与丈夫分手后生下的。此子幼年时走失，被索员外收养，又拜花岳先生学习武艺，于是在师傅、生父、养父姓氏中各取一字，名叫"花关索"。日后他千里寻父，招兵买马，还娶了一妻两妾，都是能跨马杀敌的木兰女。关索率一彪人马夺了荆州，擒杀了杀父仇敌吕蒙、陆逊。但终因西蜀大势已去，恼恨而死，只有他的忠孝大名流传后世。

这个荒诞的三国故事在宋元时流传甚广，民间许多武夫、艺人纷纷以"关索"为绰号，如"赛关索""小关索"等。而杨雄的"病关索"，显然也由此而来。

按书中描写，杨雄"面貌微黄"，似带病容，其实这里又是说书人的误解。此处所谓"病"，有"令人头疼、畏惧"之意。"病关索"（还有"病尉迟"），即令花关索（尉迟恭）畏惧、萎顿之意。再如薛勇绰号"病大虫"，也是让大虫惧怕三分的意思。

在所有绰号中，阮氏三雄的绰号曾令我迷惑不解：阮小二绰号"立地太岁"，阮小七绰号"活阎罗"，可以理解为这哥儿俩好勇斗狠，犹如凶神恶煞；那么阮小五的"短命二郎"绰号又是怎样来的？为何排行第五，反称"二郎"？

查看《宣和遗事》才恍然大悟：那里面的三十六人名单上，三阮的名号依次是"短命二郎阮小二""立地太岁阮小五""活阎罗阮小七"。

原来"短命二郎"本是阮家二哥的绰号，大概是《水浒传》作者抄写时不留神把二哥和五哥的绰号弄颠倒了，以后也便将错就错，径把五哥叫"二郎"。——看来就是抄，也马虎不得啊。

附录四：《水浒》一百单八将名单

天罡星三十六员

天魁星呼保义宋江，天罡星玉麒麟卢俊义，天机星智多星吴用，天闲星入云龙公孙胜，天勇星大刀关胜，天雄星豹子头林冲，天猛星霹雳火秦明，天威星双鞭呼延灼，天英星小李广花荣，天贵星小旋风柴进，天富星扑天雕李应，天满星美髯公朱仝，天孤星花和尚鲁智深，天伤星行者武松，天立星双枪将董平，天捷星没羽箭张清，天暗星青面兽杨志，天佑星金枪手徐宁，天空星急先锋索超，天速星神行太保戴宗，天异星赤发鬼刘唐，天杀星黑旋风李逵，天微星九纹龙史进，天究星没遮拦穆弘，天退星插翅虎雷横，天寿星混江龙李俊，天剑星立地太岁阮小二，天竟星船火儿张横，天罪星短命二郎阮小五，天损星浪里白跳张顺，天败星活阎罗阮小七，天牢星病关索杨雄，天慧星拼命三郎石秀，天暴星两头蛇解珍，天哭星双尾蝎解宝，天巧星浪子燕青。

地煞星七十二员

地魁星神机军师朱武，地煞星镇三山黄信，地勇星病尉迟孙立，地杰星丑郡马宣赞，地雄星井木犴郝思文，地威星百胜将韩滔，地英星天目将彭玘，地奇星圣水将单廷珪，地猛星神火将魏定国，地文星圣手书生萧让，地正星铁面孔目裴宣，地阔星摩云金翅欧鹏，地阖星火眼狻猊邓飞，地强星锦毛虎燕顺，地暗星锦豹子杨林，地轴星轰天雷凌振，地会星神算子蒋敬，地佐星小温侯吕方，地祐星赛仁贵郭盛，地灵星神医安道全，地兽星紫髯伯皇甫端，地微星矮脚虎王英，地慧星一丈青扈三娘，地暴星丧门神鲍旭，地然星混世魔王樊瑞，地猖星毛头星孔明，地狂星独火星孔亮，地飞星八臂哪吒项充，地走星飞天大圣李衮，地巧星玉臂匠金大坚，地明星铁笛仙马麟，地进星出洞蛟童威，地退星翻江蜃童猛，地满星玉幡竿孟康，地遂星通臂猿侯健，地周星跳涧虎陈达，地隐星白花蛇杨春，地异星白面郎君郑天寿，地理星九尾龟陶宗旺，地俊星铁扇子宋清，地乐星铁叫子乐和，地捷星花项虎龚旺，地速星中箭虎丁得孙，地镇星小遮拦穆春，地稽星操刀鬼曹正，地魔星云里金刚宋万，地妖星摸着天杜迁，地幽星病大虫薛永，地伏星金眼彪施恩，地辟星打虎将李忠，地空星小霸王周通，地孤星金钱豹子汤隆，地全星鬼脸儿杜兴，地短星出林龙邹渊，地角星独角龙邹润，地囚星旱地忽律朱贵，地藏星笑面虎朱富，地平星铁臂膊蔡福，地损星一枝花蔡庆，地奴星催命判官李立，地察星青眼虎李云，地恶星没面目焦挺，地丑星石将军石勇，地数星小尉迟孙新，地阴星母大虫顾大嫂，地刑星菜园子张青，地壮星母夜叉孙二娘，地劣星霍闪婆王定六，地健星险道神郁保四，地耗星白日鼠白胜，地贼星鼓上蚤时迁，地狗星金毛犬段景住。

纹身刺配，荣辱异途

　　混迹市井的好汉们，偏爱刺青。刺青又称"文身"（纹身），《水浒》中也称"花绣"。鲁智深、史进、燕青、杨雄、龚旺等，都以"花绣"闻名。

　　鲁智深"脊梁上有花绣，江湖上都呼他做'花和尚'鲁智深"。对此有个疑问：这花绣是何时刺的？若做提辖时就有，为啥当了和尚才得此绰号？笔者因此怀疑，早期《花和尚》话本并无拳打镇关西故事。在那篇话本中，鲁智深出场就是背有花绣的莽和尚；当提辖的经历，很可能是后来加上去的，连同"鲁达"的名字也是后取的。

　　史进绰号"九纹龙"，则因请了高手匠人在肩臂胸膛刺了九条龙。杨雄出场时，书中形容他"露出蓝靛般一身花绣"（第44回）。龚旺绰号"花项虎"，则因"浑身上刺着虎斑，脖项上吞着虎头"。

　　《水浒》中对燕青的纹身落墨最多，说是主人卢俊义因见他"一身雪练也似白肉"，于是请高手匠人"与他刺了这一身遍体花绣，却似玉亭柱上铺着软翠，若赛锦体，由你是谁，都输与他"。就是泰安州太守和京师李师师见了，也都赞叹他的一身"软翠"，李师师还一口咬定"锦体社家子弟"也不如他。

　　南宋临安逢年过节有"百戏竞集"，包括"绯绿社"的杂剧，"齐云社"的蹴球，"角社"的相扑，"锦标社"的射弩，"锦体社"的花绣……（《武林旧事》）这后一种大约便是一群汉子"揎衣裸体"展示身上的异样纹身吧？那情景应该有点像今天的健美大赛。

《水浒》还说燕青擅用弩箭，出城一日，"少杀也有百十个虫蚁；若赛锦标社，那里利物管取都是他的"。想来小说中的燕青形象便是照着南宋大都会的"时髦青年"模样塑造的，参与"锦体社""锦标社"的活动，全能拔得头筹。《梦粱录》中也记述临安赛会种种表演，包括"风流锦体""锦体浪子"，可知燕青的"浪子"诨名并非浪得。

纹身刺青之俗来源甚古，相传古代南方百越之族便有"断发文身"之俗。纹身的作用，一说是越人的成人礼；一说越人常在水中，断发纹身"以像龙子"，可避蛟龙伤害。（《汉书·地理志》及应劭注）

其实刺青早先又是一种刑法——"黥刑"，即在犯罪者脸上刺上文字，涂以墨汁，使墨色渗入肌肤，极难去除。这原是以示惩戒的耻辱记号。在宋代，重罪犯被判充军，流放之前要受杖刑及刺字之刑，因称"刺配"。

梁山好汉上山前因犯重罪而被刺配的，不止一位。如林冲遭受高俅父子迫害，经开封府审问，便判以刺配之刑。府尹"叫林冲除了长枷，断了二十脊杖，唤个文笔匠，刺了面颊，量地方远近，该配沧州牢城。当厅打一面七斤半团头铁叶护身枷钉了，贴上封皮，押了一道牒文，差两个防送公人，监押前去"。（第7回）

第27回，武松因杀了潘金莲和西门庆，也被判流刑。由东平府尹陈文昭主持，"牢中取出武松……开了长枷，脊杖四十。上下公人都看觑他，止有五七下着肉。取一面七斤半铁叶团头护身枷钉了，脸上免不得刺了两行金印，迭配孟州牢城"。武松二次发配恩州，受杖、戴枷、刺金印，叙述与此略同。

所谓"金印"，就是罪犯脸上的刺字。书中有解释："原来宋时，但是犯人徒流迁徙的，都脸上刺字，怕人恨怪，只唤做打金印。"只是不知武松两次发配，那么多字在脸上如何刺得下？

脸上"金印"刺的啥

有人好奇：犯人脸上到底刺些啥字？据考，在北宋早期，犯抢劫罪的要在耳部明显处刺一环，内书"贼"字。罪行重大的，也有刺在面部的。字的大小有规定，除了皇帝诏令特别强调要用大字的，一般都是小字，约二分上下，大字则有五分、七分的。罪越大，字也越大。

到了南宋，如犯盗窃罪，往往施以杖刑并刺字，随即释放。而对判了流刑、充军发配的犯人，则要在面部刺上所配州府及服役单位的名称，如："刺配某州某屯驻军下重役"，或"刺充某指挥配军"以及"某指挥杂役"。有时朝廷还特别要求，对犯强盗重罪的，须在额头刺上"强盗"两个大字，余下的字则分刺两颊。（参见《宋会要辑稿》《续资治通鉴长编》等书）

小说中写济州府尹接获蔡京严令，要捉拿抢劫生辰纲的罪犯，限期破案，否则"怕不先来请相公（指府尹）去沙门岛走一遭"。府尹又惊又怕，转而责难缉捕使臣何涛不肯用心破案，"便唤过文笔匠来，去何涛脸上刺下'迭配……州'字样，空着甚处州名。发落道：'何涛，你若获不得贼人，重罪决不饶恕！'"（第 17 回）

刺字的目的，既是对犯罪者本人予以惩罚和羞辱，对周围的潜在犯罪者，也起到威慑作用。同时，又是对社会的提醒，要人们提高警惕，予以防范，远离恶人。因此，这也又被看作一种社会防卫手段。

被刺字的囚徒，则要极力掩饰。如武松两次发配，应是"面无余地"了。"血溅鸳鸯楼"后，张青夫妇帮他改作行者打扮。孙二娘说："叔叔既要逃难，只除非把头发剪了，做个行者，须遮得额上金印……"（第31回）——行者是僧人的一种，不落发，只将长发剪短，可遮住额头及两颊。从小说叙述可知，武松是连额头也刺了字的。

宋江要寻求招安，想去东京活动，但自己是"文面小吏"，怎好出头露面？山寨"神医"安道全此刻有了用武之地，书中写道："原来却得神医安道全上山之后，却把毒药与他（将金印）点去了。后用好药调治，起了红疤。再要良金美玉，碾为细末，每日涂搽，自然消磨去了。那医书中说：'美玉灭瘢'，正此意也。"（第72回）

这并非小说家的无稽之谈。据宋人魏泰《东轩笔录》载，宋代有个叫杨景宗的皇亲国戚，"章献太后弟也"。姐姐发迹之前，他因犯罪而充军服苦役，"黥墨其面，至无见肤"（由于罪过太多，脸上刺满字，见不到好皮肤）。以后姐姐当上皇后，他也得脱军籍，"遂用药去其黥痕，无芥粟存者（连芥子、小米那么大的痕迹都不存在）。既贵，而肥皙如玉"。可见宋江的做法并非虚构。

五代时，后梁国主朱温为了防止军士逃逸，下令在士兵脸上刺字为号，其他军阀也纷纷效尤，据说军人刺字自此始。南宋初年，河北招抚司都统制王彦在北方组织抗金武装，活跃于太行山一带，屡败金人。其部下士卒都面刺八字："赤心报国，誓杀金贼！"人称"八字军"。岳飞就出自这支队伍。——发配充军的刑徒也有被吸收为厢军或加入禁军的，刺字成为军人和罪犯共有的特征。

梁山义军的喽啰们刺字吗？《水浒》第20回，梁山好汉打败济州府派来的官军，生擒了黄巡检，还俘虏了不少官军，遂

"把这新拿到的军健，脸上刺了字号，选壮浪的分拨去各寨喂马砍柴，软弱的各处看车切草"。——义军的一套办法，应是从官军学来的。

刺面纹身本来是耻辱的记号，竟渐渐演化为勇悍的标志、夸耀的资本。南宋军阀张俊还有意挑选高大健壮的士兵，"自臀而下，文刺至足，谓之'花腿'，京师旧日浮浪辈以此为夸"（《鸡肋编》）。——这也是临安民间"锦体"风行的原因所在吧。

《水浒》第74回，写任原在泰安摆擂台，出场时，坐在轿上，轿前轿后"三二十对花胳膊的好汉前遮后拥"。——纹身在民间盛行的情景，生动如见。

"团头枷"是圆盘形吗

宋初刑法参用唐五代的旧法，颇为严酷。如太祖时曾规定，犯盗窃罪，贼赃满五贯的，便要处死刑。五贯以下、三贯以上的，"决脊杖二十，配役三年"（脊杖即以专门的刑杖责打背部，惩罚重于臀杖；配役是到指定处所服苦役）。三贯以下、二贯以上的，"决脊杖十八，配役一年"……若是强盗明火执仗地抢劫，则"计赃钱满三贯文足陌，皆处死；不满三贯文，决脊杖二十，配役三年……"处罚就更严苛。

不过统治者很快发现，法律制定过严，效果适得其反。于是又制定了"折杖法"，予以纠偏。如判刑时，照例按原来的规定量刑，但具体执行时，则打个折扣。如有一种重罪惩罚叫"加役流"，那是死刑的减刑，即流放三千里，到配所服劳役三年，以替代死刑。然而通过"折杖法"换算，则只按"脊杖二十、配役三年"执行，即只在当地服役，长途流放就免了。至于原判徒刑（苦役）的，则仅仅杖责，当庭释放。

按"折杖法"，流刑基本上被脊杖、配役所取代，但对于特殊重罪，经由皇帝特别指示，仍有流刑存在。南宋初年，有个和尚僧泽一，被牵连到岳飞案中。大理寺判定："合流三千里私罪断。合决脊杖二十，本处居作一年。"意思是：按法律量刑，应处以三千里流放罪；但依折杖法，只判脊杖二十、在本地拘禁一年就算了。案子奏请高宗裁定，结果是"决脊杖二十，刺面配二千里外州军牢城"。（《建炎以来系年要录》）即仍判流刑（只是减了一千里），但又增加了"刺面"。——由此可见高宗在处理岳飞案件时的冷酷。

《水浒》中林冲、杨志、武松、宋江、卢俊义被施以脊杖，并刺面发配，在宋代皆属最重量刑。——林冲的罪名是企图行刺上司，杨志、武松、宋江三人都有命案在身，卢俊义则被诬为通贼谋反，这几起都是死罪；而决杖、刺配，便都是死刑的替代处罚。

囚徒无论在狱中羁押还是在流放转徙途中，照例是要戴枷及镣铐的。枷是木制刑具，我们在古文献插图及连环画中常能看到，多为方形，分为左右两片，各有半圆形缺口，刚好将脖颈夹住。木枷上钉有两道铁叶，以求坚固。枷后端还凿有一孔，夜间睡觉时，要用铁链穿锁，以防罪犯逃逸。

枷的形制重量各有不同，死刑犯所戴枷长约 5—6 尺，宽约 1.5 尺，厚 0.3 尺，重 25 斤。一般徒犯所戴枷为 20 斤，杖刑犯戴的为 15 斤，长度也缩短为 2.5 尺。另有一种"盘枷"，是押运囚徒时所用，重 10 斤。

盘枷在《水浒》中有记述，如林冲发配时所戴是"七斤半团头铁叶护身枷"，武松所戴与之相同。而杨志所戴为"七斤半铁叶子盘头护身枷"，一"团头"，一"盘头"，都应指盘枷。

盘枷是什么样子？文献上没有描述。百回容与堂本第 8 回《林教头刺配沧州道　鲁智深大闹野猪林》有两幅插图，图中林冲项上戴的枷是圆盘状的，这倒符合"团头""盘头"的描写。

只是小说中一再强调此枷重"七斤半"，与文献所说的十斤不符。这或许是指盘枷在某一时期的实重吧？在押运途中给囚徒戴枷，一来有羞辱之意，二来也使押送者易于控制。但刑具过重，囚徒难以负担，也会给押运带来麻烦，因而枷重七斤半，也还是合理的。

6-3　花和尚大闹野猪林，画面中可见盘枷、禅杖、
　　　水火棍。（选自容与堂本《水浒传》）

充军最畏沙门岛

小说、戏曲中所谓"充军发配",在宋代称"编配",属于流刑,就是把犯人遣送到远离家乡(或居所)的地方,编入厢军牢城营服苦役。

中国最初的刑法为"五刑",包括割鼻(劓)、断足(刖)、刺额(黥)等肉刑,直至砍头(大辟)。统治者逐渐发现,砍脚削鼻,倒很干脆,执法也容易,但无论对社会还是对个人,都是有损无益的。因此,强迫劳役,很快就成为主要的惩戒方式。有人说,秦能迅速统一中国,跟秦率先实行劳役刑有关。

宋代的厢军,其实就是劳役大军,作为有组织的劳动力,受国家役使。如非战时,厢军连兵器都不配发。而囚犯又是厢军的重要组成部分,某些地方甚至占到厢军人数的五分之二。(马伯良《宋代的法律与秩序》)

这些囚犯(《水浒》中常被骂作"贼配军")也和厢军士兵一样,由国家发给一定量的粮食、布匹及零用钱,只是数额低于厢军。有学者认为,这同时是为囚犯提供了眼前可见的努力目标:如果"改造"得好,服役期满就有机会被编入厢军,勇武健壮的,还有希望被选入禁军效力。(《续资治通鉴长编》)

有人对某一劳城营的资料作出分析:这里共有人员二百一十八名,其中包括指挥官(将)十名,副官(节级)三十八名,监察长(将虞候)十名,审计官(承局)十名以及律官(押官)十名。(马伯良《宋代的法律与秩序》)也就是说,在牢城营中,监视管理人员占到三分之一强,监管力度之强,可以概见。——梁山好汉中的戴宗、杨雄、朱仝、蔡福、蔡庆,便都做过"节级"。

"编配"之刑有轻重之分，轻者就近编入本地厢军服刑；重者要流放到外地，从五百里到三千里不等。流放的目的，一是利用中国人"安土重迁"的传统心理，对囚犯做情绪上的惩罚。另外也是将罪犯与犯罪环境剥离，例如，使他远离犯罪同伙或受害人。而对重罪者的惩罚，则是"刺配远恶军州"。——"远恶军州"是宋代法律文书中的说法，在小说中也屡有提及。

在《水浒》中，林冲发配沧州，杨志发配大名府，宋江发配江州，武松则先发配孟州，后为恩州，这几处都不算"远恶军州"。"远恶军州"是指地处广东南部及海南岛的十三个偏远州郡，另加沙门岛。——书中只有卢俊义被判发配沙门岛，不过中途被燕青救起，并未到达目的地。

沙门岛历来是流放犯谈虎色变的地方，那是山东登州海面的一座孤岛，囚犯在那里从事繁重的制盐劳作。该岛因孤悬海上，很难逃脱。岛上随意虐待殴打乃至处死囚徒的情形，多有发生。有一年，官员马默到岛上视察，发现岛上的牢城营长官李庆（寨主）随意杀人。理由是岛上的囚徒限额为三百人，官府配给的食粮物资只限于此数，但每年都有重罪犯陆续送到，于是李庆下令将超过数额的囚犯统统扔下大海，两年之中杀了七百人！

马默闻听，怒责李庆。李庆自知不免，畏罪自缢。——后来苏轼到登州做知州，父老们迎接他说："公为政爱民，得如马使君乎？"马默不过是纠正犯罪行为，恢复正常秩序；对百姓而言，便是极大的恩惠了！

辑

七

牧童拾得旧刀枪

抬举了"教头"，贬低了"提辖"

"九里山前摆战场，牧童拾得旧刀枪。顺风吹得乌江水，好似虞姬别霸王。"这是《水浒》第4回五台山卖酒汉子唱的山歌，内容是楚汉相争的话头。九里山相传在彭城（今江苏徐州）附近，是项羽与韩信决战的地方。这支山歌被卖酒汉子无心唱来，却因事涉战争，带着悲凉的气氛，与小说主旨气韵相通。

《水浒》以农民起义为题材，少不了战争描写。许多与军事相关的知识，如军队的编制、军官职位的设置、兵器铠甲的形制、水陆作战的模式等，不但今天的读者不能确知，就是当年的小说作者，也有不得要领处。这里仅就几个话题，略作探讨。

先从官职说起。听不止一个人讲：林冲身为"八十万禁军枪棒教头"，是高级武官，好生厉害！然而事实是，教头仅是个不入流的职位，甚至连"官"都算不上。大概人们只看到"八十万禁军"这顶吓人的帽子，其实"八十万"只是个虚数，而且"枪棒教头"也不止林冲一个；除了教枪棒的，还另有教刀剑、弓弩、骑术的教头，又不知有多少。

教头之上，还有"都（dū）教头"和"使臣"。据《宋史·兵志六·保甲》记载：元丰二年（1079），集中培训大保长，选派"禁军教头二百七十，都教头三十，使臣十"担当此任。想来这还不是禁军教头的全部。

小说第17回，曹正向杨志做自我介绍："小人……乃是八十万禁军都教头林冲的徒弟……"林冲的地位，在这里似乎又上升为"都教头"。——是小说家自己糊涂、前后矛盾呢，还是曹正有意夸张、抬高师傅的身价？然而"都教头"又怎样？仍是级别较低的武弁。就是"使臣"，也只是八九品的小武官，遑论其他。

那么，鲁达自称是"经略府提辖"，"提辖"又是什么官？那本是宋代路、州所置的统兵武官，全称为"提辖兵甲盗贼公事"，主管本区的军队训练及督捕盗贼等事，并掌军命及赏罚兵将，责任不小。

有意思的是，鲁提辖前往状元桥肉铺寻衅，郑屠认得他，慌忙出柜唱喏，请他坐下。鲁提辖口称"奉着经略相公钧旨"，前来买肉。郑屠连忙应承，并亲自操刀；仿佛这样的事很平常，不值得大惊小怪。

然而了解鲁达身份的读者则不免生疑：叱咤军阵、一呼百诺的军事长官，怎么干起"司务长"的差使来了？替长官采买食材，难道不是虞候、承局的职责吗？鲁提辖即便找借口，也不必把自己降到跟班、亲随的水平啊？——作者抬高了教头的地位，又拉低了提辖的身份，可能对这些官称职责，他自己也不大明白。

顺带说到，"提辖"的本意是管领，在南宋，有几个负责权务、典藏的衙门——榷货务都茶场、杂买务杂卖场、文思院和左藏库，长官也叫提辖。那是文官职位，倒是每天与银钱、物资打交道的。

杨志发配到大名府，得梁中书的赏识，也做到管军提辖使，人称"杨提辖"。他从前的官职似乎还要大。小说第 12 回说他当年"曾应过武举，做到殿司制使官"。

殿司即"殿前司"，在北宋时是拱卫京城的禁军最高机关。"制使"是"制置使"的简称，为地方军事长官。南宋对金作战，设制置司，以资望深的高官领衔，称"制置大使"，统辖数路军务，职权相当于明、清时的总督。杨志一个负责押解花石纲的小武官，又如何能任此职？

不过细查杨志的来历，笔者发现在《宣和遗事》中，杨志的身份是"指使"。——这就对了，那是宋代军队中负责训练的从九品小武官，那才符合杨志的身份。

指挥、统制，军官常职

北宋时，京师置殿前司和侍卫司，下设都指挥使、副都指挥使及指挥使、副指挥使，都属于武官。在征讨梁山的官军中，也常能见到御前指挥使、御驾指挥使、亲军指挥使这样的官衔，应都是来自朝廷的直接委派。呼延灼和关胜便曾以指挥使的身份讨伐梁山。呼延灼征方腊归来，所受官职也是"御营兵马指挥使"。

不过到了南宋，禁军的官阶等级渐渐紊乱，都指挥使的位置常常空缺。又新添了统制、统领等职衔。梁山好汉花荣、柴进、李应、朱仝、戴宗、李逵、阮小七等人的最终职务，便都是都统制，分别任职于应天府、沧州、郓州等州府。

其实都统制是御营出征时临时设置的官位，负责节制兵马，协调出征诸将，相当于主帅。下设统制、同统制、副统制等职；各路军也分设统制。——历史上岳飞奉旨讨伐洞庭湖义军，官衔即荆湖南北襄阳府路制置使、充神武后军都统制。其前任统帅王𤩈，官衔也是天武捧日四厢都指挥、神武前军都统制。

小说中的秦明，以"青州指挥司总管本州兵马统制"的身份受朝廷征调，去攻打梁山，这应该没问题。而呼延灼奉调出征之前的身份是"汝宁郡都统制"，显然是错的。地方军事长官并无"都统制"之衔，而花荣、柴进、李应等也都受封地方州府的"都统制"，也统统是错的。

有关宋代军队的建制，这里再多说一句。——宋代军队的基本单位叫"指挥"（营）。宋人曾公亮《武经总要》载："凡五百人为一指挥"，下辖五都，每都一百人，五都"统为一营"。

"指挥"（营）的长官即"指挥使"，上有都指挥使，下设副指挥使、都头、副都头。禁军、厢军的建制都是如此。

如前所说，囚犯面上刺字，有"刺充某指挥配军""某指挥杂役"字样，便是将目标地具体到"指挥"（营）一级。

军人的薪俸待遇不高，就是殿前司的宣武都指挥使，月俸也只有三十千（三十贯）。殿前班指挥使为二十千，御龙直副指挥使只有十千。不过若由节度使兼任殿前司都指挥使，薪俸是按节度使颁给的，月俸为四百千，比宰相还要高。（《宋史·兵志》）——呼延灼的最后官职是御营兵马指挥使，他的月俸，撑死也就二十千。

地方上，各州府的厢军，从马步军都指挥使到牢城副都头，共分五个等级，月俸最高的为十五千，最低的只有五百（半贯）。尽管还有一些实物薪俸，如禄米、布帛乃至柴薪等，也仍是低微的。——我们看到牢城营的差拨、管营、节级盘剥囚徒，一个个穷凶极恶，连同戴宗那样的正面人物也如此；我们应知那是制度赋予他们的"补贴"方式，他们的恶，是制度造成的。

何涛巡检几颗头

《水浒》第 19 回写济州"三都缉捕使臣"何涛奉命前往石碣村捉拿晁盖一伙。官军由水路前行，先后遇到阮小五和阮小七划着船唱渔歌，向官军挑衅。其中阮小七唱道："老爷生长石碣村，禀性生来要杀人。先斩何涛巡检首，京师献与赵王君！"——"先斩何涛巡检首"是啥意思？莫非何涛的身份是"巡检"吗？

"巡检"一职，在小说中还有几处提到。如关胜奉调讨伐梁山之前，官职便是"蒲东巡检"。这个职位并不高，宣赞替他鸣不平，说他"屈在下僚"。（第 63 回）那么"巡检"是何官职？——那是负责维护社会治安的正规军武官官衔。

在宋代文官系统中，有专门的巡警机构，如县一级有尉司，由县尉主持。下设都头，也就是捕快头，如雷横、朱仝、武松、李云等辈，负责县境内的捕盗及维持治安。县尉及都头所率弓手、差役（做公的）、土兵等，力量有限。关键时刻，须有正规军支援配合。"巡检"制的建立，便是动用正规军，协助地方维持社会治安。

巡检司一般设在沿边、沿海及关隘地区，职掌"训治甲兵、巡逻州邑、擒捕盗贼事"。至南宋，巡检又增添招募、教习土军及禁军的任务。

巡检系统的最高长官是都巡检使，下设都巡检、巡检、州县巡检等。都巡检可以指挥上万人，管辖十个州；而低级别的巡检，手下只有百十人，协助县尉维持一县治安。早期，一个巡检可管几个县；到后来，发展到一个县要配两名巡检；可见治安状况持续恶化，对官军的依赖越来越深。——小说中何涛率队缉捕晁盖等人，府尹特派巡检一同前往，便是个典型案例。

何涛的身份是三都缉捕使臣（又称"缉捕观察"），是府一级的治安官。当他得知晁盖等逃往石碣村时，便向府尹报告说：石碣村紧邻梁山泊，如今那里强人出没，"若不起得大队人马，如何敢去那里捕获得人？"府尹于是答应："既是如此说时，再差一员了得事的捕盗巡检，点与五百官兵人马，和你一处去缉捕。"

何涛本以为，有正规军撑腰，对付几个"小贼"应该没问题。然而他和巡检都低估了晁盖一伙的战斗力。先是何涛带着"做公的"分几批前去探路，却是有去无回。巡检与何涛失去联系，正在迟疑，忽然风起火发，众好汉一起杀来，"无移时，把许多官兵都搠死在烂泥里"，连巡检也死于非命。最后只有何涛被割了耳朵放还。——"先斩何涛巡检首"，要斩的是"何涛"和"巡检"两颗"首级"，并非说何涛本人是巡检。

巡检一般要听命于州县守令，不过州县平时也轻易不愿动用巡检的力量。因为官兵一动，便有粮饷供应及扰民等问题。——"贼来如梳，兵来如篦。"跟山寨强人相比，地方及百姓更怕官军。

团练使"挣"的比太尉多

董平、张清上山前，分别是东平府和东昌府的"兵马都监"，掌管本地禁军的屯戍、边防、训练、器甲等事。在重要州府，这一职位为"兵马钤辖"，次要州府才设"兵马都监"。不过兵马都监的正职，多由知州等文官兼任；另配武官，作为"副都监"。——在现实中，董平、张清也只能担任"副都监"，包括迫害武松的张都监，也是如此。

书中提到的武官职衔，还有"团练使"，如韩滔、彭玘上山前同是陈州团练使，单廷珪和魏定国则是凌州团练使。——"团练使"原是唐代的武官名称，是"团练守捉使"的简称。在唐代，大的军政区域称"军"，首长为节度使；较小的军区称"守捉"，首长即团练使。其职责是掌管本辖区的军事及壮丁训练、乡土防御等事。到了唐末，许多团练使都自动升格为节度使。

不过到宋代，团练使失去实权，成为武官的兼衔，官阶低于防御使，又高于刺史。薪俸拿得不少，月俸为"一百五十千"（即一百五十贯）。——宰相的月俸才三百千，节度使反而多些，是四百千；刺史则只有一百千。不过团练使只是虚衔，白拿薪俸，并不到任视事。至于小说中说陈州、凌州各有两个团练使，更是不可能的事。

《水浒》第 20 回，济州府尹在何涛失败后，又差黄安进剿梁山，黄安的职务便是"团练使"，人称"黄团练"。第 29 回，孟州劳城营还有个"张团练"。——这些官名的使用，显然有些"乱点鸳鸯谱"。

团练使的官阶比府尹还高，济州府尹又如何能支使黄团练？同样，张团练也不会投靠在张都监的麾下，因为都监级别在知州之下，团练使的地位远比他高。

说起来，团练使的地位比太尉还要高些。太尉，在秦汉时属于高官，是"三公"之一。不过到后来，渐渐成为权臣的加官，没有实际职掌。宋徽宗时，把太尉定为武官最高阶的称号。小说中的洪信、高俅、宿元景等，便都有太尉加衔（有时只是尊称）。太尉的月俸为一百千，还不如团练使。

朋友们自然会联想到苏轼，他在"乌台诗案"后，曾被贬为黄州团练副使，那又是个什么官？在宋朝，"（州）团练副使"属于有职无权的散官，常用来安置被贬谪的官员。

团练副使为从八品，待遇低微。苏轼被贬黄州，薪俸骤减，家中人口又多，只好痛自节俭。他的办法是，每月初取四千五百钱，分成三十份，挂在屋梁上。每天晨起，用叉子挑下一"块"来，放在竹筒里。这一百五十文就是全家一天的花销，用不完的，就攒起来待客用。——按照规定，团练副使的月俸本也有二十千（二十贯），但是否能按时足额发放，则不可知。苏轼这每月四千五百钱，大概是可以到手的数额吧。

兵农两用说朴刀

谈军事，自不免说到兵器。有个"十八般武艺"的说法，讲的是十八种兵器的使用技能。照书中展示，是"矛锤弓弩铳，鞭简剑链挝，斧钺并戈戟，牌棒与枪杈"（第2回）。——奇怪的是，这里面没有刀。

刀是冷兵器时代最常用的武器，《水浒》中的刀，名目繁多，有腰刀、朴刀、戒刀、衮刀（也作滚刀）、雁翎刀、偃月刀、三尖两刃刀、日月双刀、飞刀、板刀、蓼叶刀、泼风刀、劈风刀、罩刀、麻札刀，还有刽子手用的法刀……有时还加上描摹之语，如三尖两刃四窍八环刀、铜铍磬口雁翎刀、撒朱缨水磨杆龙吞头偃月样三停刀……

其实好汉们在江湖行走，利用率最高的是短刀，如解腕尖刀。林冲遭"好友"陆谦背叛，第一时间便"拿了一把解腕尖刀，径奔到樊楼前去寻陆虞候"（第7回）。日后在劳城营，听李小二说东京来人，怀疑是陆谦追踪而至，"林冲大怒，离了李小二家，先去街上买把解腕尖刀，带在身上。前街后巷，一地里去寻"（第10回）。不久在山神庙杀死陆谦等三人，用的正是这把刀。

武松替哥哥报仇，在侦察阶段，身边也藏着一把"尖长柄短、背厚刃薄的解腕刀"。找何九叔质证时，"只见武松揭起衣裳，飕地掣出把尖刀来，插在桌子上"，见这架势，何九叔哪里还敢隐瞒？及至武松请四邻来吃酒，故伎重演，"便卷起双袖，去衣裳底下飕地只一掣。掣出那口尖刀来。右手四指笼着刀靶，大母指按住掩心，两只圆彪彪怪眼睁起道……"（第26回）这里连握刀的姿势（"右手四指……大母指……"）都展示给读者看。——当日潘金莲、西门庆便都死于这把刀下。

解（gǎi）腕刀也叫"解手刀"。在《水浒全传》中，王庆便曾"买了一把解手尖刀，藏在身边，以防不测"（第 103 回）。这种称呼，一直沿用到近代。《民国盐山新志·谣俗编上·方言》解释说："解手，小刀也。俗呼小刀为解手刀。《博异志》：'本师古取篮中便手刀子于席下，用壮其胆。'便手即解手也，大曰刀，小曰刀子。"——"解手""便手"都有伸手就来、取用方便的意思吧。

后来宋江杀阎婆惜，用的是"压衣刀"，也是随身携带的匕首短刀，放在招文袋中，平日或可用来裁纸，急迫之时，也能要命！

到了野外及战场，匕首短刀便难起作用；书中好汉登程，多半是"挎了腰刀，拿着朴刀"。给人的印象，朴刀是长把刀，腰刀则是挎在腰间的短把刀。朴刀的长把是可装可卸的，如卢俊义外出避祸，路过梁山泊时，预作"擒贼"的准备，"取出朴刀，装在杆棒上，三个丫儿扣牢了，赶着车子奔梁山泊路上来"（第 61 回）。

宋代官府严禁民间私造、私藏兵器，不但"京都士庶之家"不得私蓄兵器，就是军人自备的"技击之器"，也要交给上司保存，待出征时再申请领取。——这在小说中也有体现。石秀、杨雄、时迁投奔梁山，路过祝家庄酒店，见"店中檐下插着十数把好朴刀"。石秀要买一把，店小二说："这个却使不得。器械上都编着字号，我小人吃不得主人家的棍棒，我这主人法度不轻。"（第 46 回）

原来祝家庄有五七百家佃户，"各家分下两把朴刀与他"；

这酒店中"常有数十个家人来店里上宿，以此分下朴刀在这里"，是用来防范梁山泊"贼人"的。（第46回）晁盖庄园里也陈列着朴刀（第14回），情况与祝家庄相似，反映的应是宋代乡兵武装的情形。

朴刀又叫镈刀、拨刀，也叫"着袴（zhuó kù）刀"，实即农用柴刀，可兼作兵器。据《宋会要辑稿·兵二六·着袴刀》记述，宋仁宗时，曾诏令川陕等路不得擅造"着袴刀"。于是有地方大员上书表达异议，说着袴刀若安上"短枪竿、柱杖头"，便是"拨刀"（朴刀）；若安上"短木柄"，便是"畬（shē）刀"（农用柴刀）。畬刀是"民间日用之器"，西北西南的百姓"开山种田""刀耕火种"，全靠此刀，禁止不得。并请求修改禁令，对着袴刀区别对待，"为兵器者禁断，为农器者放行"。——实际等于取消了先前的禁令。朴刀于是也成为武器禁断政策的"擦边球"，常常出现在好汉手中。（参考学者王学泰、石昌渝的考证）

这里插一句，好汉出门时还常带杆棒（又叫哨棒、齐眉短棒、齐眉棍棒、齐眉杆棒），实则是一条木棒，也不在禁断之例。于是"朴刀杆棒"便成为民间好汉最常用的防身武器。宋元话本的小说家数，便有"朴刀杆棒"一门，专门演说民间豪杰游走江湖、行侠仗义的故事，那正是《水浒》的重要内容。

腰横秋水雁翎刀

腰刀，顾名思义，应是挎在腰间的单刃兵器，长于匕首，但仍属"短兵"。旦在《魏书》中，已有腰刀之称。宋代文献中，也偶见腰刀之名。但描摹得最清晰的，还要数明代抗倭名将戚继光所著《练兵实纪》。

书中有一幅图，明标"腰刀"，刀身狭窄，没有刀镡（xín，护手，也称格）。柄长约为刀身的三分之一，柄中段略细，便于把握。刀身连同刀柄呈弧形，配有刀鞘。图中有注文："长三尺，重一斤十两。"另有文字说明：

> 腰刀造法，铁要多炼，刃用纯钢，自背起，用平铲平削，至刃平磨，无肩乃利，妙尤在尖。近时匠役将刃打厚，不肯用工平磨，止用侧锉，将刃横出其芒，两下有肩，砍入不深，刀芒一秃，即为顽铁矣。此当辨之。（卷五《兵器解》。又，明茅元仪《武备志·军资乘·器械》所述与此略同。）

戚继光认为，一把好腰刀应做到"自背……至刃，平磨无肩"，我们理解，即刀身的横断面为等边锐角三角形，其顶角极锐，是为刀刃；底边为刀背。不过戚继光批评说，不负责任的工匠往往粗制滥造，刀身打得很厚，只用锉刀锉出刀刃来（也就是说，刀的横截面变成五边形）。由于刀刃不锋利，"砍入不深"，而且很容易砍"秃"，遂成废铁。戚继光对此感慨殊深。

一腰刀圖

長三尺重一斤十兩

7-1 戚氏腰刀（选自《练兵实纪》）

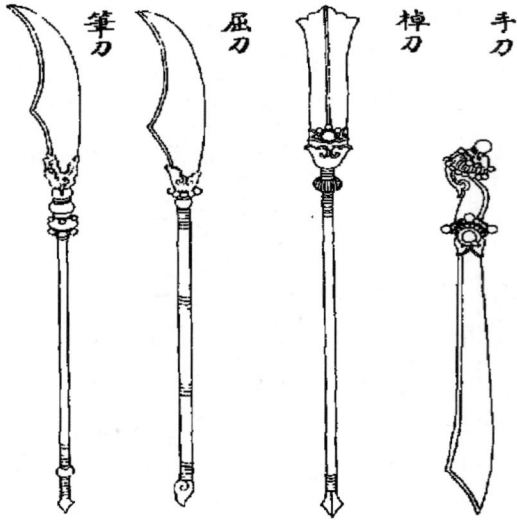

筆刀 屈刀 棹刀 手刀

7-2 手刀（选自《武经总要》）

《水浒》中好汉所挎的腰刀，是这种"戚氏刀"（当非戚氏发明，暂且这么称呼）吗？我们从小看"小人书"、看京剧，总觉得所谓腰刀，应当是那种刀身较宽、闪闪发光、系着红绸的"大片刀"。至于窄身的戚氏刀，更像是马刀或日本倭刀。

腰刀在戚家军的马军营配备极多，一营战士要装备1152把，应是人手一把。步军营的配备就少得多，一营只装备216把。这也说明此刀确系骑兵利器，重量较轻，适合单手使用。——然而被林冲带上白虎节堂的宝刀，以及杨志在东京州桥上叫卖的宝刀，是这种窄身弯刀吗？

翻看文献，古代的腰刀应不止一种。明文人沈周在所撰《客座新闻》中，讲到战士的装备，也提到腰刀：

> 各边军士从战，身荷铁甲、战裙、遮臂等具，共重四十五斤；铁盔、铁脑盖重七斤，顿顶、护心、铁胁重五斤，弓撒、箭袋重十斤，腰刀三斤半，蒺藜骨朵重三斤，箭筒一斤，战勾连绵衣服上下共八斤，计八十八斤半。（按，沈周计算有误，总重实应为八十二斤半。）

沈周（1427—1509）比戚继光（1528—1588）早生一百年，大致活动于明景泰、成化、弘治年间。他这里提到的腰刀，重三斤半，重量是戚氏刀的2.15倍。刀身沉重，是为了加大杀伤力度吧？这应该便是后世所谓"砍刀""大刀"之类——"大刀向鬼子头上砍去！"据考，"七七事变"时中国守军所用的大刀（砍刀），重1.6公斤（3.2市斤），与沈周所说三斤半重的腰刀相比，差堪近之。

宋代《武经总要》中没提腰刀，却记录了一种"手刀"。从图上看，其刀长身短柄，有刀镡，刀身较宽，且有愈前愈宽之势，单刃，端部上翘。刀刃与刀背间有一斜断面（使刀身呈不规则四边形）。文字说明为："右手刀一，旁刃，柄短如剑。"书中未提刀的重量，看样子，刀身宽而刀背厚，与近代军队装备的砍刀相近。

从宋代的手刀，到明代的重型腰刀，再到近代的砍刀，刀型一脉相承。戚氏腰刀当属另一系列，适于马上单手使用。有人说，这是由元代的环刀发展而来，在唐代已具备雏形。也有人说，戚氏腰刀对日本倭刀有所借鉴，而倭刀形制实亦从唐刀来。

容与堂百回本《水浒》插图，有多幅绘有兵器的。插图者应对明代万历间的兵器有所了解；但对宋代的朴刀，大概没有概念。我们看第3回《史大郎夜走华阴县》的插图，画着史进与少华山三头领冲出庄园、追杀官军的场面。按书中叙述，史进等都应拿着朴刀，但从画面看，朴刀与手刀无异。唯史进身后一人（应为朱武），双手使两把弯刀，刀形与戚氏刀相近。——据小说第59回交代，朱武使用的兵器，正是"两把双刀"，而非朴刀。

那么林冲以千贯购得的宝刀以及杨志不得已售卖的祖传宝刀，应是哪一种呢？笔者从前总觉得应是"手刀"一类。——容与堂本第7回《花和尚倒拔垂杨柳　豹子头误入白虎堂》的第二幅插图，林冲站在白虎堂前，手握一把无鞘刀，形似手刀，却又与前后所绘朴刀相同。至于第12回《梁山泊林冲落草，汴京城杨志卖刀》的第二幅，画杨志在东京州桥上卖刀，牛二前来啰唣，那刀尚挎在杨志腰间，但从窄窄的刀鞘看，似有戚氏腰刀的形态，只是弯曲度不够。

7-3 史大郎夜走华阴县，注意诸人手中所拿的兵器。
（选自容与堂本《水浒传》）

小说中还讲到一种雁翎刀，如第 3 回史进下山寻师，便"跨（挎）一口铜钹磬口雁翎刀"。又第 61 回卢俊义外出避难，也是"腰悬一把雁翎响铜钢刀，海驴皮鞘子"。——雁翎刀，据考是南宋打造的一种腰刀，刀身较平直，刀尖上翘，略呈弧形，因形似大雁的翎毛而得名。从现存雁翎刀看，重约 1—1.5 公斤，介于戚氏刀及重型腰刀之间，应该也是腰刀之一种。

　　《千家诗》中录有一首吟咏雁翎刀的诗，据传是明代嘉靖皇帝朱厚熜所作。当时的安南（今越南）发生内乱，兵部尚书毛伯温奉旨南下平乱，嘉靖皇帝题诗相送："大将南征胆气豪，腰横秋水雁翎刀。风吹鼍鼓山河动，电闪旌旗日月高。天上麒麟原有种，穴中蝼蚁岂能逃。太平待诏归来日，朕与先生解战袍。"——这诗的前两句，至今常在京剧中被当作定场诗念诵。

金圣叹也有看花眼的时候

    沈周在《客座新闻》中讲到腰刀等兵器，也说到战士的甲胄。从沈周的描述看，甲胄包括铁甲、战裙、遮臂、铁盔、铁脑盖、顿顶、护心、铁胁等，全套重五十七斤。

    铠甲的原型，据考原始社会便出现了。在人与兽、人与人的格斗中，人们需要寻找各种可资利用的材料包裹自己，如藤、木、皮革等，保护自身以利攻击。至迟到商周时，已有比较完善的革甲、练甲出现。

    革甲即皮甲，所用皮革多为坚韧厚实的犀牛皮或鲨鱼皮。将多层皮革重合在一起，裁成不同形状，用绳子连缀成盔甲，以保护头颅、躯干及手肘。甲的表面往往还要涂漆。这样的革质甲胄，直至明清时还在使用。——小说第 2 回，史进所披的"朱红甲"，大概就是涂漆的革甲。

    练甲则以多层丝织物重叠缝制，临阵也能起到减缓冲击力的作用。此外，还有纸甲，也称纸铠，是用废纸及绢布等制成，居然也能做到刀箭不入。由宋至明，纸甲甚至大规模装备军队，据说尤适于水战。

    商周时使用青铜兵器，铠甲上的饰件也多为青铜所制。战国以后，青铜兵器被更锋利的铁制兵器所取代，铁制铠甲也随之出现。铁甲是将铁叶打成长条形或鳞片形；条形甲片编连的称"札甲"，鳞形甲片的称"鱼鳞甲"。至三国时，铠甲名目众多，曹植在《先帝赐臣铠表》中，就提到黑光铠、明光铠、两当铠、环锁铠、马铠等名目。

    《水浒》有多处战阵争斗的描述，对武将的装束都有细致描画。且看第 13 回校场比武时索超的一身戎装打扮：

> 头戴一顶熟铜狮子盔，脑后斗大来一颗红缨；身披一
> 副铁叶攒成铠甲，腰系一条镀金兽面束带；前后两面青铜
> 护心镜，上笼着一领绯红团花袍，上面垂两条绿绒缕领带，
> 下穿一双斜皮气跨靴，左带一张弓，右悬一壶箭，手里横
> 着一柄金蘸斧。坐下李都监那匹惯战能征雪白马。

索超这一套甲胄，脑后的红缨及绯红团花袍，猩红照眼；
熟铜头盔、腰带上的镀金兽面带及前后的铜护心镜、手中的金
蘸斧，金光闪烁。——仿佛为了与索超的金红相映做对照，杨
志的头盔、衣甲却以青白色为主，但见他：

> 头戴一顶铺霜耀日镔铁盔，上撒着一把青缨；身穿一
> 副钩嵌梅花榆叶甲，系一条红绒打就勒甲绦，前后兽面掩
> 心；上笼着一领白罗生色花袍，垂着条紫绒飞带；脚登一
> 双黄皮衬底靴。一张皮靶弓，数根凿子箭。手中挺着浑铁
> 点钢枪，骑的是梁中书那匹火块赤千里嘶风马。

杨志的头盔是"镔铁"打造，镔铁即古代的钢，经反复锻
造捶打，并用药剂处理表面，使之呈现螺旋纹及雪花纹，"铺霜
耀日"，说的便是这个。盔上的一大把青缨，跟银光闪烁的头盔
相映衬，又与身上那领"白罗生色花袍"相呼应，加上手中黑
色的浑铁点钢枪，奠定了冷色基调。

索超与杨志上得校场，一个热烈似火，一个冰冷如霜。然
而热烈似火的，反垂着两条"绿绒缕领带"，跨下一匹"雪白

马"；冰冷如霜的，则系着"红绒打就勒甲绦"，垂着"紫绒飞带"，跨下一匹"火块赤千里嘶风马"。——这位小说家不仅是文学高手，更是丹青妙手、"好色之徒"，对颜色有着非凡的感受力，擅长调朱弄紫、遣绿驱黄，用文字画出了五彩缤纷的活动图画来！正如书中所表，此刻"两边军将暗暗地喝采，虽不知武艺如何，先见威风出众"！

金圣叹对这段衣甲描写叹赏备至，一句一赞，又有眉批说："……凡此书有两人相对处，不写打扮即已，若写打扮，皆作者特地将五彩间错配对而出，不可忽过也。"金圣叹意犹不足，又在双行夹批中写道："……今愿与天下快人约，如遇豆棚茗碗，提及《水浒》之次，便当以杨、索如何结束为题，以差漏一色为罚一筹，则庶乎可以冥谢耐庵也！"激赏之情，溢于言表。

不过金圣叹只注意到"作者特地将五彩间错配对而出"，却未注意两人一热一冷的两色相衬。原因是，七十回本是在百二十回本的基础上删削而成，而百二十回本描写索超的头盔，文字抄撮有误，将"熟铜狮子盔"径抄为"熟钢狮子盔"。于是一顶金光闪烁的铜盔，变成一顶"黑盔"。——"黑盔"二字正是金圣叹对索超头盔的点评。如此一来，笼罩在索超身上的金光，顿时显得黯淡。这同时也证明，金圣叹大概没见过百回本，他手头只有一部百二十回本。

至于两人的铠甲，根据书中描述，应当都是铁甲。索超的明说是"铁叶攒成"，应即鱼鳞甲一类；杨志的是"钩嵌梅花榆叶甲"，应当也是铁甲。然而传统铠甲只有柳叶甲，"榆叶甲"或是小说家随意杜撰，也未可知。——大概为了与索超衣甲相区别，金圣叹硬在"榆叶甲"后批了"铜甲"二字，显然是没有根据的。

锁子金甲域外来

《水浒》展示的头盔名目，除了索超的熟铜狮子盔、杨志的镔铁盔，还有皮盔、镂金凤翅荷叶盔、双凤照天盔、彩凤飞檐水银盔、点金束发盔、烂银盔、交角铁幞头等。至于铠甲，又有裹金生铁甲、熟铜甲、乌油戗金甲、龙鳞甲、镔铁甲、黄金锁子甲、连环锁子梅花甲、雁翎圈金锁子甲、乌油对嵌铠甲、宝圆镜柳叶细甲……

武人爱刀剑，也爱铠甲。梁山好汉徐宁上山前是东京金枪班的教师，家中有一副祖传铠甲，爱如拱璧。据其表弟汤隆介绍：那是徐家祖传的"宝贝"，"世上无对，乃是镇家之宝……是一副雁翎砌就圈金甲。这一副甲披在身上，又轻又稳，刀剑箭矢，急不能透。人都唤做'赛唐猊'。多有贵公子要求一见，造次不肯与人看。这副甲是他的性命。用一个皮匣子盛着，直挂在卧房中梁上……"徐宁自己也说："这副雁翎甲乃是祖宗留传四代之宝，不曾有失。花儿王太尉曾还我三万贯钱，我不曾舍得卖与他，恐怕久后军前阵后要用。……"（第56回）

所谓"赛唐猊"，是说此甲可赛过唐猊甲。唐猊甲是传说中的一种贴身软甲，刀枪不入（唐猊则是上古猛兽名）。为了诱使徐宁上山，吴用定计让鼓上蚤时迁将这件宝贝偷出，再让汤隆引徐宁追寻宝物，一步步将他诱上梁山。

书中曾三次称此甲为"雁翎锁子甲"，简称"雁翎甲"。然而此甲到底啥模样，书中始终未予披露，只是把盛甲的容器细描一番：那是一只"红羊皮匣子"，"上面有白线刺着绿云头如意，中间有狮子滚绣球"，里面的甲则"用香锦裹住"。这愈发令读者好奇。

不过我们遍翻文献，古代兵器以"雁翎"命名的为数不少，有雁翎刀、雁翎枪、雁翎箭，唯独没有雁翎甲。"雁翎甲"的称呼，只出现在文学作品中。如《薛仁贵征东》《说唐后传》《三宝太监西洋记》等书中，都提到雁翎甲；而传奇剧本有《雁翎甲》一出，本来就取材于《水浒》时迁盗甲故事。——难怪小说家画不出雁翎甲的模样。

倒是"锁子甲"在文献中被屡屡提及。如《唐六典》中提到铠甲有十三种："一曰明光甲，二曰光要甲，三曰细鳞甲，四曰山文甲，五曰乌锤甲，六曰白布甲，七曰皂绢甲，八曰布背甲，九曰步兵甲，十曰皮甲，十有一曰木甲，十有二曰锁子甲，十有三曰马甲。"又有双行小字注释，说锁子甲与明光、光要、细鳞、山文、乌锤等，都是铁甲。

唐诗中也屡见锁子甲的影子。如杜甫诗句有"雨抛金锁甲，苔卧绿沉枪"，崔颢《游侠篇》也有"错落金锁甲"之句。此外，贯休诗有"黄金锁子甲，风吹色如铁"等句。——"金锁甲"当即黄金锁子甲的简称。"锁子甲"加"黄金"字样，很可能只是夸饰之吾。有人认为是以金线连接甲叶，似不得要领。

这里需要说明，锁子甲本为"舶来品"。据《旧唐书》记载，唐开元初年，西域康国遣使进贡"水精杯、玛瑙瓶、鸵鸟蛋"等新奇之物，另有"锁子甲"一具。此甲其实也非康国所创，据考是公元前五世纪由黑海北部的斯基泰人所发明，不过至迟在三国时已传入中国。曹植《先帝赐臣铠表》中提到五种铠甲，其中有"环锁铠"，当即锁子甲。

7-4 来自域外的锁子甲

古书介绍锁子甲的结构，说是"锁子甲、五环相互，一环受镞，诸环拱护，故箭不能入"。（《正字通》）《晋书·吕光载记》说："铠如连锁，射不可入。"周必大也说："今谓甲之精细者为锁子甲，言其相衔之密也。"（《文忠集》）

原来，锁子甲是由无数金属环相互套连而成，看似不够坚密，但一环受箭，可引发相连诸环的反向牵动，因而不易穿透。跟别种铠甲相比，锁子甲确实更为轻便，透气性也好。但抵御强力击刺，效果毕竟差些。

"乾隆爷"险些错过锁子甲

　　锁子甲传至宋代仍为上等铠甲，如名将马知节向太宗陈说武备不可松懈的道理，太宗大为赞赏，"命制钢铁锁子甲赐之"。至明代，锁子甲常作为皇帝仪卫的披挂，带有礼服性质。《明会典》规定，守卫宫门或中央衙署的标准披挂，即有"凤翅盔，锁子甲，悬金牌，佩绣春刀"以及"明盔，锁子甲，悬金牌，佩刀"。

　　不过锁子甲在明代并未用来装备军队。明人丘濬（1420—1495）在景泰至弘治年间任高官，撰有《器械之利》一文，列举"边军"的装备，说"若夫甲胄，则有水磨头盔、水磨镶子护项头盔、红漆齐腰甲、水磨齐腰钢甲、水磨柳叶钢甲、水银摩掌长身甲，并枪马赤甲之类"。——其中未提锁子甲。

　　明末尚有锁子甲的消息。万历十二年（1584），努尔哈赤以武力统一建州女真各部，率众攻打翁鄂洛城，被人近距离发箭射中，"砉然有声，穿锁子甲护项。太祖拔之，镞卷如钩，血肉迸落"（《皇清开国方略》）。——锁子甲的弱点，也由此可见。

　　到了清代中期，锁子甲几近绝迹，连乾隆皇帝也"闻其名未睹物"。直至平定准噶尔，才从伊犁的敌方武库中缴获一副锁子甲。乾隆十分重视，特赋长诗《蕃甲行》。诗从轩辕制甲胄讲起，说早年的铠甲多为犀兕之皮所制，"……后世乃有锁子甲，铁环金练蛇鳞翻。我闻其名未睹物，偃武日久工失传……"又说，平定伊犁后，乃"取其重器藏武库，铁章蕃甲驿致骈"。——这里所说的"铁章",是指敌酋的铁制印章,"蕃甲"则为锁子甲。

诗中接着细数平定准噶尔所取得的战果,包括敌酋"肉袒"来降,以及二十一部落归化等,最后仍归结到锁子甲上,说:"组铠虎皮包弗用,或异得四白鹿旎。"这里用周穆王讨伐犬戎,仅得四白狼、四白鹿的典故,夸耀说,我方缴获用虎皮包裹的锁子甲,意义重大(敌方铠甲未及用,有兵不血刃之喻),比起周穆王那场得不偿失的战争,是大大不同呢! 至于诗中"铁环金练蛇鳞翻"句,乃是化用李贺《塞下曲》"蕃甲锁蛇鳞"句,可见在唐代,锁子甲已被定义为"蕃甲",乃是从域外引进的。

在另一首"御制诗"中,乾隆有自注说:"昔年平定伊犁,俘获甚众。内有锁子甲,曾作《蕃甲行》纪事,诗在丙子年(乾隆二十一年,1756 年)。"可见对此事格外重视,念念不忘。

锁子甲在古代始终是个传奇,难怪在《水浒》中,徐宁把这件四代相传的铠甲视为宝贝,不肯轻易示人。不得要领的小说家,大概也从未见过真正的锁子甲,因而无从描画。至于为了增加传奇性,又在前面加上"雁翎"二字,更是不伦不类。只能凭借传说,形容此甲"披在身上,又轻又稳,刀剑箭矢,急不能透"。

其实真正的锁子甲分量并不轻,欧洲现存的锁子甲重 15 千克,合 30 市斤。——自然,比起重达五六十斤的重铠,还是要轻便许多。至于努尔哈赤崛起于民间时所披锁子甲,是否是地道的真货,也值得怀疑。或许只是走了样的仿品,徒有其名,质量低劣,难怪抵不住那一箭。

附录五：爱新觉罗·弘历《蕃甲行》

权舆甲胄作轩辕，铜头铁额人惊看。

函人慎术精五属，合甲寿至三百年。

然惟犀兕察革空，眠里眠朕要取坚。

后世乃有锁子甲，铁环金练蛇鳞翻。

我闻其名未睹物，偃武日久工失传。

底定伊犁尽肉袒，台吉宰桑来后先。

取其重器藏武库，铁章蕃甲驿致骈。

当时噶尔丹策凌，恃远抗大数扰边。

其人狡谲习攻战，颇能怜下人称贤。

备器致用慑邻服，哈萨克无能为患。

以武得之守讵可，逆天内溃宗弗延。

廿一昂吉皆入化，四图什墨为我臣。

组铠虎皮包弗用，或异得四白鹿旋。

连环马：虚构还是写实

　　小说第 55 至 57 回演说"大破连环马"故事：朝廷派大将呼延灼征讨梁山"草寇"，官军所掌握的"必杀技"，是由呼延灼亲手训练的"连环马"。一支由三千骑兵组成的部队，人马全披重甲，人露双眼，马悬四蹄，三十匹一排，用铁环相连，前后共一百队！那是铁的洪流，一旦上阵，刀枪不惧、所向披靡！——若非吴学究用计请来徐宁，破解连环马，官军真的要"填平水泊、踏破梁山"了！

　　这种神奇的战法，也并非小说家完全虚构，是从金人的"拐子马"演化而来；《宋史》及岳珂《金佗粹编》对此都有记述。

　　"拐子马"又称"铁浮屠"，规模也是三千人，同样是把马连在一起，只是没有三十匹那么夸张，乃是三骑一组、用皮绳相连。至于人马皆披重铠，则与小说描写相同。在冷兵器时代，这样的骑兵一旦出动，犹如一道移动的铁墙，又像开向步兵的坦克，难怪宋人惊呼："铁浮屠"（"铁塔军"）来了！

　　然而拐子马在顺昌战役中遇上了克星。刘锜是有名的抗金将领，他命士兵以长枪、短斧相结合，冲入敌阵后，先用长枪挑去敌人的"兜鍪"（头盔），持斧者跟进，专砍对方手臂、马腿，甚至近距离"以手捽扯"。砍翻一马，其他两马也受拖累失去战斗力，金人拐子马顿时威风扫地！

　　抗金名将岳飞也曾与金人拐子马相遇。郾城之役，岳飞命步兵手持"麻扎刀"冲入敌阵，"勿仰视"，低头猛砍马足，把金人砍得人仰马翻。经此一战，"拐子马由是遂废"！——《水浒》

7-5　宋江大破连环马（选自容与堂本《水浒传》）

作者大概由此得到启示，编造了钩镰枪破阵情节，以钩镰枪钩马脚，大破王牌军，呼延灼也兵败投降。

几百年来，人们读历史、看小说，对此津津乐道，谁也不曾提出质疑。然而到了清中期，此事引起一个人的怀疑，此人仍旧是那位清代皇帝"乾隆爷"。

乾隆皇帝好虚荣，自称"十全老人"，自诩曾建"十全武功"。他读史至此，提出疑问说：北人作战善用骑兵，是取其"控纵便捷"，怎能把三匹马拴在一起呢？马的力量参差有别，这个进、那个退，怎么控制？三名骑士，这个勇、那个怯，到时听谁的？勇者必为怯者所连累，这个道理这么简单，为什么大家都信以为真了呢？

想一想，这位皇帝说的确实有道理。当代历史学家邓广铭先生写《岳飞传》，附了一篇《有关"拐子马"的诸问题的考释》，对"拐子马神话"的产生作了十分详尽的考证。结论是：金人军队编制中确有"拐子马"之称，但那不过是对两翼骑兵的称谓。也有"铁浮屠"之说，那是汉人对金人"全装重甲"的主力骑兵的畏称。

至于"三人大伍，贯以韦索"（韦索即皮绳）的金人战术，据考出自一位并未参战的顺昌通判汪若海笔下。他给朝廷写报告，对拐子马、铁浮屠做了详细的描述。其中就提到这种战术。而这段内容又被岳飞的孙子岳珂抄进《鄂王行实编年》中。"编年"中还多了一些细节描写，像"拐子马既相联合，一马偾，二马皆不能行，坐而待毙"云云。据邓广铭先生推断，这都是岳珂添加的想象之词。岳珂撰此文时，岳飞已去世六十年。当年临阵的人，少有在世者，因而"拐子马"的谬说也便无人纠正。

邓先生的考证文章长达万言，引证翔实，推理缜密，可以看作对乾隆质疑的补证。那么乾隆作为清朝皇帝，忽然对这样一段六百年前的史实大感兴趣，花心思、费口舌，予以辩驳，又多少有点奇怪。——说怪也不怪，此事并非跟满族皇帝"八竿子打不着"。满族自认是女真人的后裔，政权始建，即称"大金"（史称"后金"）。乾隆大概读到这段老祖宗战场受挫的历史，心里不舒服，才由此思考，进而"较真儿"的吧？

那么这段历史公案，经过一位皇帝、一位学者的考证，是否可以就此定谳呢？恐怕未必。譬如，那位首次提到"三人为伍，以皮索相连"战术的汪若海，虽未目睹，毕竟在事后亲临战地，访问了不少参战者。这一战术若出于捏造，他造谣的目的何在？就不怕被当世人揭露、被皇帝追究吗？

确如乾隆所说，三马相连的战术不合情理，然而类似的战法在古代并非没有。春秋战国时期的战车，例由四马牵引，乾隆所说的种种弊病，一件都不少，然而不也延用了千百年吗？

此外，宋人张棣亲耳听刘锜讲过顺昌战役的细节，说是令持斧勇士砍断敌骑马脚，"人马全装，一骑倒，又粘倒数骑"（"全装"指人马全披铠甲。出《朱子语类》)，这后果，不正是三马相连导致的吗？否则怎么会"一骑倒，又粘倒数骑"？——可见岳珂所说"一马偾，二马皆不能行，坐而待毙"也不是凭空想象，必有其信息来源。

许多时候，历史疑案错综复杂，不是靠简单推理即可破解的。不错，金人"拐子马"的名称本意，很可能如邓先生所说，是指骑兵侧翼，与三马相连的战法无关。此外，"铁浮屠"为重装骑兵，与拐子马也是两回事。然而这不足以否定金人确实使用过三马相连的战术。重要的是，所有否定此种战术的人（包括乾隆皇帝和当代学者），其生活年代都远远晚于记载此种战术的人（包括汪若海、张栋和岳珂），我们应该信谁呢？

　　至于《水浒》所说三十匹相连的战法，则可断为"小说家言"，看看热闹也就是了，不可当真，也不必较真儿。

"空船"妙计出石牌

"水浒"故事离不开水，宋江等人啸聚水泊，官军进讨需用船只。小说前后写了四、五次水战，集中在第19回及第79、第80回。水战的模式，大同小异，几乎都是官军不明就里、贪功冒进，义军虚虚实实、诱敌深入，最终将官军一举歼灭。而每次诱敌的诱饵，都是一只或几只空船。

第19回写晁盖、三阮等智取生辰纲后遭官军追捕、避迹蓼儿洼，济州观察何涛与巡检抢夺了百十只民船，前往湖中捕捕。阮小五驾舟出现，口唱"嘲歌"，诱敌深入。及至官军放箭，阮小五翻筋斗钻下水里去，"众人赶到跟前，拿个空"。——阮小五是小说中最早使用"空船计"的。

第79、第80回，写高俅调集水军，水陆并进。水军统制刘梦龙经过一次水战失利，又伙同牛邦喜卷土重来。刘梦龙率先出发，一路上"连篙不断，金鼓齐鸣，迤逦杀入梁山深处，并不见一只船"。渐近金沙滩时，才发现两只渔船，船上渔人见官军放箭，便都跳入水中逃走，官军得到的，依然是两只空船。

刘梦龙不知深浅，催动战船深入泊中，结果中了埋伏。后路牛邦喜听得喊声，正要后退，船队已陷入一片火海。最终刘、牛两位统制官被李俊、张横捉得，"欲待解上山寨，惟恐宋江又放了。两个好汉自商量，把这二人就路边结果了性命，割下首级送上山来"（第79回）。

同样的水战情节，还出现在第80回。高俅屡败后，打造了大批新式战船，"招募到四山五岳水手人等，约有一万余人"，以丘岳、徐京、梅展为水军先锋，向水泊进发。

梁山方面，遣阮氏三雄前来搦战。官军箭、炮齐发，三阮跳入水中，"丘岳等夺得三只空船"。行不过三里，又有孟康、童威、童猛等前来挑战，结果官军"又捉得三只空船"。"再行不得三里多路"，官军从李俊等人手中再夺三只空船。此后形势急转直下，山顶号炮一响，芦苇丛中钻出千百只小船，将官军大船团团围住。——此战的结果，是高俅落水就擒；丘岳等三人或死或俘，不曾逃掉一个！

晁盖、宋江等三番水战取胜，用的全是"空船计"，莫非此等水战模式，有成功的战例可循吗？——还真有。那正是杨幺洞庭义军大战官军、取得"石牌大捷"的典型战例。

南宋人《杨幺事迹》对这场战事有着细致而生动的描述。原来，官军统帅王玠接受前任镇压者的失败教训，征调水军正副统制崔曾（或作崔增）、吴全，率水军一万人进剿义军。水军初至洞庭，奉命亭泊在岳州鯿山的湘江口以及洞庭湖口、牌口等处。上级一再"戒约"，要他们在此静候，不得擅自越过石牌一步，只等上游大军与"贼人"交战，待"贼船"败北，顺流而下，官军船队即上前截杀。

怎奈崔曾、吴全等了几天，上游寂无消息。两人贪功心切，派小船越过石牌，往上游打探。义军此时已侦知下游有官军埋伏，又知官军都是"撅头船"及海船，在湖中使用不便。于是一面与上游的官军"支吾"，一面把几只小型车船顺流放下，船上既无旗枪、也不见人影，几只空船就这么横七竖八地顺流漂下。

崔、吴得知有空船漂下，以为义军已被打败，急于抢功，争先恐后开向石牌湖，一时秩序大乱。及至来到鄱官树水面开阔处，义军的大型车船突然出现，擂鼓呐喊，在水面横冲直撞。官军数百只大小船只，尽被"碾没"入水。崔、吴两个统制官也都溺水身亡。没被淹死的官军逃到沙岸上，也全部遭到义军掩杀，无一幸免。"一日之间，万人就死！"

检点这场水战的胜败焦点，在于义军的神机妙算以及官军的贪功轻进。而那几只空船，则成为这一成功战例的明显标志，被小说家一再借用。又据《建炎以来系年要录》所记石牌水战本末，说"（崔）增与（吴）全皆死，或曰为贼生执，脔割而食之"。与小说所叙刘梦龙、牛邦喜被好汉生擒、"割下首级送上山来"，也颇为相似。

洞庭史料对《水浒》创作的影响，还能从部队番号、军官职衔看出。照小说讲，高俅所调水军统制官刘梦龙，乃是"金陵建康府的一支水军"。——这事颇为蹊跷：官军进攻梁山泊，若从黄河、淮河"拘刷"船只、征调水军，还可以理解；偏要从长江征调水军，不亦远乎？然而翻翻洞庭史料可知，绍兴三年（1133），御前大军都统制王𤫊讨伐洞庭义军时，所调崔增、吴全的队伍，正是"建康府水军"！

洞庭湖与长江相通，建康府当其下游；王𤫊调集同一流域的水军前来征讨，于理正合。而高俅征讨黄河流域的梁山泊，也去调集"金陵建康府水军"，还要在长江上下"拘刷船只"，到济州取齐，这便不合兵家常理了。小说家只图省力，不但借洞庭战例为模型，还要照搬人家的部队番号、军官职衔，自然要露出破绽，而《水浒》的创作借鉴了洞庭起义的史料，这无疑又是一证。

车船：世界上最早的轮船雏形

洞庭义军"石牌大捷"在战争史上的意义，还在于使用了新式战船——车船。该船以轮代桨，由人力踏动，其行如飞。这应该是世界上最早的轮船雏形。

据文献记载，车船最早为唐人李皋所创。李皋是唐宗室曹王李明的玄孙，为人"多智数，善因事以自便"，"常运心巧思为战舰，挟二轮蹈之，翔风鼓浪，疾若挂帆席，所造省易而久固"。（《旧唐书·李皋传》）

至宋代，李纲对车船作了重大改进。"上下三层，挟以车轮，鼓蹈而进"（李纲《梁谿文集》），性能远胜一般战船。

其后鼎澧镇抚使程昌㝢与洞庭义军作战时，偶获一随军人员，名叫高宣，是个木匠，献上车船图纸，称"可以制贼"。于是荆湖官军开始打造车船。先打了一只"八车"（八只桨轮）的，下水后"令人夫踏车，于江流上下往来，极为快利。船两边有护车板，不见其车，但见船行如龙，观者以为神异"（《金佗续编》）。

以后照样打造，车桨数也增加到二十乃至二十三只，大船能载战士二三百人；义军的"棹舻小船"一撞就翻，以至于杨幺等很长时间不敢接近州城。

不过官军的水上优势没能保持多久。一次官军攻打夏诚大寨，由于汃江水落，官军的大型车船没法撤退，又"烧之不迭"，被义军缴获；连同造船专家高宣也被义军俘虏。从此义军大造车船，各有名号，如"和州载""大德山""大钦山""望三州"等。最大的为三十二车，长三十丈，上设三层重楼，可载战士千人。——这简直就是内湖"航母"啊！而杨幺所乘的旗舰取名"浑江龙"，这让我们联想到梁山好汉、水军头领李俊的"混江龙"绰号。李俊刚好也是来自长江流域，其间联系，发人遐思。

无独有偶，这种新式战船也出现在《水浒》中，只不过船的名称改为"海鳅船"。小说中，官军招募到一位造船专家叶春，向高俅献图献计，认为民间拘刷的小船"使风摇橹"，"船小底尖"，"难以用武"，提出要造大船。他所说的大船是这样的：

> 最大者名大海鳅船，两边置二十四部水车，船中可容数百人。每车用十二个人踏动，外用竹笆遮护，可避箭矢。船面上竖立弩楼，另造划车，摆布放于上。如要进发，垛楼上一声梆子响，二十四部水车，一齐用力踏动，其船如飞，他将何等船只可以拦当？若是遇着敌军，船面上伏弩齐发，他将何物可以遮护？其第二等船，名为小海鳅船，两边只用十二部水车，船中可容百十人。前面后尾，都钉长钉，两边亦立弩楼，仍设遮洋笆片。（第80回）

这种海鳅船，实即车船。叶春也因献策有功，被任命为"监造战船都作头"。——从他身上，还能找到历史上车船设计及制造专家高宣的影子。

只不过小说家把车船称作"海鳅船"，似是张冠李戴。海鳅船又叫鳅头船，是指一种尖底的小船，轻便灵活，却不耐冲撞。车船则形制巨大，与海鳅船各有所长；若配合使用，可无敌于水上。这一点，南宋人早已讨论过。在史书《中兴小纪》中，便有这样的比喻："盖车船如陆战之阵兵，海鳅船如陆战之轻兵。"——小说家缺乏对舰船的感性认识，仅仅抄纂史料稗说，误将车船混同于海鳅船，倒也情有可原。

然而在战场上，掌握了先进武器的不一定就是赢家。据史料记载，岳飞奉命征剿义军，水上作战确实处于劣势。杨幺的车船驰骋湖上，"以轮激水，疾驶如羽"，船的前后左右还都装有"撞竿"，官军小船一撞即破。而且车船高大，官军"迎面攻之"，连人影都看不到。

不过岳飞自有办法。他观察到车船的弱点，命人在洞庭湖君山砍伐树木，编成巨筏，堵塞了湖中的港汊。又将腐烂草木从上游投放。再派二千名大嗓门的士兵在水浅处向义军挑战，肆口谩骂！义军被激怒，驾船追投瓦石，不觉车船桨轮被草木塞住，不能行进。官军乘木筏进攻，以牛皮挡矢石，"群举巨木撞贼舟，舟为之碎"（岳珂《金佗粹编·行实编年》）。船上杨幺先把钟子仪扔到水中，自己也跳水，被岳飞部将牛皋在水中生擒。

《水浒》第80回中描写高俅战败的经过，与杨幺之败几乎一模一样。先是高俅乘坐"大海鳅船"进入水泊，趾高气扬，不可一世。岂料对面芦苇丛中钻出千百只小船来，"大海鳅船要撞时，又撞不得。水车正要踏动时，前面水底下都填塞定了车辐板，竟踏不动"。官军急忙放箭，而"小船上人一个个自顶片板遮护"，攻将上来。"官军急要退时，后面又塞定了，急切退不得"。顷刻间，高俅的座船被义军从水底凿漏，高俅也被张顺丢入水中，生擒活捉。

小说第78回叙述刘梦龙、党世雄水战败绩的经过，也强调

"刘梦龙和党世雄急回船时，原来经过的浅港内，都被梁山泊好汉用小船装载柴草，砍伐山中木植，填塞断了。那橹桨竟摇不动"。这些描写，全都能从洞庭史料中找到根据。

战争描写，不让兵书

《水浒》写江湖豪杰，市井故事，妙笔生花，引人入胜；可是一涉及两军对垒的场面，就未免顾此失彼、笔墨无灵。即如写水战，虽有石牌大捷及岳飞征剿洞庭湖的素材可用，但写起来总不见精彩。至于陆战，更因缺乏现成战例借鉴，有时连眉目清晰都做不到。

如第 50 回写梁山兵马分四路杀来祝家庄，正东来的五百人马由林冲、李俊、阮小二率领；正西的由花荣、张横、张顺率领；正南三头领是穆弘、杨雄和李逵。——正北方来者是谁？书中竟没有交代。从后面的叙述看，应是宋江、吕方、郭盛。

"兵来将挡，水来土屯。"祝家庄方面也分四路迎敌。栾廷玉说："……我引了一队人马出后门杀这正西北上的人马。"祝龙说："我出前门杀这正东上的人马贼兵。"祝虎道："我也出后门杀那正南上的人马。"祝彪说："我也出前门捉宋江，是要紧的贼首。"

这里出了问题。首先，这"正西北"是啥方向？来者是一队还是两队？再者，按北方习俗，前门是南门，后门是北门。栾廷玉出后门杀"正西北"来的人马，还可解释得通；而祝虎出后门要杀"正南上的人马"，便是南辕北辙了。（当然，如果把祝家庄的布局理解为前门朝东、后门朝西，尚可说得过去。但后面的述说仍有讲不通处。）

祝家庄人马杀出后，诈降的孙立、孙新先占住前门的吊桥，庄内的乐和等人劫了牢狱，放起火来。城外，祝虎本来由后门杀出，要与南路的李逵等人交战，因见庄内火起，赶回来营救，

7-6　宋公明三打祝家庄（选自容与堂本《水浒传》）

却被前门的孙立挡往（这里方位不对了，他是由后门杀出，不是应该回后门吗）。祝虎不得已，回头去战不知从何方而来的宋江，结果被吕方、郭盛所杀。——对付宋江，本来是祝彪的任务。

祝龙出前门迎战东路的林冲，战败后逃到后门（方位又不对了），见解珍、解宝把守，又转身往北逃，正遇李逵，结果死于李逵板斧下。——李逵本是从南边杀来，怎么会跟"望北而走"的祝龙迎头相撞呢？

出前门的祝彪，大概压根儿没见着宋江；他听说祝龙已死，便逃往扈家庄，被扈成绑来投奔宋江，迎头遇上不讲"俘虏政策"的李逵，砍死祝彪，吓跑了扈成。至于从后门杀出的栾廷玉，是否遇上西来的花荣，书中一字未提，只从宋江的一声叹息中得知他的下场："只可惜杀了栾廷玉那个好汉。"功劳应记在谁的名下，书中也无交代。——这一仗打得真是稀里糊涂！

还有一些掺杂了妖法的战役，更是远离写实风格，荒诞可笑。如高唐州新任知府高廉素习妖法，作战时从背上掣出"太阿宝剑"，口中念念有词，喝声："疾！"顿时"黑气冲天，狂风大作，飞砂走石，播土扬尘"。他手下的三百神兵放起火来，更有豺狼虎豹、怪兽毒虫助阵，无人能敌。——然而宋江请回公孙胜，以五雷天心正法对付，高廉的妖术顿时失去了威力。（第54回）

再如宋江征辽时，难破辽军的"太乙混天像阵"。宋江夜梦玄女，亲授破阵之法：如若对付敌方的"皂旗军马"，就选派七将，用"黄旗、黄甲、黄衣、黄马"去破，让身披黄袍的猛将入阵直取水星，"此乃土克水之义也"。再以白袍军马破其青旗军阵（这叫"金克木"），以红袍军马破白旗军阵（这叫"火克

金"）……宋江醒后，依法布置，果然大获全胜。（第88回）

在今天看来，这些叙述，纯属小说家的呓语，相信读者看到此处，大多一翻而过。却不知古代的"军事家"真有"研究"这套"理论"的，还撰为兵书、著于典册哩！

明人唐顺之纂辑《武编》，篇中参考前代兵家著作，不乏严肃实用的内容。但也有荒诞可笑的"知识"，被作者郑重其事抄在书中。例如以下内容：

> 《易范·经纬》曰：五行之初生，水而木，木而火，火而金，金而土。故西方之金为方阵，而方变为圆；中央之土为圆阵，而圆变为曲；北方之水为曲阵，而曲变为直；东南方之木为直阵，而直变为锐……火之克金也，故锐阵可以破方阵；金之克木也，故方阵可以破直阵……

这与玄女梦中所授的破阵之法，已十分近似。——还有更"邪"的呢！如《演禽战法》：

> 主将见破，即令三军喊呼向前，各执长枪、三尖利刀，作法默念："狐精救我三军！唵吒吒摩哩哩！"即变为"心月狐"阵杀入。狐性喜变妇女，怕网索猫犬，官军口作犬声，头上画妇人美色，墨包贼阵："哒哩哩杀杀！"即变为"牛金牛"。令士卒各执大刀大斧，口作牛声而进。不知破法，受其害矣。……

比起《水浒》中的描述，这样的战法似乎就更下一层！——《武编》作者唐顺之便是与李开先一同盛赞《水浒》

的唐荆川，他于明嘉靖八年（1529）参加会试，考取第一，几乎等同于状元。他又是儒学大师，文学上属于唐宋派，与归有光、茅坤等人齐名。他曾以淮扬巡抚的身份领导抗倭，亲临前线，有一定军事经验。四库馆臣评价《武编》，认为"是编虽纸上之谈，亦多由阅历而得，固未可概以书生之见目之"（《四库全书总目》）。

既然"未可概以书生之见目之"的兵书都可以这么写，《水浒》中的战争描写，应当称得上"严谨"了！

向历代英雄致敬

山寨也有"诸葛亮"

在北宋东京的瓦舍勾栏里，有两部讲史平话名气最大："霍四究《说三分》，尹常卖《五代史》。"（《东京梦华录·京瓦伎艺》）——《说三分》即三国故事，《五代史》即五代故事。

在宋元瓦舍勾栏中演说的，还有隋唐、杨家将、说岳以及宋末抗元的讲史平话。宋江话本有这么多"好邻居"做伴，作者当然不会放过学习、借鉴的机会。甚至悄悄将人家的"好儿女"收为"养子（女）"的事，也时有发生。

自然，老牌讲史故事《说三分》对《水浒》影响是最大的。从一些梁山好汉身上，还能看到三国人物影响的明显痕迹。譬如宋江忠孝双全、深得人心的儒家作派，跟刘备宽厚仁慈、颇得"人和"的风格，就很接近。而在吴用、公孙胜身上，又能明显看出诸葛亮的影响。

吴用是梁山泊水寨的智囊，他一出场，作者便以诸葛亮相许，称赞他"谋略敢欺诸葛亮，陈平岂敌才能"。而吴用道号"加亮先生"，也含有"超越诸葛亮"的意思。书中有几处称颂吴用的诗词，形容他"潇洒纶巾野服，笑谈将白羽麾兵。……韵度同诸葛，运筹帷幄，殚竭忠诚。……"（第61回）"白道服皂罗沿襈，紫丝绦碧玉钩环。手中羽扇动天关，头上纶巾微岸。……"（第76回）连羽扇纶巾的道家打扮，也与诸葛亮相像。

只是诸葛亮还有神机妙算、鬼神莫测的一面，早期"三国"故事甚至说他能"呼风唤雨，撒豆成兵，挥剑成河"。——这又是村塾先生出身的吴学究所望尘莫及的。于是乎便有公孙胜出场，弥补吴用的缺陷与不足。公孙胜师从二仙山罗真人，学得五雷天心正法，"亦能呼风唤雨，驾雾腾云"（第 15 回）。他几次参加与官军的战斗，都有"祭风"助火的情节，那显然受了诸葛亮借东风的启示。而书中写梁山收芒砀山樊瑞时，公孙胜献"八阵图"，也仍是袭用诸葛亮的故事情节。

足智多谋的吴用加上呼风唤雨的公孙胜，两人"优势互补"，刚好可以"顶个诸葛亮"。看看山寨核心的组成：宋江为主帅，卢俊义为副帅，吴用、公孙胜比肩相连，居于三四，那也正是军师、智囊的席位。

关胜凭啥排位高

再来看看武将吧，"水浒"故事模仿"三国"，山寨中居然也有"五虎将"，依次为大刀关胜、豹子头林冲、霹雳火秦明、双鞭呼延灼、双枪将董平。——众所周知，《三国演义》中"五虎大将"为关羽、张飞、赵云、马超、黄忠。

关胜高居五虎将之首，俨然是梁山武将的首席。然而论贡献，他不过是个战败被俘的官军军官，对山寨建设贡献甚微。而梁山好汉对他敬仰有加，戴宗得知关胜来伐的消息，向宋江报告说："东京蔡太师拜请关菩萨玄孙蒲东郡大刀关胜，引一彪军马飞奔梁山泊来。"——是了，"关菩萨"即三国蜀汉大将关羽，他生前的爵位，最高不过是"汉寿亭侯"；死后却交了好运，被历朝统治者捧上了天：先封王，再封帝，在清末的封号是"忠义神武灵佑仁勇威显关圣大帝"！佛、道两教也争着聘他做护法神，称他"伏魔大帝""关圣帝君"。"义勇"成了他的标签，直至近世，人们在抗击外来侵略时，还以"义勇"为号，乃至今日作为国歌的《义勇军进行曲》，也有着这位大英雄的间接影响。

关胜的仪表形象，也是完全照"三国"故事中的关羽描摹的："堂堂八尺五六身躯，细细三柳髭髯，两眉入鬓，凤眼朝天，面如重枣，唇若涂朱。"（第63回）他的坐骑、兵器，也与乃祖相同，"赤兔马腾腾紫雾，青龙刀凛凛寒冰"（第64回）。

关胜既然是关羽的后裔，本身就是"神一样的存在"。因而他一旦归顺，立刻坐上山寨第五把交椅。——看来"四海之内皆兄弟也"的口号，也只是停留在口头上；至少在说话人的心

軼輪
超
之
犀髯
後易拜
前
将軍

大刀関勝

8-1 大刀关胜（选自贯华堂本《水浒传》）

目中，仍秉承着"龙生龙，凤生凤，老鼠生儿会打洞"的世俗
理念。

单单塑造一个关胜，还不足以抒发《水浒》作者对这位历
史英雄的一腔仰慕之情；书中另一位好汉朱仝，其实也是照关
羽的形象塑造的。书中写朱仝"身长八尺四五，有一部虎须髯，
长一尺五寸，面如重枣，目若朗星，似关云长模样，满县人都
称他做'美髯公'。"在有关朱仝的诗赞中，作者又称他"面如
重枣色通红，云长重出世，人号美髯公"（第13回）。

朱仝不但相貌仪表亚赛关羽，其讲义气、重然诺的品质，
也与关羽相似。他先是"义释宋公明"（第22回），后来又为义
气放走雷横（第51回），自己反因此吃了官司。种种性格特征，
正是对关羽人格形象的摹写。

如前所说，好汉杨雄的绰号为"病关索"，也与关羽有
关。——关索在传说中是关羽之子。《水浒》描写杨雄的相貌，
是"两眉入鬓，凤眼朝天，淡黄面皮，细细有几根髭髯"，略具
关羽的相貌特征。只是胡须不如关羽多，毕竟因关索还年轻。
至于面皮淡黄，不似关羽之"面如重枣"，则应与作者对"病关
索"绰号的错误理解有关。前头已经说过，此"病"为使动用
法，并非生病之意。

"克隆"张飞的林教头

张飞也是《三国》中惹人瞩目的文学形象。他武艺高强、性情暴躁、嫉恶如仇,却又粗中有细。说到他对"水浒"人物的影响,人们马上会想到李逵、雷横、鲁智深、秦明等人。

即以雷横为例,他鲁莽粗豪,性格与张飞相似;做过屠户,职业也与张飞相同。(第13回)他与朱仝形影相随、情同手足,两人搭配,又给人以关、张再世的印象。——其实从关、张同为五虎将的角度看,林冲也是张飞的投影。别忘了,山寨"五虎将"中紧挨着大刀关胜的,正是豹子头林冲。

林冲的相貌,也是照着张飞描画的。且看《水浒》第7回林冲登场:"那官人生的豹头环眼,燕颔虎须,八尺长短身材,三十四五年纪。"——再来比照《三国》中的张飞:"其人身长八尺,豹头环眼,燕颔虎须,声若巨雷,势如奔马。"(《三国志通俗演义》第1则)不但相貌相似,所使兵器也是一样的:张飞使一杆丈八蛇矛,有万夫不挡之勇;而林冲上阵,也是"持丈八蛇矛,斗到间深里,暴雷也似大叫一声……"(第84回)活脱一个猛张飞。

《水浒》作者并不掩饰林冲形象对张飞的"克隆"。第48回有一首诗赞扬林冲:"满山都唤'小张飞',豹子头林冲便是。"第78回一篇赋文也说:"林冲燕颔虎须,满寨称为翼德。"

奇怪的是,相貌与张飞一般无二的林冲,性格却完全是另一个样子。他身为东京八十万禁军教头,出身职业就与市井操刀的张飞截然不同。性格上的差异就更大,即如他遇事总是思前虑后、优柔寡断;妻子当众受辱,他居然也能逆来顺受、隐忍不发，跟睚眦必报、鞭打督邮的张飞，又有哪一点相似？

我们把早期"水浒"资料扒一扒，就会发现林冲初次登场是在《宣和遗事》中（《画赞》中没有他的名字）。他与杨志等十二"指使"结为"厄难相救"的兄弟，一同押送花石纲。后因杨志卖刀杀人，发配卫州，林冲随众指使半路救了杨志，"同往太行山落草为寇去也"。吴读本中，林冲的名字也只出现一次，是作为随从，跟着宋江、燕青、戴宗等游了一趟西湖。

林冲形象丰满起来，是在今本中。他从众英雄中走到最前列，书中开篇就笔墨淋漓地渲染了他的悲惨遭遇：写他面对凭空而来的欺压，如何忍辱负重、委曲求全。然而退让换来的，却是进一步的凌逼。他终于忍无可忍，奋起反抗，杀人喋血、反上梁山！小说正是通过他，奠定了全书"官逼民反"的主题！

不止一位研究者论证说，作为最早登场的好汉之一，林冲的血泪故事，没准倒是后来补写，"插增"到小说开头的。学者聂绀弩列举七点，说明林冲故事之晚起："一、林冲是八十万禁军教头，上司是高俅，是从本书（指征四寇系列的本子——引者）王进、王庆的故事来的。……四、林冲买刀，是从本书杨志卖刀取来反写的。五、……王庆发配起解时，他的岳父来送也，要他写一张休书给他的女儿，林冲故事拿来反写了。六、董超、薛霸谋害林冲，从本书卢俊义故事来的。七、和洪教头比棒，又是从王庆故事来的……"聂先生由此得出结论："别的故事，都不像林冲故事有这么多的地方和其他故事雷同，那雷同处，多数是林冲故事更近情理，所以可以推定是林冲故事采取其他故事的筋节加以改造，而不是其他故事采取林冲故事的。"（《〈水浒〉是怎样写成的》）以此论证林冲故事的后起，很有启发性。

笔者也曾撰文，为这一观点提供进一步证据。（《水浒源流管窥》，载《文学遗产》1986 年第 4 期）——这种"后补说"，很好地解释了林冲形象灵、肉冲突的现象。

林冲"豹子头"的绰号，是从《宣和遗事》中带来的。在早期"水浒"故事里，他是被当作张飞式的人物设计的。小说的后期作者（笔者以为应该就是宣德至嘉靖之间的那位天才作者），大概是为了宣泄自己的一肚皮愤懑牢骚，借用林冲的名字，为他拟写了全新的个人"履历"。

在作者笔下，林冲被置于受恶势力碾压的卑微地位，而文学形象一旦被注入灵魂、激活生命，往往会脱离作者的控制，依照自己独有的性格逻辑，走出一条不受羁绊的命运之路来。——林冲外貌与内心的错位，是不是可以这样看呢？

说到对"三国"人物的借鉴，《水浒》中还有"小温侯"吕方。他在书中亮相时，"头上三叉冠，金圈玉钿；身上百花袍，锦织团花。甲披千道火龙鳞，带束一条红玛瑙。骑一匹胭脂抹就如龙马，使一条朱红画杆方天戟。……"（第 35 回）如此装束，几乎全学《三国》人物吕布。——吕方自己也承认："小人姓吕名方……平昔爱学吕布为人，因此习学这枝方天画戟，人都唤小人做小温侯吕方。"

史载吕布因除董卓有功，被朝廷授予"奋威将军"，"假节，仪比三司，进封温侯，共秉朝政"。（《三国志·魏书·吕布传》）吕方的绰号"小温侯"，也来自吕布。种种迹象表明，在早期"三国"故事中，吕布的名声并不太坏，吕方崇拜他，是完全可以理解的。

铁券也有锈蚀时

与《说三分》一样，《五代史》同样是宋代勾栏中叫得响的平话故事。可惜流传下来的案头读物，只有一本残损的《五代史平话》以及文字朴拙的《残唐五代史演义传》。

《水浒》作者十分熟悉五代历史，小说开篇便引录一首七律："纷纷五代乱离间，一旦云开复见天。……"并解释说："话说这八句诗，乃是故宋神宗天子朝中一个名儒，姓邵，讳尧夫，道号康节先生所作。为叹五代残唐天下干戈不息，那时朝属梁，暮属晋。正谓是：'朱李石刘郭，梁唐晋汉周，都来十五帝，播乱五十秋。'"——寥寥数语，勾勒出一部五代史。一部北宋末年的起义传说，却要从五代讲起，可见《水浒》作者对五代平话的仰视。

说到"五代"故事的影响，人们第一个想到的，便是山寨中位居第十的首领"小旋风"柴进。在天降石碣中，他是"天贵星"。他的身份也确实高贵，是"大周柴世宗嫡派子孙"。宋太祖赵匡胤的江山，便是由柴家"让渡"的。

原来，后周太祖郭威死后无子，帝位由内侄柴荣继承，是为周世宗。世宗死后，儿子宗训即位，年仅七岁。手握重兵的殿前都检点赵匡胤发动陈桥兵变，导演了一场"禅让"闹剧，改国号为宋。——相传为了表达对柴氏的尊重和感激，赵匡胤颁给柴氏"誓书铁券"，又叫"丹书铁券"。这副"铁券"，在小说中也被提及。

那是第52回，高唐州恶霸殷天锡，借着姐夫高廉的势力，要夺柴进叔父柴皇城的花园。柴皇城争辩说："我家是金枝玉叶，有先朝丹书铁券在门，诸人不许欺侮……"

"丹书铁券"的形制是铁打的册页，上面有丹砂书写的誓文。最早源于汉代，汉高祖刘邦夺天下后，与功臣"剖符作誓，铁券丹契"，作为分封诸侯的凭证。

铁券除了证明受赐者拥有封地、官职，也规定所享有的种种特权。元末学者陶宗仪就亲眼见过唐王朝加封钱镠为镇海军节度使所赐的铁券——比"丹书"还要讲究，文字是用黄金镶嵌的。

据陶宗仪《南村辍耕录·钱武肃铁券》记述："（铁券）形宛如瓦，高尺余，阔二尺许，券词黄金商嵌。"所录誓词洋洋洒洒三百多字，除了所封爵衔、官职、食禄数目以及奖饰之词，还规定"永将延祚子孙。使卿长袭宠荣，克保富贵。卿恕九死，子孙三死，或犯常刑，有司不得加责"。也就是说，钱镠本人可以免除九次死罪，子孙也可免除三次。至于一般性的触律犯法，更不许官吏过问。——对于受赐者，这当然是极大的荣宠；而对于国家法律，这又无疑是粗暴的践踏，对平民百姓，也是极为不公平的。

不过即便是铁券，也有锈蚀的时候。时过境迁，也便失去了效用。柴进不明此理，对李逵说："……他（指殷天锡）虽是倚势欺人，我家放着有护持圣旨（即指铁券）。这里和他理论不得，须是京师也有大似他的，放着明明的条例，和他打官司。"他显然还对官府抱有幻想。倒是李逵一语道破："条例，条例！若还依得，天下不乱了！"（第52回）——果然，丹书铁券未能帮助柴进摆脱厄运，救他脱离危境的，还是李逵的板斧、梁山好汉的刀枪。

《水浒》从"五代"故事中取材的人物，还有个单廷珪，本是幽州太守刘守光的部将，小说家"借"他入《水浒》，连名字都懒得改一改。

刘守光僭号称帝，后晋派大将周德威前往征讨，史书记录周德威与单廷珪的一场战斗。单廷珪在阵前认出周德威，"乃挺枪驰骑追之"。周德威假装败走，估计单廷珪将到身后，一侧身，单廷珪的马勒不住，跑了过去，周德威从后面举兵器猛地一击，单廷珪落马被擒！（《新五代史·周德威传》）

小说中单廷珪被关胜擒获的过程，与这段史书描写十分相像：

> ……两个斗不到二十余合，关胜勒转马头，慌忙便走。单廷珪随即赶将来。约赶十余里，关胜回头喝道："你这厮不下马受降，更待何时！"单廷珪挺枪直取关胜后心。关胜使出神威，拖起刀背，只一拍，喝一声"下去"，单廷珪落马。（第67回）

"水浒"故事为了敷演自己的英雄传奇，常常借才于异代，单廷珪又是一个典型的例子。

鲁达的"前身"是皇帝吗

《水浒》又有暗用五代事典的人物，便是鲁提辖。据笔者考察，"鲁提辖拳打镇关西"的故事，应取材于五代后周太祖郭威的一段传奇经历。

郭威原是后汉的高官，军权独揽，功高镇主。后汉主刘承祐想除掉他，结果走漏风声，自己反而被杀。众将撕裂黄旗，披在郭威身上，奉他为国主。郭威假意推辞，不肯马上登基。不久见大局已定，也便心安理得地坐上龙椅。——后来赵匡胤陈桥兵变、黄袍加身，便是袭郭威的故伎。

这里要讲的，是郭威年轻时的故事。据《新五代史·周本纪》记载，郭威十八岁时，在潞州留后李继韬麾下当个小军官。他为人勇敢，好饮酒，常在集市上游荡。集市上有个屠户，经常恃力逞强，欺凌弱小。郭威不服气，一次喝了酒，乘醉上前，"呼屠者使进几割肉，割不如法，叱之"（招呼屠户到肉案前割肉，说对方没按要求做，斥骂他）。这屠户是个泼皮，把衣服一敞，向郭威"叫板"："尔勇者，能杀我乎？"郭威眼也不眨，上前绰起屠刀，便将屠户刺死。众人大惊，郭威却泰然作若。巡逻的把他捉去，李继韬喜欢这员勇将，偷偷地把他放了，不久又召至麾下。

把这段史实跟"鲁提辖拳打镇关西"相比较，两故事中的杀人者，都是任侠使气的中下层军官；被杀者也同样是横行市井的恶霸屠户。斗杀的策略，又都是借口买肉，命恶屠亲自切割整治，故意挑剔找碴、激怒对方，后发制人。唯一的不同，一个是用刀捅死，一个是三拳击毙。然而二者的相似性，却不容否认。

鲁提辖因误伤人命而被迫出家,变身为"花和尚"。那么"花和尚"有没有原型人物呢?那应是另一历史平话"杨家将"中的人物——五郎杨延德。

杨家将是驻守宋朝北境的英雄家族,族长杨业,又名继业,与妻子折氏生有七子,祖孙三代在五代、两宋三百五十年间,一直是卫国御侮的中坚力量。有关杨家将的传说不胫而走,为广大百姓所喜闻乐见。欧阳修为杨家将成员杨琪撰写《供备库副使杨君墓志铭》即说:"继业……延昭……父子皆为名将,其智勇号称无敌,至今天下之士至于里儿野竖,皆能道之。"

杨琪是杨业之弟杨重勋的孙子,他于皇祐二年(1050)去世,那时他的堂兄弟杨文广(延昭之子)还在,杨延昭及折太君谢世也不过三十几年。也就是说,有关杨家将的传说,在杨家将还在世时就已在民间广为流播。那时,无论宋江还是钟相、杨幺,都还没有出世呢。

至迟到南宋时,杨家将故事已进入说话领域。罗烨《醉翁谈录》即著录了《五郎为僧》《杨令公》等话本篇目。根据今传的《杨家将演义》等书可知,五郎延德出家为僧,是在幽州一战之后。幽州之战,杨家将损失惨重,为保宋太宗突围,大郎、二郎、三郎都战死沙场,四郎杨延昭被俘。五郎延德杀出重围,走投无路,忽然想起此前五台山智聪禅师赠他一个小匣。打开看时,里面有一把剃刀、一张度牒(也就是和尚的"护照"):这分明是暗示他出家。五郎于是收斧于怀、挂盔于树,慨然削去头发,径直上五台山当和尚去了。

"水浒"故事要塑造花和尚鲁智深形象,眼前就摆着杨五郎这样一个样板。尔看,这两人都是山陕好汉(杨家籍贯一说山西,一说陕西),出家前都是鲁莽军官,出家的地点又都是五台山。杨五郎出家是受五台山智聪禅师的指引，鲁智深则是由五台山智真长老剃度。鲁智深不守戒律，酗酒动粗，也与五郎相似。在杨家将题材的戏曲中，五郎的行为便是吃酒犯戒、耍横使蛮。更重要的是，两人后来又都重上战场，杀敌保国，所抵御的又都是契丹人。——可以说，没有莽和尚杨五郎，便没有花和尚鲁智深。

当然，鲁智深的塑造，大概还汲取了诸宫调、元杂剧的营养。如《董西厢诸宫调》中突围送信的法聪，《西厢记杂剧》中踹营搬兵的惠明等，也都是"不念《法华经》，不礼《梁皇忏》"的莽和尚，都应与鲁智深发生过交互影响。——只是从艺术上看，无论杨五郎还是法聪、惠明，都不免相形见绌。鲁智深集武僧形象之大成，堪称青出于蓝，后来居上！

"卖刀"故事溯源

说到"杨家将"故事，"青面兽"杨志是杨家将的"正牌"传人，他自称"三代将门之后，五侯杨令公之孙"。——然而这里的"三代""五侯"，都不可当真。

从历史上杨业活动的五代末、北宋初，到宋江起义的北宋末年，杨家将的传人应不止三代。而杨业及几个儿子官阶最高的，也就是防御使（在宋代，那是武将兼衔，略高于团练使），杨业自己的"太尉、中书令、大同军节度使"（《供备库副使杨君墓志铭》）都是死后追赠的。父子都不曾封侯。

《水浒》作者把杨志定位为杨家将的后代，有替梁山好汉正名的目的吧？至少他们不是一伙乌合之众，其中多有来历不凡者。而杨志"边庭上一枪一刀，博个封妻荫子，也与祖宗争口气"的志向，也正是梁山英雄的普遍理想。

杨志绰号"青面兽"，是因"面皮上老大一搭青记"，给人一种满面晦气的印象。不错，杨家将的故事也始终氤氲着悲剧氛围。杨业原是北汉将领，归顺宋朝后，因屡建战功，遭到其他边将的妒忌和排挤。杨业最终战死，便与大将潘美、王侁等指挥失当、见死不救有关。杨业死后，潘美负连带责任，被降三级。而百姓的同情，也一致倾向于杨家，并通过说话、戏曲等形式，渲染杨、潘矛盾，划定忠奸界限。

至今开封市内有两处湖泊，一称杨湖，一称潘湖，两湖水质一清一浑，并有着"杨清潘浊"的口碑。可见民间拥戴忠良、痛恨奸邪的立场态度，源远流长、根深蒂固。

无独有偶，《水浒》中的坏女人往往姓潘，如潘金莲、潘巧云等；这里是否也有杨家将故事的影响？在潘巧云故事中，潘的丈夫杨雄又恰恰姓杨。杨、潘两姓，一正一邪，与积淀于百姓内心的价值判断暗合。

不过杨志卖刀的"剧情"，却似来自"五代"故事。《梁史平话》是《五代史平话》的一种，其卷上写朱温（即后梁开国之君朱全忠）落草为寇，准备攻打齐州，先派手下头目霍存、刘文政前去哨探。书中讲道：

> （霍、刘二人）去到齐州探事已了，（刘文政）向霍存道："朱三哥怕我吃酒，咱今事了，吃些又碍甚事？"遂入酒店连饮了数升。忽见一少年，将一口刀要卖。刘文政要买，问多少价。少年道："要价钱三百贯。"文政道："恰有三百钱，问你买了。"少年人怒道："您三百钱只买得胭脂腻粉。咱每这刀，要卖与烈士！"文政道："您怎知我不是杀人烈士？"遂夺少年刀，杀了少年人。被圳分捉了刘文政，解赴齐州。……

杨志卖刀杀牛二的情节，应即对此有所借鉴。两事相同处有三：其一，都是由卖刀引起纷争，并导致杀人的后果。其二，故事中都出现悬殊的价格对比：《梁史平话》中卖刀人开价三百贯，而刘文政只肯出三百钱，在卖刀少年口中，"三百钱只买得胭脂腻粉"；《水浒》中杨志开价三千贯，牛二则说："我三百文买一把，也切得肉，也切得豆腐。"三、杀人者都身陷囹圄，又侥幸免于一死。——所不同者，《平话》中的死者是卖刀少年，而《水浒》中的死者是图赖宝刀的泼皮地痞。

《水浒》与《五代史平话》故事都属于累积型小说，二者的相互影响，也是多层次的。杨志卖刀的情节，其实在早期话本《宣和遗事》中已经出现：

> 那杨志为等孙立不来，又值雪天，旅途贫困，缺少果足，未免将一口宝刀出市货卖。终日价无人商量。行至日晡，遇一个恶少后生，要买宝刀。两个交口厮争，那后生被杨志挥刀一斫，只见头随刀落。杨志上了枷，取了招状，送狱推勘。

《宣和遗事》中与杨志纠缠的是"恶少后生"，《五代史平话》中卖刀的，也是"少年"。到了《水浒》中，强买宝刀的已变成粗蠢赖汉。可见卖刀故事早在《五代史平话》和《宣和遗事》中已有交流，其传播路径是《五代史平话》——《宣和遗事》——今本《水浒》。

白袍谁家子，李广后人多

　　从历史中借取人物原型的梁山好汉还有好几位。如北宋初年守卫边庭的一代名将呼延赞，与杨业是并州（今山西）同乡，同样也是北汉将领，后来归顺宋朝。他为人勇悍，忠心报国，身上遍刺"赤心杀贼"等字。他的名字也出现在杨家将故事中。他曾亲携御赐金简随营保护杨家，颇为奸臣畏惮。在说部中，单有《说呼全传》传世。

　　梁山好汉呼延灼，即号称呼延赞之后。第 54 回说："此人乃开国之初河东名将呼延赞嫡派子孙，单名唤个灼字，使两条铜鞭，有万夫不当之勇。"他的赞辞中也说："开国功臣后裔，先朝良将玄孙。"书中写他一表非俗，骑一匹御赐踢雪乌骓马，上阵挥舞两条铜鞭，英勇异常，与呼延赞无异。此外，关于呼延灼的某些情节，大概还参考了南宋抗金名将呼延通的事迹。——呼延通是北宋末年抗金英雄，也自称是呼延赞的后代。（《三朝北盟会编》）

　　由宋代往前推，梁山好汉中还有几位取范于唐人的。如以"尉迟"为绰号的"病尉迟"孙立和"小尉迟"孙新。

　　尉迟恭字敬德，是唐初名将，投于李世民麾下，因作战勇猛、救驾有功，深得李世民倚重。后封鄂国公，死后陪葬昭陵，图绘凌烟阁。尉迟恭善用的兵器是矛，史书没说他善使钢鞭，不过在小说、戏曲中，钢鞭成了尉迟恭刻不离身的兵器。熊大木《唐书志传通俗演义》卷三讲到尉迟恭，说他'手执竹节钢鞭端的入阵，有万夫不当之勇"。——《水浒》中孙氏兄弟善用鞭，如孙立"使一管长枪，腕上悬一条虎眼竹节钢鞭"。孙新也

"全学得他哥哥的本领，使得几路好鞭枪"（第 49 回）。这也是二人被呼为"尉迟"的原因所在。

另有山寨好汉郭盛，出场时"穿一身白，骑一匹白马，手中也使一枝方天画戟"，"背后小校，都是白衣白甲"。（第 35 回）其打扮及兵器，都模仿隋唐故事中的薛仁贵。他的绰号，便是"赛仁贵"。

薛仁贵是绛州龙门人，出身农家，曾从征辽东，破高丽，击契丹，定突厥，屡建奇功。史传很少描摹人物的服饰，唯独薛仁贵是个例外。《旧唐书·薛仁贵传》记载，从征辽东时，"仁贵自恃骁勇，欲立奇功，乃异其服色，著白衣，握戟、腰鞬、张弓，大呼先入，所向无前，贼尽披靡却走。大军乘之，贼乃大溃。太宗遥望见之，遣驰问先锋白衣者为谁。特引见，赐马两匹，绢四一匹"。

此后凡演说薛仁贵故事，都以白袍作为薛仁贵的"英雄本色"。《水浒》作者正是由此塑造了白衣白甲、银戟白马的郭盛形象。

此外，《水浒》作者对汉将军李广似乎格外瞩目，绰号与他有关的好汉不止一位。我们谈到绰号时曾说，花荣绰号"小李广"，张清绰号"没羽箭"，李忠绰号"打虎将"，便都取自李广。

《水浒》中还有一处提到李广的后人，竟是个辽国军官。百回本第 86 回叙说宋江围攻幽州，有两支辽国兵马前来救援，其中一支由"李金吾大将"率领。书中介绍说："原来那个番官，正受黄门侍郎、左执金吾上将军，姓李名集，呼为李金吾。乃李陵之后，荫袭金吾之爵。见在雄州屯扎，部下有一万来军马。"

李陵是李广之孙，他的传记附于《史记·李广列传》。他因战败投降匈奴，令汉武帝震怒，还祸及司马迁。李集则被说成李陵的后人。——据考契丹与匈奴在历史上确有某种交集，不过说李陵的后人到宋代还在，而且讲得有名有姓，则肯定是小说家的虚构。

　　借历史人物，浇自家块垒，替天下英雄鸣不平，正是《水浒》作者的一贯做法。

打虎英雄谁占先

探讨人物形象的嬗递关系，有时还能借以判断作品的创作时间。就来看看武松打虎关目的来龙去脉吧。

时至今日，一提打虎英雄，人们第一时间想到的便是武松，由此也可见小说的影响之大。然而在《水浒》问世之前，人们心目中的打虎英雄多为子路、卞庄、周处、李存孝。

子路是孔子的弟子，勇武好斗，相传他为孔子取水时斗杀猛虎，事见殷芸的《小说》。《水浒》第 43 回写众猎户不信李逵能独杀四虎，说"便是李存孝和子路，也只打得一个"，可见子路曾因打虎闻名。

卞庄则是春秋时鲁国卞邑大夫，曾打算凭借个人勇力刺虎除害，后来听从他人建议，让两虎相争，两败俱伤，"果有双虎之功"（《史记·陈轸传》）。《水浒》第 17 回写杨志与鲁智深打斗，形容道："一对虎争餐，惊的这胆大心粗、施雪刃卞庄魂魄丧……"第 23 回形容景阳冈猛虎，也有"卞庄见后魂魄丧，存孝遇时心胆强"等语，可见作者对这些打虎典故是熟悉的。——不过武松打虎情节直接模仿的，应是存孝打虎。

李存孝原名安敬思，是五代时的猛将，受晋王李克用赏识，被收为义子，赐名李存孝。相传他勇猛善射，出入阵中常换乘两匹战马，上下如飞；手舞铁挝，无人能敌。——不过存孝打虎则纯属"小说家言"，仅见于戏曲、小说。元人陈以仁撰有杂剧《雁门关存孝打虎》，罗贯中《残唐五代史演义传》第 10 回中也有"安敬思牧羊打虎"的情节。

按《残唐五代史演义传》所叙，李克用在飞虎山打猎，射中一只猛虎。安敬思（即李存孝）此时尚未从军，他放羊困倦，在一块大石上酣眠。众军士齐声呼喊，追赶老虎，他竟酣睡不觉：

> ……原来风吹树响，涧水潺潺，其人熟睡，两耳无闻，正在做梦。忽有一羊窜过，惊醒其人，跳将起来，把眼一揉，见虎正在食羊，其人遂跳下漫汉石，脱了羊皮袄，伸手舒拳，要来打虎。那虎见人欲来打它，便弃了羊，对面扑来。其人躲过，只扑一个空，便倒在地，似一锦袋之状。其人赶上，用手揸住虎项，左胁下便打，右胁下便踢，那消数拳，其虎已死地下。

这段打虎情节虽只是简笔速写，但在风格粗旷的《残唐五代史演义传》中，却也算得精彩篇章。我们把这一节与《水浒》中的武松打虎相比照，发现两者的要素竟是完全一致的：如英雄在石上酣眠，被老虎惊醒；老虎扑人不着，使英雄顿获生机。英雄打虎的动作，也都是抓住虎项、拳打脚踢。此外，《残唐五代史演义传》写老虎扑空倒地，"似一锦袋之状"，《水浒》写武松"半歇儿把大虫打做一堆，却似倘（躺）着一个锦布袋"。——连比喻也是一致的。

那么，这两部书的创作，哪个在前，哪个在后？换言之，同是打虎情节，是谁"抄袭"了谁？——《残唐五代史演义传》与《三国演义》《水浒》同署"罗贯中"的名字，在一般书目中，《残唐五代史演义传》往往排在两书之后。这大概因《残唐》刻印较晚的缘故吧？

今天所见的《残唐五代史演义传》题为"明罗本编，汤显祖评"，显然是较晚的刊本。不过从内容来看，此书叙述文字朴拙简练，回目为单句而非对句，还带有早期平话的明显特征，其定稿早于《水浒》，应无疑义。而通过两书中打虎故事的对比，犹能证明此点。

诗歌里的时间密码

两个打虎故事中各有一篇咏赞打虎场面的古风，其主干诗句完全一致，只是篇幅长短不一，《水浒》古风多出六句来。

先看《残唐五代史演义传》咏存孝打虎的这一首，全诗十二韵二十四句。为方便对照，笔者于诗篇中试加符号，每四句标以斜杠，并以双圈作为换韵标记：

> 飞虎山前风正狂，万里阴云霾日光。触目晚霞挂林薮，侵人冷雾弥穹苍。/忽闻一声霹雳响，山腰飞出兽中王。昂头踊跃逞牙爪，麋鹿之牲皆奔忙。◎/牧羊壮士睡未醒，一羊撺过忙相迎。上下寻人虎饥渴，一掀一扑何狰狞。/虎来扑人似山倒，人往迎虎如岩倾。臂腕落时坠飞炮，爪牙爬起成泥坑。◎/拳头脚尖如雨点，淋漓两手腥红染。腥风血雨满松林，散乱毛须坠山崦。/近看千钧势有余，远观八面威风敛。身横野草锦斑销，系闭双睛光不闪。◎

再看《水浒》第 23 回中的武松打虎诗，为十五韵三十句。仍标以斜杠和双圈，凡与《残唐五代史演义传》诗不同处（或增或改），字用黑体：

> **景阳冈头**风正狂，万里阴云霾日光。**焰焰满川枫叶赤，纷纷遍地草芽黄。**/触目晚霞挂林薮，侵人冷雾弥穹苍。忽闻一声霹雳响，山腰飞出兽中王。/昂头踊跃逞牙爪，**谷口**麋鹿皆奔忙。**山中狐兔潜踪迹，涧内獐猿惊且慌。**/卞庄见

后魂魄丧，存孝遇时心胆强。◎清河壮士酒未醒，忽在冈头偶相迎。/上下寻人虎饥渴，**撞着狰狞来扑人。**虎来扑人似山倒，人去迎虎如岩倾。/臂腕落时坠飞炮，爪牙爬处成泥坑。◎拳头脚尖如雨点，淋漓两手**鲜血**染。/秽污腥风满松林，散乱毛须坠山奄。近看千钧势**未休**，远观八面威风敛。/身横野草锦斑销，**紧**闭双睛光不闪。◎

细按《残唐五代史演义传》诗篇，依四句一节的习惯做法，二十四句刚好分为六节。第一节渲染景物气氛，第二节描摹兽中王的八面威风。第三、四、五节正面叙写英雄打虎的过程，有动作描写，也有环境气氛烘染，是全诗的重点与高潮。最后一节，以虎死人在的结局，追摹英雄豪气，收束全篇。全诗起承转合、布局匀称，对仗尚工、时有警句。八句一换韵，也是有规律可循的。虽词句鄙俚，仍掩不住作者的才情。

相形之下，《水浒》中的打虎诗就逊色许多。全句三十句，很难按四句一节划分成整齐段落。起首以六句铺写老虎出现前的景物气氛；紧接着又以八句烘染老虎的威风，诗篇近半，打虎英雄尚未登场，致使全诗头重脚轻、结构失调。韵脚混乱，换韵无规律，也是此诗弊病之一。个别诗句读起来也十分拗口（如"撞着狰狞来扑人"），让人不知所云。

问题来了：单凭这篇"打虎诗"，哪个是堂堂正正的首创者，哪个又是遮遮掩掩的"抄袭"者，能分辨得出吗？——很明显，首创者是《残唐五代史演义传》，《水浒》是"抄袭"者。《水浒》作者并不讳言这种抄袭，从诗中有意提到"存孝遇时心胆强"即可看出。

有无相反的可能性，即《水浒》诗在前，《残唐五代史演义传》诗是笔削《水浒》诗而成的？这种可能性，可以说微乎其微。因为那将意味着《残唐五代史演义传》作者要把一篇结构臃肿、节奏混乱、韵脚不齐的"烂污"诗篇点化为整齐明快的可读之作，这比重起炉灶、另行吟咏还要困难得多。《残唐五代史演义传》作者即便是诗才过人的罗贯中，恐怕也难有此化腐为奇的点金术！

《水浒》的作者是讲故事的能手，其叙事才华举世公认，古今无两。他借鉴了《残唐五代史演义传》的故事框架，加以敷演发挥，让简陋的叙述产生脱胎换骨的升华，可谓青出于蓝，远胜《残唐五代史演义传》。令读者产生身临其境之感，无不替英雄捏着两把汗！

不过我们在前面讨论过，这位（很可能是说话人出身的）叙事大师，对诗词吟咏却不在行。遇上诗歌咏赞，立刻显得手足无措。又不愿意老老实实袭用原诗，于是这里改一改，那里添几句，本欲藏拙，反成蛇足，搞得不伦不类。

然而这种袭改手法还是被人识破了。百二十回本的整理加工是以百回本为基础的，这位编纂者（应该就是该本的刊刻者袁无涯吧，有人认为，冯梦龙也参与了文稿的编纂）在诗词上显然更在行，对这首"打虎诗"的拙劣袭改实在看不下去，于是全面恢复了《残唐五代史演义传》原诗的面貌，只保留了与武松打虎相关的改动（如首联的"景阳冈头"，第五联的"清河壮士酒未醒，冈头独坐忙相迎"等）。——他显然是读过《残唐五代史演义传》的。

袁无涯在百二十回本的《发凡》中，特别提到一种删去繁芜诗词的"旧本"，说是："旧本去诗词之烦芜，一虑事绪之断，一虑眼路之迷，颇直截清明。第有得此以形容人态、顿挫文情者，又未可尽除，弦复为增定，或窜原本而进所有，或逆古意而益所无。惟周劝惩，兼善戏谑，要使览者动心解颐，不乏咏叹深长之致耳。"

袁无涯此言，带着书商坊贾自吹自擂、故弄玄虚的腔调。究竟有没有一部将诗词韵语尽皆删去的《水浒》"旧本"？至少我们至今未曾见到。不过袁无涯所表达的意思却是显豁的，即百回本中的诗词韵语并不高明，删去了，可使小说叙事"直截清明"，阅读更为顺畅。不过话头一转，袁无涯又说：诗词也有"形容人态、顿挫文情"的妙处，不应"尽除"。他所做的工作，则是把原稿中的诗词或留或删，同时也有置换、增益。目的当然是使作品有益于教化，变得更加生动有韵味。

从百二十回本的整理实绩来看，其重点删汰的，正是"有诗为证"一类的劣诗。如第12回"卖刀市上杀无徒"一首，便被删去了。而第15回"邀取生辰宝共金"，也另拟新作："学究知书岂爱财，阮郎渔乐亦悠哉。只因不义金珠去，致使群雄聚义来。"——平心而论，改后的诗不过是"五十步笑百步"，仍算不得高明。

七十回本又是在百二十回本的基础上删订的。金圣叹"眼里不揉砂子"，将书中所有"形容人态、顿挫文情"的诗词歌赋一律删除——大概他见袁无涯提及有一部"去诗词之烦芜"的"旧本"，而自己所删削的七十回本，恰好又假称"古本"，因此删起来大刀阔斧，毫无心理负担！

然而"韵散结合"应是早期章回小说的原生态；删掉诗词，"说唱文学"也便歌喉喑哑、"银字"无声、古韵全失，塌了半边天。——金圣叹自诩古本的谎言也因此不攻自破，这不能不说是金氏的百密一疏吧。